Der Keltendolch

historische Krimi-Fiktion

Josef S. Schmid

Der
Keltendolch

historische Krimi-Fiktion

Coverfoto:
Gestaltung: Josef Schmid,
Dolch (Anastasia Yashunina, VikingBronze)
Hintergrundbild: keltische Kleidung (Josef Schmid)

Impressum:
Bibliografische Information der Deutschen Nationalbibliothek:
Die Deutsche Nationalbibliothek verzeichnet diese Publikation in
der Deutschen Nationalbibliografie; detaillierte bibliografische
Daten sind im Internet über www.dnb.de abrufbar.

© 2024 Josef S. Schmid
Herstellung und Verlag: BoD – Books on Demand, Norderstedt

ISBN 978-3-7583-0669-3

gewidmet

meiner

verstorbenen Schwester Gertraud F. Maier

Inhalt

Vorbemerkungen

Zeit und Ort der Handlung

Südlich der Donau haben sich seit dem Überschreiten der Alpen durch den römischen Feldherrn Drusus nach Jahrzehnten die Römer festgesetzt und kämpfen immer wieder gegen aufständische keltische Stämme. Etwa 50 n. Chr. werden die ersten befestigten römischen Wehranlagen an der oberen Donau, der Nordgrenze zum dunklen, geheimnisvollen ,Nordwald', errichtet. Die dort lebenden keltischen Boier sind noch weitgehend von den Römern unbeeinflusst. In den Augen der Römer sind die Kelten ein kämpferisches, ungezähmtes ,Barbarenvolk'. Sie gelten als trinkfreudig, lebenslustig und furchtlos.

Sie selbst schätzen die eigene Ehre als höchstes Gut!

Dort - wir nennen das Gebiet heute ,Unterer Bayerischer Wald' - siedeln Kelten in einigen kleineren Dörfern meist in gegenseitigem Einverständnis. Vornehme Söhne werden zur Ausbildung getauscht, Töchter gegen Mitgift ins Nachbardorf verheiratet – manchmal auch nicht freiwillig. Sie handeln rege untereinander und auch mit den Römern mit allerlei Waren.

Weiter entferntere Dörfer aber werden auch aus Lust an Kampf und Beute hin und wieder gerne überfallen …

Hauptpersonen

Gwydion	56 Jahre alt. Druide, Seher und Bewahrer der Riten und Legenden. Einer der hoch angesehenen „Ehrwürdigen Weisen" der umliegenden Dörfer. Findet einen mysteriösen Bronzedolch
Kendra	23 Jahre alt, schön, sympathisch, selbstbewusst, sehnt sich nach Liebe und Zuneigung. Kräutersammlerin und Heilkundige
Torin	37 Jahre alt, Clan- und Dorfhäuptling. Halbadeliger Abstammung. Verwitwet, Vater zweier Söhne (Arthur und Ulik)
Bryanna	7 Jahre alte Tochter Kendras. Aufgeweckt und intelligent. Interessiert sich für alle Pflanzen, Tiere und Natur
Glen	44 Jahre alt. Ledig, einfühlsam, zurückhaltend. Ist mit der Pferdezucht des Dorfes beauftragt
Cayden	33 Jahre alt, adelig mit Kampfausbildung. Glücklich verheiratet mit Lynn, hat drei Kinder. Bewirtschaftet einen größeren Bauernhof mit mehreren Helfern
Iven	28 Jahre alt, seit 15 Jahren Druidenschüler Gwydions
Arthur	12 Jahre alt, jüngster Sohn von Torin. Wird von der Ziehmutter Ceitidth betreut
Ulik	15 Jahre alt, ältester Sohn von Torin. Befindet sich bei einem befreundeten Adeligen im Nachbardorf zur Ausbildung
Liam	10 Jahre alt. Helfer von Glen bei der Pferdebetreuung
Gaius Cornelius	42 Jahre alt. Tribun einer Kohorte im Römerlager Boiodurum

Ein Keltendolch!

Auf einem der Bergrücken des dunklen Nordwaldes hinter dem Zusammentreffen der drei Gewässer Danuvius, Aenus und der schwarzen Eltisia liegt eine Felsformation, weithin sichtbar und in ihrer Einsamkeit geheimnisvoll, von den hier lebenden Menschen als Heiligtum verehrt.

Drei wuchtige Felstürme stehen da seit ewigen Zeiten, mit steinernen, schalenförmigen Vertiefungen, ausgewaschen von Hagel und Regen - oder von Händen gemacht – wer weiß das schon! Die Menschen, die hier in dieser Gegend siedeln, kennen jedoch den Sinn und Zweck dieser Schalen, auch wenn sie nur ungern - jedoch dann ehrfürchtig - darüber sprechen. Nur die Ehrwürdigen Weisen, die Druiden oder die eingeweihten Priester dürfen sie für spezielle Opfergaben benutzen, und dann auch nur zu bestimmten Zeiten und unter strenger Beachtung der altüberlieferten Riten. Zur Spitze dieser ,Heiligen Drei Felstürme' hatten in früheren Jahrhunderten die Wissenden eine Steintreppe errichtet und diese dürfen nur Druiden und Priester besteigen. Von hier ist der Blick nach Süden fast grenzenlos: über den dunklen Wald, über die anschließend folgende freie Ebene - bei gutem Wetter bis zu den hohen Schneebergen.

Nicht weit hinter diesen Felstürmen, nur einige Steinwürfe in Richtung Norden, ruhen weitere mächtige Felsblöcke, unheimlich anzusehen, wie Menschenköpfe oder Götterfiguren, wie wild aussehende, unbekannte Tiere mit gefährlichen Zähnen oder Hörnern, die beim Vorbeischreiten ihre Konturen ändern und sich dann doch nur als graue, bemooste Felsblöcke erweisen, bewachsen mit vom Wind und Sturm zerzausten Krüppelfichten.

Noch ein paar hundert Schritte weiter kommt schließlich die dritte Formation dieser großen steinernen Blöcke, von uralten und gewaltigen Mächten errichtet und von Menschen verehrt. Eine hoch aufgetürmte Felskuppe schließt diesen Sakralplatz ab; von hier sieht man weit nach Norden in die endlosen Wälder der keltischen Boier.

Diese Felsen verbergen Nischen, Gänge und Höhlen, einige sind offen und leicht einsehbar, andere sind hinter großen Steinen oder Büschen kaum zu entdecken – aber hierher wagen sich die einfachen Menschen nur selten. Nur die Hochgestellten, wie die Priester und Druiden auch ehrfürchtig genannt werden, kennen alle verborgenen Stellen und benutzen sie für ihre heiligen Handlungen.

Einer dieser Hochgestellten war Gwydion, ein kluger, ja weiser Mann im hohen Alter. Er saß in einer der größeren Höhlen und betrachtete wieder einmal von allen Seiten einen fein gearbeiteten Dolch, einen Bronzedolch, schön geschwungen, mit eingekerbten Verzierungen am Griff.

Er hatte dieses Teil vor kurzem in einer der vielen Felsspalten gefunden, als er einer flügellahmen Amsel folgte, die er verarzten wollte. Er erkannte erst auf den zweiten Blick, dass dieser bemooste, schmutzige längliche Gegenstand eine Waffe war, patiniert, gezeichnet von Hitze, Kälte, Schnee und Regen. Er bürstete, putzte und polierte und zum Vorschein kam dieser Dolch. Er war alt, sehr alt, das konnte er fühlen; es war keine gewöhnliche Waffe, dazu war sie zu kunstvoll gearbeitet und er fühlte eine eigenartige, ja mysteriöse Kraft, die von diesem schönen Teil ausging.

Seit Tagen schon versuchte er hinter das Geheimnis des Dolches zu kommen – und ein Geheimnis musste er in sich bergen, da war er sich sicher – aber es erschloss sich ihm nicht. Die bisherigen Rauchopfer, Kräuterdüfte und Getränke benebelten seinen Geist, brachten aber keine klärenden Hinweise. Doch sein Wissen um die Macht der Träume und fliegenden Gedanken war noch nicht erschöpft!

Darum hatte er heute beschlossen, sich ein Pulver, das er nach altem Rezept aus Fliegenpilz, Beifuß und anderen Kräutern zubereitet hatte, weit hoch in die Nase zu ziehen. Er nahm ein etwa eine Elle langes, flaches Stück Holz, das er für diese Zwecke zugeschnitten hatte, streute eine fast fingerdicke Pulverspur darauf, hielt sich ein Nasenloch zu und zog mit einem beherzten Atemzug das Pulver hoch.

Sein Kopf wollte in tausend Teile zerspringen – so empfand er es jedenfalls. Trotzdem zwang er sich kurz darauf sich den Rest des Pulvers in das andere Nasenloch hochzuziehen.

Dann verlor er das Bewusstsein und fiel um.

Gleißendes Licht, loderndes Feuer und beißender Rauch umgaben Gwydion. Eine glühende Masse, ein im Kohlefeuer geschmolzenes Metall wurde in einer tönernen Form gegossen, alsbald von dieser Ummantelung befreit und das noch glühend heiße Teil mit festem Griff in einer Zange gehalten und im kalten Wasser gekühlt. Schlag für Schlag formte sich das Bronzeteil, wurde plattgedrückt, weiter ausgeformt und geschärft. Lange dauerte diese Prozedur. Und dann war es immer noch nicht zu Ende – Meißel und Hammer drückten ihm feine Linien ein und schließlich landete es in einem Sandbecken, wurde gereinigt, geschliffen und poliert.

Ein Dolch! Er wurde bewundert, musste sich zeigen, durfte nicht schneiden oder stechen, nur ausgewählten Menschen zu heiligen Riten dienen. Er wurde weitergereicht von Hand zu Hand, von Jahrhundert zu Jahrhundert. Bis er entrissen wurde, von gemeinen Geschöpfen - „seinem ihm bestimmten Zwecke verwehrt, entehrt und ungeschätzt".

Der Dolch beschloss zu fliehen, fiel durch weißen Schnee in eine enge rot leuchtende Felsspalte, und versank schließlich im schwarzen Erdreich und wurde nicht mehr gefunden. Lange, lange Jahre …

Gwydion erwachte aus diesem Trancezustand nach kurzer Zeit. Die folgenden langen, heftigen Kopfschmerzen hielten ihn nicht davon ab, über diese seltsamen Traumbilder nachzudenken. Die Herkunft des Dolches und sein Zweck waren ihm einigermaßen klar. Ein uralter Ritusdolch, gestohlen und zweckentfremdet. Die drei Farben standen vielleicht für die vorgesehene oder zukünftige Verwendung des Dolches – weiß für Unschuld, rot für Blut und schwarz für dunkler Versenkung? Er rätselte; in keiner der ihm bekannten Mythen und Legenden fand er eine hinreichende Erklärung.

Er beschloss den Dolch vorläufig für seine druidischen Tätigkeiten, für das Schneiden und Zerkleinern von Kräutern, Pilzen, Mistelzweige und ähnlichem zu verwenden und steckte ihn in seinen Gürtel. Die Zeit würde vielleicht zeigen, wofür er noch zu verwenden war.

… entrissen und entehrt,
seinem Zwecke zu dienen verwehrt.
Den Willen erkennen und wissen!

Bryanna

Hinter der Haselnussbuschreihe auf dem Hügel oberhalb des Dorfes lag ein Relikt aus uralten Zeiten – der Sonnenstein. Die enormen Kräfte der Eiszeit und des Wechsels von Hitze und Kälte hatten von einem etwa mannshohen Felsen die Hälfte abgesprengt, ihn fast mittig geteilt. Dieser umgekippte Feldstein lag – und liegt wohl immer noch – wie ein Tisch vor dem noch stehendem Felsblock und wird bei schönem Wetter voll von der Sonne beschienen.

Hier saß die siebenjährige Bryanna und genoss die letzten Strahlen der untergehenden Sonne. Sie war heute Nachmittag heimlich aus dem Dorf geschlichen, wieder mal auf ‚Schatzsuche'. Diese war auch recht erfolgreich gewesen: sie hatte viele Gräser und Kräuter, kleine Stöckchen mit Knospen und sogar einige Hasenexkremente gefunden! Die kleinen schwarzen Kügelchen waren zwar noch etwas weich und feucht, aber sie hatte sie bisher nur selten gefunden und sie deshalb gerne eingesammelt. Ihre Mutter, Kendra, würde sich sicherlich freuen, diesen Dung in ihrem Kräutergarten zu verwenden! Bryanna war müde und saß mit geschlossenen Augen vor der von der Abendsonne beschienenen Felshälfte, ihrem Lieblingsplatz, und überlegte, wie sie aus den gesammelten Pflanzen eine wirksame Medizin machen könnte, um damit alle möglichen Beschwerden der Menschen im Dorf zu lindern …

Ein lautes Krächzen aus der Nähe schreckte sie auf. Einige Raben flatterten aufgeregt über den Haselbüschen und versuchten sich gegenseitig zu vertreiben. Bryanna sprang auf, lief ein paar Schritte auf die Vögel zu und verjagte sie mit fuchtelnden Armen. Dabei wäre sie fast über ein graubraunes Bündel am Boden zwischen den Gräsern gestolpert. Ein Häschen duckte sich unbeweglich an den Boden, die noch kurzen Ohren eng an den Rücken geschmiegt.

Kurzentschlossen nahm Bryanna das kleine Ding mit beiden Händen auf und drückte es sanft an ihre Brust. Das kleine Tier regte sich kaum, aber der schnelle Herzschlag war ein deutliches Zeichen seiner Angst.

„Du armes Häslein, ich werde dir helfen, dich pflegen und füttern. Die bösen Raben werden dich nicht bekommen!", flüsterte sie ihm zu und strich sanft mit einer Hand über seinen Rücken.

Mit ihrer linken Hand raffte sie ihr knielanges Kleid am vorderen Saum zusammen, hob es zu einer schönen Mulde hoch und ließ das Häschen reingleiten. Und da ist auch noch genügend Platz für das Kräutersäckchen mit meinen gesammelten Schätzen, dachte sie, so kann ich alles bequem nach Hause tragen.

„Hey du, du bist ja nackig! Ha, ha – nackig!", klang es aus einem Haselnussstrauch heraus. Arthur, ihr Stiefbruder, hatte sie heimlich beobachtet und zeigte jetzt lachend mit dem Bogen in der Hand auf sie. Erschrocken ließ sie ihren Kleidersaum los und das Häschen fiel auf den Boden. Es hoppelte gleich einige Schritte weiter, blieb aber dann sitzen. Arthur griff schnell zu einem Pfeil, legte ihn auf die Bogensehne, zielt kurz und schoss. Der Pfeil mit der Eisenspitze durchschlug das kleine Tier und fuhr noch eine Handbreit in den Boden. Das Häschen war sofort tot!

Begeistert rief Arthur: „Das war ein Schuss! Da wird sich Papa bestimmt freuen!" Er sprang vor und zog den Pfeil samt dem toten Tier zu sich und hob seine ‚Beute' triumphierend hoch.

Bryanna erstarrte kurz vor Schreck und konnte gar nicht glauben was sie gerade gesehen hatte.

„Du Mörder!", schrie sie wütend und wollte mit erhobenen Fäusten auf Arthur einschlagen. Der aber lief fröhlich lachend mit dem toten Häschen davon, bergab, in Richtung des Dorfes, um seinem Vater von seiner Heldentat zu berichten.

Voller Trauer und Schmerz sank Bryanna auf die Knie und konnte ihre Tränen nicht mehr zurückhalten. Wie konnte jemand nur so grausam sein und dieses kleine wehrlose Tier einfach töten – und sich darüber auch noch zu freuen! Aber Arthur war so; es war nicht das erste Mal, dass er ihr absichtlich Leid zufügte. Erst vor ein paar Wochen hatte er eine Maus, die Bryanna mühsam gefangen hatte, in einem Wassereimer ertränkt – und dabei höhnisch gelacht.

Schließlich rannte sie schluchzend ebenfalls ins Dorf, zu ihrem Elternhaus, um bei ihrer Mutter Trost zu finden.

Vor dem Hauseingang standen Arthur und Torin, ihr Vater. Das kleine Häschen hing mit den Hinterbeinen festgenagelt an der hölzernen Hauswand und Arthur begann gerade ihm unter Anleitung seines Vaters mit einem Messer das Fell abzuziehen.

„Hier an den Beinen musst du einen Ringschnitt machen und dann …" Mehr hörte Bryanna nicht mehr, ihr wurde übel und schreiend rannte sie ums Haus zum Kräutergarten, wo ihre Mutter gerade Pflanzen goss.

„Mama, Mama – Arthur hat mein Häschen umgebracht! Und jetzt zerschneidet er es! Und Papa hilft auch noch!" Bryanna, ganz außer sich und stolperte fast über einen Wassereimer als sie auf ihre Mutter Kendra zulief

„Ach mein armes Liebes", rief Kendra, und öffnete beide Arme, um sie an die Brust zu drücken. Noch immer schluchzend erzählte Bryanna in abgehackten Sätzen von Arthurs Untat. Eine Weile noch saßen beide umschlungen auf der Gartenbank; schließlich hatte sich Bryanna etwas beruhigt.

„Komm, wir müssen gehen, es wird dunkel. Und das Abendessen ist auch vorzubereiten", sagte Kendra, nahm Bryanna bei der Hand und ging mit ihr ins Haus. Weder Arthur noch Torin - oder auch das kleine Häschen - waren zu sehen.

„Ich habe keinen Hunger", murmelte Bryanna und verzog sich in ihre Bettstatt im hinteren Teil des Hauses. Sie zog sich die Überdecke weit über ihren Kopf und hätte am liebsten von dieser bösen Welt nichts mehr wissen wollen, konnte aber vor Empörung nicht einschlafen.

Kendra war mit dem Feuer, der Herdstelle und dem Vorbereiten des Abendessens beschäftigt als Torin und Arthur in den großen Raum des Hauses kamen. Die beiden unterhielten sich laut, aßen und tranken und verließen bald darauf gemeinsam wieder das Gebäude. Vermutlich werden sie sie einen der vielen Freunde Torins besuchen, dachte Kendra, um auf Arthurs Erfolg anzustoßen.

Kendra hatte auch keinen Appetit; sie räumte noch schnell die Essensreste und das Geschirr weg und ging zu Bryanna. Dort legte sie sich neben ihr ins Bett, hielt liebevoll die Hände ihrer Tochter und begann zu erzählen.

„Hier bei uns in dieser Welt gibt es viel Gutes, aber manchmal auch Schlechtes und sogar Schreckliches. Das gehört zum Leben dazu. Es gibt aber auch noch eine andere Welt, in der wir auch leben können. Und nicht nur wir, sondern auch die Bäume, die Tiere, also auch dein kleines Häschen. So kann es in dieser anderen Welt weiterleben, spielen und fröhlich rumspringen und wenn ihre Zeit gekommen ist, dann kommt es wieder zu uns, in unsere Welt. Vielleicht triffts du es wieder bei einem deiner Streifzüge. Sei nicht traurig, das Gehen und Kommen der Menschen, Tiere und Pflanzen ist ganz normal und wiederholt sich immerzu … So haben es unsere Götter bestimmt und es ist nicht an uns, das zu tadeln. – Schlafe jetzt, vielleicht träumst du von dieser anderen Welt und von deinem Häschen!"

Bryanna hatte sich bei diesen Worten an Kendras Seite geschmiegt und die Augen geschlossen. Bald beruhigte sich ihr Atem und sie schlief ein.

Kendra hatte auch einen schweren, arbeitsreichen Tag gehabt und beschloss, neben ihr liegen zu bleiben – das Ehebett lockte sie sowieso nicht – aber sie konnte nicht einschlafen. Viele Gedanken gingen ihr durch den Kopf, Erinnerungen an die Zeit vor gut acht Jahren, als sie Torin heiratete und nach neun Monaten Bryanna geboren wurde. Der Ehrwürdige Weise, Gwydion, hatte sie damals zur Hochzeit gedrängt, sie reich beschenkt und seither immer unterstützt. Damals war sie die schönste junge Frau in der Umgebung – schön war sie jetzt immer noch! – und verdiente es, mit dem Anführer des Dorfes, Torin, verheiratet zu werden, auch wenn sich das nicht als wirkliches Glück herausstellen sollte.

Über dem Nachsinnen an die damalige Zeit schlief sie schließlich ein.

Gwydions Geheimnis

Manche im Dorf behaupteten, Gwydion sei ein Druide, andere sagten, er kann in die Zukunft sehen oder mit den geheimnisvollen Wesen der Anderwelt kommunizieren. Vielleicht stimmte auch all dies. Sicherlich war er einer der angesehensten Alten, ein kluger, ja weiser Mann, der die Legenden, die Traditionen und Riten der Dörfer kannte und im Kreis der Urteilenden seinen Rat kundtat. Sei es bei den Vorbereitungen der Jahresfeste, der Deutung der Zeichen des Himmels und der Wünsche der Götter, die Festlegung des richtigen Saatzeitpunkts und des Erntebeginns oder bei der Festlegung der Strafe bei Verstößen gegen die Gemeinschafts-ordnung – er war immer der wichtigste und entscheidendste Ratgeber.

Schon mit jungen Jahren war er seinem Mentor, einem druidisch gebildeten Edelmann, aufgefallen. Seine gute Beobachtungsgabe und den scharfsinnigen Schlussfolgerungen, die Neugier auf alles Neue und Unbekannte sowie sein menschenfreundlicher Charakter halfen ihm bei der schwierigen, langwierigen und strengen Ausbildung zu dem, was er jetzt war.

Er fühlte sich aber mittlerweile als einer der letzten Vertreter der ‚Ehrwürdigen Weisen'. Die Bezeichnung ‚Druide' war hier in dieser Gegend kaum gebräuchlich, aber sie traf auf seine Stellung dennoch weitgehend zu. Er war die religiös, philosophisch und naturkundlich gebildete Autorität in dieser Gegend und hochgeachtet. Mit den menschlichen Stärken und Schwächen bestens vertraut, versuchte er seinen Mitmenschen einen verständigen Weg vorzuleben und deren manchmal auf-brausenden, unüberlegten und wilden Charakter in die richtigen Bahnen zu leiten. Trotzdem war auch er nicht von menschlichen Fehlern frei. Seine seherischen Fähigkeiten waren begrenzt und die Erkenntnisse daraus hielt er meist für sich – denn trotz der langen

Erfahrungen und Kenntnisse der Mythen war es oft schwierig, daraus die richtigen Schlüsse zu treffen.

Seit die Römer das Südland eroberten und besetzt hielten, wurde die druidische Bildung in deren Hoheitsgebieten unterdrückt. Die Besatzer duldeten keine andere Autorität neben der römischen Machthierarchie. Die Besetzten, die „Celtoi", wie die Römer oder Griechen sie nannten, konnten zwar weitgehend frei leben, aber sie mussten das römische Recht anerkennen, Hilfstruppen stellen und dem Kaiser Tribut zahlen. Bisher waren die feindlichen Römer nicht erobernd in den Nordwald vorgedrungen und so konnte Gwydion weitgehend ungehindert seinen Aufgaben nachkommen. Noch lange, wie er hoffte. Doch wenn er bei seinen Wanderungen bei den römischen Händlern an der Danuvius um Unterkunft und Nahrung nachfragte, musste er vorsichtig sein.

Mit seinen sechsundfünfzig Jahren hatte Gwydion ein reiches, wechselvolles Leben erfahren dürfen und war den Göttern dankbar dafür. Vor etlichen Jahren konnte er einen neuen Schüler gewinnen, der von ihm die für die Dorfgemeinschaft so wichtigen Kenntnisse und Fertigkeiten erlernen sollte. Iven, ein drahtiger und intelligenter junger Mann aus adeliger Herkunft unterstützte ihn bei vielen seiner Handlungen und war nicht nur im geistigen Bereich gelehrig, er konnte auch hervorragend mit dem Bogen umgehen und so bei ihren längeren gemeinsamen Abwesenheiten vom Dorf für Nahrung sorgen.

Gerne übernahm Gwydion auch dieses Jahr wieder die Pflichten zur Vorbereitung des anstehenden Sommerfestes Beltane, das in der Nacht zum ersten Mai ausgelassen gefeiert wird. Es müssen umfangreiche Riten zur Reinigung und Besinnung beachtet werden, um mit dem heiligen Feuer des Lichts und der strahlenden Sonne den Beginn des Sommers feiern zu können.

Wie jedes Jahr wird das Fest wieder erst beim Dorfplatz beginnen und schließlich auf dem Festplatz außerhalb des Dorfes, an der Biegung des kleinen Flusses im Talboden, stattfinden. Die Dorfbewohner haben schon seit Wochen Reisig, Zweige, Äste, kleinere Baumstämme gesammelt und dort zu einem großen Haufen geschlichtet.

Etwas abseits des Festplatzes steht auf dem Sakralplatz des Dorfes das ‚Ritushaus‘, ein aus Stein gemauertes kleines Gebäude, in dem die geheimen Riten vollzogen und mit heiligem Rauch oder Schwitzen Geist und Körper gereinigt werden. Es haben nur ausgewählte Personen Zutritt – Gwydion und die ‚Gleichgestellten‘ des Dorfes. Diese Gleichgestellten oder Ehrwürdige, wie sie auch genannt wurden, waren einige ausgewählte Dorfälteste, die den Druiden bei einfachen rituellen Handlungen unterstützen durften und mit denen er sich bei schwierigen Dorfangelegenheiten beraten konnte.

Bei seltenen Gelegenheiten können auch ‚normale‘ Dorfbewohner mitwirken, die aber bei den wirklich geheimen Vorgängen mit verschiedenen Düften, Rauch und Getränken so benebelt werden, dass sie kaum etwas davon wirklich mitbekommen …

Ein solch seltener Anlass stand wieder bevor, denn die Bewegungen der Gestirne kündigten ein Himmelsereignis an. Gwydion und die Ehrwürdigen des Dorfes, waren sich einig: zehn Tage vor dem Beltanefest wird sich der Vollmond verdunkeln und die Mondgöttin Litha verlangt eine entsprechende Würdigung ihrer Macht, ein Opfer und eine rituelle Handlung. Sie liebt Überfluss und Fruchtbarkeit. Wenn die Erde den Mond umarmt, freut sie sich über diejenigen, die es Erde und Mond gleichtun und sie wird es mit reicher Ernte und Wohlstand belohnen.

Zu Beltane wird Belenus, der strahlende Sonnengott, gehuldigt. Er verlangt Früchte aus den Gärten und Äckern und vielleicht auch ein Tier aus den Ställen oder Weiden als sein Opfer. Wehe, er ist unzufrieden, dann bringt er mit seinem magischen Speer Unglück über das ganze Dorf. Es gilt also bedacht zu wählen, welche Opfer und Riten den Göttern angeboten werden. Gwydion musste sich noch mit seinen Gleichgestellten beraten – Iven hat schon vor Tagen diese Ehrwürdigen in ihren Häusern aufgesucht und das Treffen für morgen hier im Ritushaus vereinbart.

ᥬᥰᥱᥲ

„Wir bringen einen Karren mit Gemüse und einen Kasten mit Getreide." „Wir eine große Amphore mit Wein und eine mit Met." „Und wir spenden ein fettes Lamm, das wir hier schlachten werden." – Die Zusagen der Ehrwürdigen für die Belenus-Opfer erfolgten zügig und bereitwillig. Aber bei den Überlegungen zur Auswahl des richtigen Ritus für die Mondgöttin waren sie noch im Unklaren. Sie diskutierten schon seit einiger Zeit und konnten sich nicht einigen. Erst als Gwydion einen neuen Vorschlag einbrachte, begannen die anderen langsam zu nicken.

„Unsere schönste Jungfrau wird in der dunklen Nacht als Maikönigin der Mondgöttin dienen. Sie wird ihre makellose Schönheit und ihre Anmut zur Huldigung Lithas offenbaren."

„Dieser Ritus ist uns neu – wie soll das ablaufen?", fragte einer.

„Nun, er ist nicht neu, aber sehr selten praktiziert. Tatsächlich weiß ich in all meinen Jahren von keinem Beispiel, ich kenne es nur von Erzählungen meines damaligen Lehrers ... ein alter, fast vergessener Ritus."

Gwydion begann die Abfolge dieses Ritus zu erläutern und den anderen kamen ernste Bedenken. Gwydion beruhigte sie, er selbst würde dieses Opfer vollziehen – denn ein solches Opfer braucht Ernsthaftigkeit und Disziplin. Und beide Eigenschaften habe er, versicherte ihnen Gwydion.

Er habe sich vollkommen im Griff!

Früh tags darauf stand Gwydion vor dem kleinen Haus am Dorfrand und klopfte an die Tür. Kendras Mutter öffnete und erschrak erst leicht über diesen seltenen Besuch, bat aber dann den Gast freundlich ins Haus. Gwydion trat ein und brauchte ein paar Augenblicke, um sich zu orientieren. Er musste ein paar Stufen nach unten gehen, denn dieses Haus einer Weberin war etwa knietief in die Erde versenkt gebaut – so konnten die Webfäden in günstigem Klima aufbewahrt werden. Ein offenes Feuer am Herd, ein kleiner Tisch mit zwei Bänken und drei Bettgestelle im Hintergrund bildeten die bescheidene Einrichtung. Neben der Tür stand ein großer Gewichtswebstuhl mit halbfertigem Tuch – die Kettfäden wurden mit faustgroßen Kieselsteinen straff gehalten – und gleich daneben ein Brettchenwebstuhl für die Herstellung der begehrten Borten. Kendras Mutter als auch ihre Großmutter waren leidenschaftliche Weberinnen und produzierten schöne bunte Bänder und allerlei Kleiderstoffe.

Kendra war damals fünfzehn Jahre alt, von bezaubernder, anmutiger Schönheit. Sie säuberte gerade den Tisch. Ihre blonden, leicht gewellten Haare hingen ihr lose weit über den Rücken hinab, ein schmales Stirnband hielt das Gesicht frei. Sie war bereits etwas größer als ihre Mutter und die fraulichen Formen waren bei ihren anmutigen Bewegungen trotz der weiten Tunika schon zu erkennen. Mit freundlichem, offenem Blick sah sie den Besucher ins Gesicht, wartete aber höflich darauf, dass er das erste Wort ergriff. Voller Neugier auf das Kommende spannte sie ihren Körper und trat vom Tisch zurück.

„Verehrter Ehrwürdiger, setze dich hier an den Tisch. Darf ich dir einen Tee und Brot anbieten?", fragte Kendras Mutter. „Der Kräutertee ist frisch gemacht."

„Gerne", entgegnete der Besucher und nahm auf der ächzenden Bank etwas umständlich Platz. Er brach ein kleines Stück des Brotfladens ab und begann zu kauen. Mit einem Schluck aus dem Becher war sein Mund wieder frei.

„Ich habe etwas Wichtiges mit euch zu besprechen!", erklärte er schließlich mit einem Rundblick zu den Frauen. Nach einer kleinen Pause fuhr er fort:

„Wie ihr wisst, ist in etwa zwei Wochen Beltane – und diesmal kündigt sich das Fest mit einem seltenen Götterereignis an. Der Mond wird sich verfinstern und wir müssen uns darauf gut vorbereiten. Die Götter verlangen Opfer, würdevolle Huldigung und unsere vertraulichen Zwiegespräche. Meine Gleichgestellten und ich benötigen dazu Hilfe – die Hilfe von der schönsten und würdigsten Jungfrau der Umgebung, die uns als Maikönigin bereits jetzt dienen wird. Und das – da sind wir uns einig – ist … Kendra!"

Gwydion machte eine Pause und betrachtete die Anwesenden. Das Gesicht der Großmutter zeigte kaum Regung, als hätte sie das alles schon erwartet. Kendras Mutter war jedoch ganz erstaunt und schlug die Hände vor ihrer Brust zusammen.

„Welch eine Ehre, natürlich … wie … wie soll das geschehen?", stammelte sie.

Bevor Gwydion antwortete, sah er zu Kendra, die, wie er fast glaubte zu erkennen, mit einem etwas frechen, fragenden Blick dastand und leicht den Kopf neigte. Was kommt da noch - dachte sie wohl.

Tatsächlich ging ihr ein ganz anderer Gedanke durch den Kopf. Vor einigen Monaten hatte sie nämlich ein ‚Mädchengespräch' mit einigen ihrer gleichaltrigen Freundinnen. Diese hatten schon ihre ersten sexuellen Erfahrungen hinter sich und drängten Kendra, es ihnen gleich zu tun. „Worauf wartets du noch, willst du eine unberührte alte Schachtel werden?", so oder so ähnlich wurde sie geneckt. Als ihr nach einigen Wochen bei einem der jahreszeitlichen Feste ein junger Bursche aus dem Nachbardorf auffiel und sie mit ihm ausgelassen tanzte, verzogen sie sich nach Einbruch der Dunkelheit heimlich hinter die Büsche. Doch da beide noch vollkommen unerfahren in diesen Dingen waren, fuhr der Finger des Burschen etwas zu forsch in ihre jugendliche Weiblichkeit. Erst ein scharfer Schmerz bei Kendra, unmittelbar darauf eine heftige Ohrfeige für den Jungen war die Folge. Sonst war nichts passiert, also etwas locker betrachtet war sie ihrer Ansicht nach immer noch Jungfrau und konnte auch Maikönigin werden.

„Deine Tochter wird am Vorabend der Mondfinsternis, die in vier Tagen erscheinen wird, uns zum Ritushaus begleiten und dort ihren Dienst tun. Wir werden ihr alles genau erklären. Kleidet sie in einem einfachen, langen weißen Gewand und schmückt sie mit diesem hier!"

Er zog eine schöne Bernsteinkette aus seinem Umhang und legte sie auf den Tisch. In den goldgelben Kugeln spiegelte sich das Herdfeuer und der fein gearbeitete silberne Verschluss glänzte mit den Steinen um die Wette. So etwas Schönes hatten die Frauen noch nie aus der Nähe gesehen und waren erst einmal sprachlos, bevor sie die Kette mit leiser Stimme bewunderten und vorsichtig berührten.

Gwydion ließ sie gewähren; schließlich nahm er die Halskette und ging auf Kendra zu. Wie selbstverständlich hob Kendra ihre langen blonden Haare vom Nacken, wandte sich um und wartete bis Gwydion ihr das Schmuckstück umlegte. Langsam drehte sie sich um und mit ihrem strahlenden Lächeln sah sie aus wie eine junge Göttin. Gwydion musste sich zusammenreißen damit er seine Bewunderung nicht durch eine unbedachte Miene oder Äußerung verriet. Sie war einfach umwerfend schön – das musste auch er, der ‚Ehrwürdiger Alte', zugeben.

❧❧❧

Die Tage vergingen schnell und die drei Frauen waren eifrig damit beschäftigt, aus einem langen weißen Leinentuch das knöchellange Kleid zu schneidern. Zusätzlich fertigten sie noch aus dem gleichen Stoff ein langärmeliges Hemd an, das Kendra unter dem Kleid tragen sollte. Ein weißes Schultertuch, ein hellblaues fein gewebtes Gürtelband aus Wolle und ein paar lederne Schnürschuhe vervollständigten die einfache, aber schön anzuschauende Kleidung.

Die emsigen Tätigkeiten im Haus fielen bald den Nachbarn und Freundinnen auf und so wusste bald das ganze Dorf von der Wahl Kendras zur Maikönigin.

Endlich kam Gwydion in Begleitung der Ehrwürdigen am späten Nachmittag vor der Mondfinsternis, die in der folgenden Nacht stattfinden würde, um Kendra zu holen. Die drei Frauen waren aufgeregt. Kendra war wie gefordert gekleidet und geschmückt. Vor dem Haus hatten sich schon etliche Nachbarn versammelt, um die neue Maikönigin zu bewundern – und zunehmend wurden es immer mehr Neugierige. Als Kendra vors Haus trat ging ein bewunderndes Raunen durch die Menge.

Kendras Mutter führte sie an der Hand zu Gwydion und übergab ihre Tochter an den Ehrwürdigen, der sie mit feierlichen Schritten durchs Dorf führte. Die Menschenmenge folgte, doch am Dorfrand drehte er sich um und sprach mit lauter Stimme:

„Diese Nacht wird sich der Mond verdunkeln, die Götter fordern ihren Tribut. Wir haben alles wohl vorbereitet und wir werden ihnen unsere Opfer darbringen. Auch ihr seid aufgefordert, in euren Heimen den Göttern zu danken und zu opfern. Geht jetzt nach Hause, wie wir auch in unser Heim gehen! Wir sehen uns morgen früh wieder."

Ohne auf eine Antwort zu warten, drehte er sich um und die kleine Gruppe schritt langsam hangabwärts, zum Ziel des folgenden Geschehens.

Die Dorfbewohner wandten sich gehorsam still ihren Wohnungen zu. Etliche hatten ein mulmiges Gefühl wie die Nacht wohl verlaufen würde. Vermutlich war es am besten, den Anweisungen des Ehrwürdigen zu folgen und die Mondfinsternis mit Ehrfurcht und Stille zu verfolgen.

৯ৎ ৵৵৵

Die Gemeinschaft der Ehrwürdigen war in den letzten Tagen fleißig gewesen. Der Sakralplatz des Dorfes, ein etwa fünf Pferdelängen im Geviert großer, mit fast mannshohen Erdwällen umgebender ebener Platz, war gemäht und gesäubert worden.

Sie hatten das Ritushaus auf Vordermann gebracht. Sauber ausgekehrt, die Feuerstellen gesäubert und mit frischen Holzkohlen versehen, das Wasserbecken mit frischem Bachwasser aufgefüllt und die Rauchluke am First geöffnet. Sogar die Felle der schmalen Schlafstelle Gwydions, die sich in einem Eck des Gebäudes befand, waren gesäubert, aufgeschüttelt und ordentlich angeordnet worden. Nun gut, eigentlich hatte Iven die meiste Arbeit erledigt, denn die Ehrwürdigen waren für solche anstrengende Tätigkeiten nicht wirklich geeignet. Aber die Aufsicht und die Einhaltung der Regeln war zwingend die Aufgabe Gwydions und seiner Gemeinschaft. Nach getaner Arbeit schickte Gwydion seinen Schüler Iven zurück ins Dorf; er war bei weitem noch nicht vollständig ausgebildet und durfte diesen besonderen rituellen Feierlichkeiten zu Ehren der Mondgöttin Litha nicht beiwohnen.

Kendra stand anfangs eher schüchtern im Wege, doch schließlich musste sie die Kräuter und Pilze sortieren, sie waschen und zwischen weißen Tüchern trocknen, ohne sie dabei mit den blanken Händen zu berühren. Es brannten zwei Feuer in der steinernen Hütte. Über dem Holzfeuer hing ein kleiner kupferner Kessel mit kochendem Wasser. Im glühenden Holzkohlefeuer lagen etliche größere Kieselsteine. Gwydion zog ein großes, schön verziertes bronzenes Messer – es war der geheimnisvolle Dolch von den ‚Heiligen Drei Felstürmen' – aus der Scheide an seinem Gürtel, nahm mit einem kleinen Tuch die Kräuter und Pilze, hackte sie klein und ließ sie ins kochende Wasser fallen; auch er durfte die Kräuter nicht mit den bloßen Händen berühren - auch er verwendete dazu ein weißes Tuch.

Aus einer kleinen Tasche an seinem Gürtel zog er einen ledernen Beutel und schüttete ebenfalls mit leisem Gemurmel den Inhalt in den Kessel. Aus einem anderen Beutel streute er ein Pulver über die heißen Kieselsteine und sogleich stieg ein beißender, qualmender Rauch auf. Nach einiger Zeit nahm er den Kessel vom Feuer, rührte mit einem dünnen Silberstab den Sud mehrfach um und goss den Inhalt in einen Becher. Kendra musste das heiße Gebräu vorsichtig trinken, während die Anwesenden für sie unverständliche Worte immer wiederholten.

Es dauerte eine geraume Weile, bis sie den ganzen Inhalt getrunken hatte und langsam merkte sie, wie sie in eine eigenartige Gleichgültigkeit und Teilnahmslosigkeit abdriftete. Und trotzdem konnte sie die Stimmen klar und deutlich hören und verstehen. Sie war zwar weitgehend willenlos, aber sie konnte fest stehen und sich sicher bewegen.

Jetzt war es Zeit für die Reinigung. Gwydion befahl Kendra das Feuer zu schüren und aus einem Krug einige Handvoll Wasser auf die heißen Kieselsteine zu verteilen. Die Ehrwürdigen legten die Oberkleider ab und setzten sich ums Feuer auf den mit Teppichen ausgelegten Boden. Kendra musste mit einem großen Fächer die heiße Luft verwirbeln und der heiße Dampf brachte sie alle bald zum Schwitzen. Der Schweiß lief auch bald Kendra von der Stirn und über den Rücken – aber sie merkte nichts davon. Nach einiger Zeit befahl ihr Gwydion die Türe zu öffnen und die Ehrwürdigen traten in die kühle Nachtluft hinaus und schritten mit weit ausholenden Armbewegungen zügig um das Gebäude. Anschließend traten sie wieder ein, die Tür wurde wieder geschlossen und die Zeremonie begann von Neuem. Das Ganze wurde dreimal ausgeführt.

Nach dieser Reinigung war es Zeit die eigentliche Zeremonie, die Fruchtbarkeitshuldigung, durchzuführen. Kendra musste einen weiteren Tee zubereiten, diesmal mit schon vorbereiteten Kräutern aus einem anderen Gefäß. Wieder wurde ihr mit Beschwörungsformeln und Gesten das Getränk gereicht, das sie auch jetzt wieder vollständig austrinken musste. Die Wirkung des Tees trat bald ein: sie wurde müde, ihre Augen fielen zu, der Kopf neigte sich zur Seite und schließlich konnte sie sich nicht mehr auf den Beinen halten. Gwydion führte sie zu einer mit Teppichen ausgelegten Stelle abseits der Feuer und legte sie auf den Rücken.

Das Gemurmel der Männer wurde lauter und mündete schließlich in einem monotonen Gesang. Alle sahen jetzt auf Gwydion, der die heikle Zeremonie beginnen musste. Vorsichtig kniete er nieder, schob das Kleid Kendras hoch und betrachtete ihre Scham. Das verklärte Gesicht, das geschmückte Haupt und die intimen Stellen der Jungfrau zeugten vom Wohlwollen der Mondgöttin Litha, die jetzt ihr Opfer forderte.

Gwydion löste seinen Gürtel und legte sich auf die junge Frau um den Ritus der ‚Heiligen Hochzeit' zu vollziehen.

Ihr Geruch des Haares, der schlanke weiße Hals, der feste Busen und ihre warmen Schenkel verwirrten seinen sonst so klaren Geist. Der Gesang, der rauchige Qualm und die erotische Situation überwältigten ihn. Er hatte sich überschätzt, verkalkuliert. Sein erigiertes Glied drang durch die Barriere, ein angenehmer Schauer durchströmte seinen Körper und bevor er reagieren konnte, gab er seinen Samen ab. Erschrocken hielt er inne, dann zog er zurück, stand auf und wandte sich ab.

Das Gesang war verstummt – hatten die anderen sein Missgeschick bemerkt? Schnell richtete er sein Gewand und stimmte wieder den Gesang an. Er durfte sich nichts anmerken lassen; der Ritus muss ordnungsgemäß durchgeführt werden, wenn er seine Achtung und Ehre erhalten wollte! Er brachte noch die Kleider Kendras in den ursprünglichen Zustand und deckte sie mit einem frischen weißen Tuch zu.

Kendra schlief friedlich weiter, nur ihr Gesicht war etwas gerötet und die Mundwinkel zucken etwas. Das waren die Nebenwirkungen des Trankes; morgen früh wäre alles wieder vorbei und Kendra würde sich an nichts mehr erinnern können ...

Die restliche Nacht war geprägt von verschiedenen Wortformeln, Gesten und Gesängen. Von der Mondfinsternis hatten sie alle nichts mitbekommen, aber als sie am frühen Morgen die Türe öffneten und die klare Morgendämmerung aufzog, wussten sie, dass die Göttin nicht zürnen würde.

So glaubten sie jedenfalls ...

... entehrt und gebraucht,
meinem Zwecke zu dienen verwehrt.
Hehre Absicht - verraucht!

Torin

Kendra erwachte mit Kopfschmerzen und steifen Gelenken. Gwydion brachte ihr einen kalten Umschlag, den sie sich über die Stirn legte und nach einiger Zeit fühlte sie sich besser und stand auf. Sie war bei der Zeremonie eingeschlafen, der Trank, die Hitze, der Rauch und die ganze Atmosphäre der kleinen Hütte hielten sie von der Kenntnis der Opfer und Riten fern. Aber so war es gewollt und so hatte es ihr auch Gwydion angekündigt. Die Sonne stand schon eine Handbreit über dem Horizont als sie aus dem Gebäude trat und sich fragte, was jetzt folgen sollte.

Gwydion nahm sie bei der Hand und ging mit ihr zurück ins Dorf, wo die meisten Menschen, an denen sie vorbei gingen, von ihrem normalen geschäftigen Treiben neugierig aufsahen und ihnen lange nachblickten. Diese junge Frau war ungewöhnlich attraktiv und ungewöhnlich war auch, dass sie als Maikönigin schon im April gekrönt wurde. Das war aber dem Himmelsereignis geschuldet. Der Titel wird ihr somit bis zum Beltanefest im nächsten Jahr bleiben.

„Kendra hat ihre Sache sehr gut gemacht, die Götter werden vollkommen zufrieden sein", behauptete Gwydion auf den fragenden Blick der Großmutter, die schon am Hauseingang wartete. Er führte Kendra ins Haus und übergab sie an ihre Mutter mit den Worten:

„Habt Dank für Eure Dienste, und behaltet das hier." Er zeigte dabei auf die Bernsteinkette, die immer noch Kendras Hals schmückte und verließ fast etwas zu eilig das Haus und die verdutzt blickenden Frauen.

Nachdenklich ging er langsam durchs Dorf zurück zu seinen Gefährten, um ihnen zu danken und sich zu verabschieden. Die Opfer, die Reinigung, die rituellen Handlungen waren vollzogen, die Mondfinsternis vorbei. Doch sein Missgeschick beim

Fruchtbarkeitsritus konnte ihn noch in eine ärgerliche Lage bringen. Er hatte versagt, seiner Lust nachgegeben und leichtfertig ein Versprechen gebrochen. Sein Gewissen plagte ihn zunehmend und er sann auf eine Lösung. Diese kam ihm auch bald in den Sinn: sollte Kendra neues Leben empfangen haben, musste schleunigst ein passender Ehegatte gefunden werden, der unwissentlich die Blamage von Gwydion fernhielt.

Torin, der gewählte Anführer der Dorfgemeinschaft, könnte der Richtige sein. Er hatte vor über einem Jahr bei der schwierigen Entbindung des letzten Sprösslings seine Ehefrau und das Kind verloren. Die Nabelschnur hatte sich im Bauch der Mutter um den Hals des Ungeborenen gewickelt, das auch noch unglücklicherweise verkehrt lag und noch im Mutterleib starb. Weder Hebamme noch die Heiler, die zur Niederkunft hinzugeholt wurden, konnten seine Frau retten. Die Gifte des toten Kindes waren schon zu weit in ihren Körper eingedrungen – so jedenfalls wurde es ihm erklärt.

Der ältere seiner beiden Söhne, der damals sechsjährige Ulik, war seit einem Jahr bei einem vornehmen Freund Torins und Anführer des Nachbardorfs zur Erziehung und Ausbildung. Der jüngere Sohn Arthur war beim Tod seiner Mutter erst drei Jahre alt und eine ältere Frau aus dem Nachbarhaus betreute ihn liebevoll. Torin konzentrierte sich danach verstärkt auf seine geschäftlichen Kontakte – er betrieb einen gut laufenden Pferde- und Rinderhandel – und pflegte intensiv die Beziehungen zu seinen Freunden und Gönnern.

Soweit Gwydion wusste, hatte Torin noch kein ernsthaftes Auge auf eine andere Frau geworfen, auch wenn er aufgrund seiner Handelsgeschäfte des Öfteren etliche Tage in den Nachbardörfern oder bei den römischen Lagern unterwegs war und dort sicherlich die eine oder andere Maid beglückte. Ja, dieser Mann war wohl der Richtige! Er musste ihn überzeugen, Kendra zu ehelichen. Er wird ihm seine Unterstützung und Förderung der Geschäfte zusagen und notfalls musste er halt auch Münzen oder Gold einsetzen. Und er musste nicht nur geschickt, sondern auch schnell vorgehen. Es galt keine unnötige Zeit zu verlieren.

Gwydion nahm seinen Umhang und ging mit festem Schritt zum Herrenhaus, dem derzeitigen Wohnhaus von Torin, das gleich neben dem Dorfbrunnen stand. Den Anführern des Dorfes stand dieses große, der Gemeinschaft gehörende Gebäude zur Verfügung, auch wenn Torin es jetzt allein nicht ordentlich bewirtschaften konnte.

„Sei gegrüßt, Torin! Deine Geschäfte laufen gut, wie man hört – nicht wahr?" Gwydion traf Torin vor dem großen Hauseingang, der gerade ein Pferd zäumte und sattelte. Torin wandte sich um und sah etwas erstaunt über diese profane Frage seinem Gegenüber ins Gesicht. Sicherlich hatte der etwas anderes im Sinne als nach seinen Handelsgeschäften zu fragen.

„Auch ich grüße dich, Ehrwürdiger! Nun ja, die Leute reden viel. Aber ich kann nicht klagen. Deine Geschäfte laufen auch gut – die letzte Nacht war wohl ein voller Erfolg. Der Mond scheint wieder in voller Pracht und ihr habt uns wieder mal die Gunst der Götter gesichert."

Gwydion bemühte sich den etwas spöttischen Unterton zu überhören.

„Dein Haus ist ziemlich leer – lass uns reingehen und höre was ich dir zu sagen habe. Geschäft und Pferd können warten!", entgegnete Gwydion im nüchternen Ton.

Torin führte ihn ins Haus; es bestand aus einem großen Raum mit einer zentralen Feuerstelle, einem großen langen Tisch und fellbedeckten Bänken. Im Hintergrund waren die Bettgestelle, das Ehebett und etwas abseits zwei kleinere Gestelle für die Kinder. Im kleineren Raum sah er durch die türlose Öffnung eine steinerne Herdstelle und Regale mit allerlei Küchenutensilien.

Torin bat ihn mit einer Handbewegung sich auf das Tischende zu setzen und er griff nach den Trinkbechern und dem Weinkrug. Wortlos schenkte er ein, stellte die beiden Becher auf den Tisch und setzte sich neben Gwydion.

„Sei willkommen, trinke mit mir, es wird uns beiden guttun."

Sie erhoben die Becher, stießen an und jeder nahm einen tüchtigen Schluck des süßsauren Weins. Torin hatte davon zwei große Amphore von den Römern mit einem Kalb teuer erkauft.

„Du bist unser geschätzter Anführer, ein kluger Händler, ein stattlicher Mann – und doch allein! Dein Trauerjahr ist schon fast ein Jahr vorbei – wird es nicht Zeit wieder eine Frau und Mutter für deine Söhne zu suchen?"

Verblüfft blickte Torin seinem Besuch ins Gesicht. Er hatte alles Mögliche erwartet, aber eine solch direkte Frage erstaunte ihn doch.

„Ich komme gut zurecht, meine Söhne werden versorgt und ich komme auch nicht zu kurz", grinste er. Insgeheim musste er aber seinem Gegenüber recht geben. Alles war viel mühsamer, seit seine Frau gestorben war. Aber als kluger Händler musste er erst erfahren, was sich hier genau anbahnte.

„Du hast gestern sicherlich unsere Maikönigin gesehen, eine Göttin in Menschengestalt – das musst auch du zugeben! Kendra ist die perfekte Frau für dich, fleißig, ehrsam und wunderschön."

Gwydion machte eine kurze Pause und da Torin nicht antwortete fuhr er fort:

„Sie ist sicherlich auch eine gute Mutter für deine Söhne. Arthur, dein Fünfjähriger, vermisst bestimmt eine liebende Person, die ihn das Notwendige und Wichtige lehren kann."

Also war das ein Anbahnungsgespräch für seine Hochzeit! Natürlich kannte er Kendra schon seit längerem, hatte sie aber immer noch als kleines Mädchen angesehen. Doch gestern war er ziemlich erstaunt, wie attraktiv und anmutig sie durchs Dorf ging.

Zweifellos war sie eine der begehrenswertesten Jungfrauen in der Umgebung, aber sie war auch ziemlich mittellos.

"Ja, sie würde sich schon gut machen, aber sie hat ja nichts! Keine Mitgift! Das wäre ein schlechtes Geschäft!"

Aha, so läuft der Hase, dachte Gwydion. Er wäre einer Verbindung nicht grundsätzlich abgeneigt, möchte aber einen für ihn lukrativen Handel daraus machen. Gwydion griff zum Weinbecher und nahm einen Schluck und sagte dann fast beiläufig: „Dem könnte vielleicht abgeholfen werden. Ist es aber nicht wichtiger, dich bei deinem geschäftlichen Handel zu unterstützen? Ich kenne viele einflussreiche Leute und habe da so etliche Beziehungen …"

Das war der richtige Ton auf den Torin hörte und dieser richtete sich unwillkürlich kaum merklich auf. „Wie würde das konkret aussehen?"

„Kendra bekommt eine Mitgift im Wert eines guten Pferdes und du Kontakte zu den Bauern der Dörfer im Nordwesten. Ich kenne viele von denen dort und ich habe letztes Jahr bei meinen Reisen Interessantes erfahren. Da ist einiges zu verdienen."

Torin dachte kurz nach: das hörte sich alles vernünftig und vorteilhaft an. Wenn Kendra auch noch etwas ‚unterm Kleid' hätte, dann wäre das ein vielleicht doch ein gutes Geschäft. Sie war zwar noch recht jung und unerfahren, doch umso eher ließ sie sich noch gemäß seinem Willen ‚formen'. Es könnte klappen – und wenn nicht, dann hätte er wenigstens eine Hilfe im Haus.

Aber einen Einwand hatte er doch noch: „Ich brauche noch ein Brautgeschenk, ich kann ja schlecht wieder ein Pferd zurück schenken", lachte er.

Gwydion wollte schon ärgerlich werden; dieser Gauner, er möchte alles haben aber nichts geben, dachte er. Aber dann regte sich sein schlechtes Gewissen und nach kurzem Überlegen beschloss er ein ungewöhnliches und für ihn wertvolles Opfer zu bringen. Bestimmt würde dann sicher die Mondgöttin Litha über seinen Fehler der vergangenen Nacht hinwegsehen.

Er griff unter seinen Umhang und zog den bronzenen Dolch, den Kendra gestern zum Zerkleinern der Kräuter verwendet hatte, hervor. Dass er ihn nicht nur für den Alltag, sondern auch für einfache Rituale verwendet hatte, brauchte er ja nicht erwähnen. „Hier, das wäre doch ein schönes Brautgeschenk. Kendra ist eine eifrige und sehr gelehrige Kräutersammlerin und wird dieses schöne Messer bestimmt gut schätzen!"

Torin betrachtete den Dolch; er war wirklich gut gearbeitet – ein Schmuckstück, das auch einen praktischen Nutzen hatte. Und sollte Kendra dafür keine Verwendung haben, dann würde er den Dolch an sich nehmen.

„Gut, einverstanden!"

Zügig leerten beide ihre Becher, schüttelten die Hände und der Vertrag war besiegelt.

„Die Hochzeit findet zum Beltane statt. Ich werde alles in die Wege leiten. Ein angemessenes Hochzeitsgeschenk für die Braut hast du ja schon. Und schüttle schon mal die Betten aus!", lachte Gwydion augenzwinkernd.

Beide standen auf und gingen wieder ihren ursprünglich geplanten Aufgaben nach. Torin sattelte sein Pferd fertig und verließ das Dorf. Auf seinem Ritt hatte er genug Zeit über das Besprochene nachzudenken. Gwydion musste die Vereinbarung den drei Frauen mitteilen, aber vorher benötigte er noch einige Sachen aus seiner Truhe …

Er traf Kendra am Dorfbrunnen, wo sie gerade Wasser holen wollte und von einigen ihrer Freundinnen mit Fragen bestürmt wurde. Mit energischem Schritt trat Gwydion hinzu und sagte mit festem Ton: „Kendra, begleite mich, wir haben Wichtiges zu besprechen."

Die Großmutter saß neben dem Hauseingang auf der Bank und band Reisigbündel für einen Besen zusammen. Kendras Mutter war erst nicht zu sehen; sie fütterte hinter dem Haus die beiden Ziegen, doch sie kam bald wieder zurück.

Nachdem sie das Haus betreten hatten, richtete sich Gwydion mit feierlicher Miene auf und sprach: „Die Götter sind weise und gerecht, ihr Ratschlag ist uns ein Befehl. Wir haben gestern die Stimme Lithas vernommen. Sie erwartet einen weiteren Beweis unserer Huldigung – eine Vermählung."

Kendra fühlte ein unangenehmes Gefühl in ihr aufsteigen. Sicherlich hatte das etwas mit ihr zu tun. Wer sonst war in dieser Runde im heiratsfähigen Alter!

„Hört! Wir werden den Befehl der Mondgöttin ausführen und ihr werdet dazu entscheidend beitragen: zu Beltane werden Kendra und Torin vermählt werden!"

Jetzt war es heraus, und Kendras Gedanken schwirrten los. Torin, der Witwer, mindestens doppelt so alt wie sie, mit zwei Kindern, Jungen. Ein Anführer, befehlsgewohnt und manchmal herrisch – kann er auch ein liebevoller Ehemann sein? Sie wusste es nicht, er war nie als einer ihrer Verehrer aufgetreten und auch sonst hatte sie nur flüchtigen Kontakt mit ihm. Wie sollte das funktionieren, er der reiche Händler und sie die arme Kräuterfrau – warum …?

„Es ist alles besprochen und beschlossen. Torin wird sich um das Brautgeschenk kümmern und die Mitgift werde ich beisteuern. Hier, nehmt!"

Gwydion legte eine kleine Tasche auf den Tisch und zog zwei handtellergroße Goldscheiben heraus.

Voller Schreck rief Kendras Mutter:

„Das können wir unmöglich annehmen und Kendra ist noch viel zu jung für so eine Heirat!"

„Kendra wird es annehmen und den Befehl der Göttin befolgen! Oder wollt ihr Unheil über euch und das Dorf bringen?", entgegnete Gwydion harsch.

Jetzt war es an der Reihe Kendras das Wort zu ergreifen.

„Ehrwürdiger! Ich werde gehorchen und meine Mutter und Großmutter werden mich vollkommen unterstützen. Das verspreche ich bei der großgütigen Litha!"

Beltane

Es waren nur noch wenige Tage bis zum Sommerfest – und es gab noch so viel zu tun. Gwydion ließ über Iven die Frauen des Dorfes zu sich rufen, um die anstehenden Arbeiten zu verteilen. Die Hauseingänge waren mit frischen Kränzen zu schmücken, in den Ställen waren Bündel aus Haselnuss- und Weidenzweigen an die Wände zu nageln und Rauchopfer zu bringen. Der Dorfplatz musste gesäubert, der Dorfbrunnen geputzt und die Wege gekehrt werden.

Außerdem brauchten sie für das Fest einen Beltanebaum. Einige ausgewählte Männer hatten einen etwa sechs bis sieben Meter hohen, gerade gewachsenen Baum zu suchen, zu fällen, von den Ästen und Rinde zu befreien und in die Dorfmitte zu bringen. Der ganze Vorgang dauerte Stunden und geschah unter vielem Hin und Her, Begutachten und Abwägen, begleitet vom Geschrei und Gelächter der Dorfjugend.

Gwydion benetzte den Stamm mit einer von ihm vorbereiteten Flüssigkeit aus einem kleinen Kessel und bis zum Festtag durfte keiner mehr den Baum berühren. Erst am ersten Mai wird der Maibaum aufgestellt und dann ziehen alle Dorfbewohner gemeinsam zum Festplatz außerhalb des Dorfes, wo die Feierlichkeiten stattfinden. Vorher waren dort auch noch einige Zelte für die Verpflegung und Opfergaben sowie als Rückzugsort für die Akteure zu errichten.

Die Tage vergingen schnell und die drei Frauen waren eifrig damit beschäftigt, eins der wenigen schönen Kleider Kendras herauszuputzen, Borten und Zierrat anzunähen und die buntesten der fein gewebten Bänder aus Großmutters Truhe herauszusuchen.

„Kleidet sie im besten Gewand, kränzt sie mit bunten Bändern und schmückt sie mit frischen Blumen!", hatte ihnen Gwydion geraten.

Aber es fehlte noch ein angemessener Gürtel. Sie besaßen nur einfache lederne Riemen oder Bänder; eine schöne Gürtelkette sollte es schon sein! Kendras Mutter beschloss ihre Freundin Lynn zu fragen. Denn die Ehefrau von Cayden, dem Adeligen, hatte eine Vorliebe für Schmuck – sie handelte gerne und auch erfolgreich – und sicherlich hätte sie auch einen passenden Gürtel. Die Suche nach einem besonderen Stück war erfolgreich; Lynn fand eine schöne bronzene Gürtelkette mit rosafarbenen Emaille-Pailletten, die sie gerne für den geplanten Zweck verlieh. Dass dabei ausgiebig über Kendras Hochzeitsausstattung gesprochen wurde, verstand sich von selbst. Lynn hatte eine ganze Reihe neugierige Freundinnen und so wusste bald das halbe Dorf über Kendras Kleiderwahl Bescheid.

Einen Tag vor Beltane brachten einige Helfer die versprochenen Opfergaben auf einem besonders geschmückten Karren zum Festplatz und verstauten das Gemüse, die Kiste Getreide und die Getränke in einem der Zelte. Das junge Lamm kam ebenfalls ins Zelt und wurde dort an einem Holzpflock festgebunden. Nach einigem Blöken schien es sich aber zu beruhigen und knabberte an dem bereitgestellten Häufchen Gras. Eine Bewachung wurde ausgelost, alle vier Stunden sollte ein Wechsel erfolgen; die Opfergaben sollten ja zum morgigen Festtag noch komplett vorhanden sein. Die Gaben waren nicht für streunende Hunde oder sonstige Diebe, sondern nur für die Götter vorgesehen!

Noch in der Abenddämmerung trafen sich einige Männer und Gwydion auf dem Dorfplatz, um den Maibaum aufzustellen. Ein etwa einen Meter tiefes Loch wurde ausgehoben, der mit bunten Bändern geschmückte Baum mit vereinten Kräften ins Loch gehievt und in senkrechter Position fest im Loch verankert. Natürlich war das ein willkommener Anlass für die Dorfbewohner – und vor allem für die Jugend – sich hier zu versammeln und dabei allerlei zweideutige Kommentare abzugeben. Bemerkungen wie

„… steckt ihn doch endlich rein – passt er – das Loch ist zu klein – so steht er richtig …", waren noch die harmlosesten.

Schon vor der Morgendämmerung war Gwydion und seine Gleichgestellen im Ritushaus, das Kohlefeuer brannte, das die großen Kieselsteine erhitzte und bald konnten die Reinigungszeremonien beginnen, die erst genauso abliefen wie bei der Mondfinsternis – jedoch ohne Helfer oder Helferin. Nach dem Abschluss der Zeremonie entkleideten sie sich, wuschen sich und zogen frische Gewänder an. Die alten Kleidungen wurden zu einem Bündel gerollt, verschnürt und auf den Holzstoß geworfen. Körperlich und geistig gereinigt, sauber gekleidet und innerlich bereit kehrten sie gemeinsam zum Dorf zurück.

Bald darauf kamen die Bläser, die mit den hornartig gebogenen Bronze-Trompeten, den Carnyces, einen fürchterlichen Lärm veranstalteten und auch den letzten Schläfer weckten. Der Dorfplatz füllte sich. Torin stand neben Ceitidth, der Betreuerin seines jüngeren Sohnes. Diese hielt den jungen Arthur an der Hand und flüsterte ihm einige leise Worte zu, um ihn zu beruhigen. Ulik, der ältere, etwa neunjährige Sohn Torins, stand daneben. Er war normalerweise im Nachbardorf zur Erziehung und Ausbildung, durfte aber gemäß der üblichen Gepflogenheit seine Familienangehörigen nur bei den Jahresfesten und bei außergewöhnlichen Ereignissen sehen. Torins Gefährten und Freunde waren ebenfalls bald zur Stelle.

Etwas nervös nestelte der Bräutigam an seinem Gürtel herum und blickte suchend umher. Seine Gefährten lästerten:

„… vielleicht kommt sie gar nicht … es könnte nur ein großer Scherz sein …"

Für Gwydion war es nun höchste Zeit, die Braut zu holen; er führte die ernst blickende Kendra an der linken Hand zum Dorfplatz. Kendras Mutter und Großmutter folgten ihnen mit freudigen Minen und feierlichen Schritten.

Die Braut trug ein knöchellanges rotes Kleid mit blauen Stickereien, das in der Taille mit dem fein gearbeiteten Bronzegürtel zusammengehalten wurde. Den Rücken bedeckte ein weißer Umhang, der an beiden Schultern mit jeweils einer bronzenen Fibel am Kleid befestigt war. Ihr Haar war dreigeteilt: die Strähnen an der linken und rechten Kopfseite trug sie zu Zöpfen geflochten und um den Kopf gewickelt, während das hintere Haarteil lose über den Rücken fiel. In den beiden Zöpfen waren bunte Bänder eingeflochten und am Hinterkopf verknotet. Unter dem Kleid spitzen lederne, dunkle Bundschuhe hervor, um ihren Hals lag die funkelnde Bernsteinkette.

Kendra war göttlich schön. So mancher der anwesenden Burschen beneidete sicherlich Torin und fragte sich wohl, warum nicht er sich um diese liebenswerte junge Schönheit schon früher beworben hatte. Jetzt war es zu spät!

Die Vermählung war beim Maibaum vorgesehen. Torin stand schon bereit.

Gwydion sprach mit lauter Stimme:

„Torin, Anführer unseres Dorfes, großer Geschäftsmann und mutiger Kämpfer! Willst du Kendra, die schöne, anmutige und wissende Kräuter- und Heilkundige zu deiner Ehefrau nehmen, sie ernähren, eure Kinder lieben und erziehen?"

„Ja, ich will!", erklang es klar und laut von Torin.

„Kendra, du schöne, anmutige und wissende Kräuter- und Heilkundige! Willst du Torin, den Anführer unseres Dorfes, den großen Geschäftsmann und mutigen Kämpfer zu deinem Ehemann nehmen, ihn ernähren, eure Kinder lieben und erziehen?"

Auch Kendra antwortete ebenfalls mit einem lauten „Ja, ich will!"

„Torin, welches Brautgeschenk hast du ausgewählt und mitgebracht?"

Torin zog den bronzenen Dolch aus seinem Gürtel und hob ihn empor.

„Ein geweihter Dolch für deine Kräuter, Pilze und …" Er zögerte kurz, überreichte aber dann das Geschenk an Kendra, die den Dolch leicht irritiert in ihren Gürtel steckte.

„Kendra, welche Mitgift bringst du mit?"

Kendra griff in ihr Geldsäckchen und zeigte die beiden Goldstücke den Umstehenden. Ein Raunen ging durch die Menge, einige erstaunte Rufe erklangen. Die Braut überreichte die Goldstücke Torin, der sie mit zufriedener Miene in seine Gürteltasche steckte.

„So seid im Namen der Götter vermählt. Die Menschen hier sind Zeuge eures Versprechens! Geht und feiert."

Damit beendete Gwydion die Hochzeitszeremonie. Torin nahm Kendra an der rechten Hand, sie stellten sich hinter den Carnyces-Bläsern, den Bodhrán-Trommlern und den Sistren-Trägern auf. Der ganze Zug setzte sich mit Lärmen, Freudenrufen und aufgeregten Geplapper zum Festplatz in Bewegung. Den Abschluss bildete ein Tross mit mehreren Karren, auf denen die Speisen und Getränke für das Fest verstaut waren.

Um die Mittagszeit befahl Gwydion seinen Helfern das ‚Große Feuer' anzuzünden. Alsbald loderten die Flammen empor und mit einer weiteren Anweisung lud er alle Anwesenden ein, aus dem Zelt jeweils einige der Opferteile mitzunehmen und sie ins Feuer zu werfen. Einer der Helfer musste zeitgleich das Lamm aus dem Zelt zerren, mit einem gezielten Messerstich in den Hals töten und ausbluten lassen. Schließlich wurde das unzerlegte Tier ebenfalls in das hochlodernde Feuer geworfen. Gwydion stand abseits und bewegte ständig die Lippen – wortlos dankte er dem Sonnengott Belenus und erflehte seine Gunst.

Die Feier wurde ausgelassener. Viele tanzten ums Feuer, andere berauschten sich am mitgebrachten Met und einige verzogen sich später hinter die nahegelegenen Büsche ...

Torin und Kendra mischten sich ebenfalls unters tanzende Volk – aber meist jeder für sich allein, ohne seinem frisch vermählten Partner, wie so einige etwas verwundert bemerkten.

Erst spät nach Einbruch der Nacht verließen die meisten den Festplatz. Das Brautpaar wurde von seinen Freunden lachend und schwatzend zu Torins Haus geführt und mit einigen zotigen Bemerkungen verabschiedet.

Die Hochzeitsnacht war nicht schön!

Torin, etwas angetrunken, machte nicht viel Umstände und kam ungeduldig gleich zur Sache. Kendra wusste zwar, was die ehelichen Pflichten bedeuten, sie hatte jedoch nicht erwartet, so lieblos genommen zu werden. Sie fühlte weder Schmerz noch Lust und war froh als alles vorüber war. Torin schlief bald ein und Kendra begann zu zweifeln, ob die Götter Gwydion richtig beraten hatten.

Freude und Zwist

Das Leben Kendras änderte sich grundlegend. Sie hatte den Haushalt und den Garten zu versorgen und sich um den kleinen Arthur zu kümmern – wobei letzteres nicht einfach war, denn die Nachbarin, Arthurs Betreuerin Ceitidth, wollte ihn nur äußerst ungern loslassen und sie behinderte die neue Mutter-Sohn-Beziehung so oft es ihr unauffällig möglich war.

Torin verlangte auch regelmäßig seine Rechte.

Das Äußere des Hauses und das Dach waren gut gepflegt, hier achtete Torin auf einen guten Eindruck. Aber die beiden Innenräume waren wohl schon seit dem Tod von Torins damaliger Ehefrau vernachlässigt, die Holzwände voller Schmutz, Spinnweben und Ungeziefer, der Tisch seit langem nicht mehr ordentlich gereinigt, die Sitzfelle auf den Bänken verdreckt und die Küchenecke mit dem Steinofen ziemlich verrußt. Die Leinenlaken über den Strohsäcken und die Wolldecken des Ehebetts mussten dringend gewaschen werden. Die beiden Kinderbetten wackelten.

Nach zwei, drei Wochen hatte sie die größten Missstände im Haus beseitigt und konnte sich auf den Garten konzentrieren. Auch hier war zwar der Gartenzaun in Ordnung, es fehlten jedoch die wichtigsten Gemüsepflanzen. Von den Nachbarn und Freunden besorgte sie sich Samen, Knollen und Pflanzen für Erbsen, Linsen und Bohnen sowie Zwiebeln, Lauch, Kohl und Rüben und säte, pflanzte und pflegte den bald sprießenden Wuchs.

Problematisch war jedoch weiterhin der Umgang mit Arthur. Ceitidth, die Nachbarin, die bisher den jüngsten Sohn Torins betreut hatte, wollte ihn nicht hergeben, und Arthur wollte auch nicht abgegeben werden; er protestierte jedes Mal, wenn Kendra ihn in die Arme nehmen wollte. Nach einigen vergeblichen Versuche sich mit dem Fünfjährigen anzufreunden, beschloss Kendra ihm noch etwas Zeit zu lassen. Aber jedes Mal, wenn sie in seine Nähe kam, versuchte sie freundlich mit ihm zu sprechen und lächelte ihm liebevoll ins Gesicht. Seltsamerweise hatte Arthur kaum Freunde. Mit den anderen Dorfjungen kam er meist in Streit und prügele sich häufig und heftig auch aus nichtigen Anlässen. Torin, sein Vater war jedoch jedes Mal sichtlich stolz, einen so kampfestüchtigen Sohn zu haben und lobt ihn ausgiebig. Er, Arthur, und nicht sein älterer Sohn Ulik, sollte ihm eines Tages mal als Anführer nachfolgen können – dazu musste er ‚gestählt' werden. Nach Torins Meinung gehörte nicht nur die Rauflust, sondern auch die Fähigkeit Schmerzen zu ertragen dazu. Wenn Arthur bei einer seiner Schlägereien unterlag und ein Weinen nicht unterdrücken konnte, bekam er von seinem Vater noch eine Extraportion Hiebe. Ceitidth hatte dann anschließend wieder alle Mühe, die verwirrte Psyche des Knaben wieder in Ordnung zu rücken.

Torin war häufig abwesend, geschäftlich wegen seines Pferdehandels unterwegs. Wenn er zurückkam war er manchmal unnahbar und mürrisch, manchmal aber gierig und unbeherrscht auf ihren Körper. Kendra litt darunter und versuchte sein Verhalten etwas besser zu steuern, aber meist mit mäßigem Erfolg.

Am meisten vermisste sie ihre unbeschwerten, langen Ausflüge in die Wälder, Wiesen und Weiden, die sie vor ihrer Ehe regelmäßig unternahm, um Kräuter oder Pilze zu sammeln. Aber wenn Torin abwesend war, bat sie manchmal ihre Mutter, sie bei den Kräutersammlungen zu begleiten. Ihre Mutter hatte ein fast unerschöpfliches Wissen über die Kräuter und die Heilkräfte der Natur, von ihr konnte sie noch viel lernen und verstehen; außerdem bot sich dabei immer Gelegenheit für vertrauliche Frauengespräche. Kendra beschwerte sich jedoch nie über Ihre Eheprobleme, und ihre Mutter war feinfühlig genug sie nicht offen darauf anzusprechen. Dass etwas nicht so ganz in Ordnung war in Kendras und Torins Beziehung, ahnte sie jedoch schon.

Kendras Körper veränderte sich, sie wurde fraulicher, durch die viele Arbeit auch etwas muskulöser und seit einigen Tagen merkte sie ein Unwohlsein, ihre Tage waren ausgeblieben, immer wieder musste sie zur Latrine und ihr Appetit wechselte häufig. Sie beschloss ihre Mutter und Großmutter aufzusuchen und um Rat zu fragen.

Deren Antwort war spontan und einstimmig: „Du bist schwanger!"

Nach dem ersten kurzen Schreck stieg jedoch ein befriedigendes, freudiges Gefühl in ihr hoch. Ich bin jetzt eine richtige Frau und werde Mutter, dachte sie und begann die beiden erfahrenen Frauen mit allerlei Fragen zu überhäufen.

„Gemach, gemach, du hast noch viel Zeit und wir werden dir helfen. Geh jetzt zurück zu deinem Mann und erzähle ihm diese Neuigkeit", riet ihr im ruhigen Ton die Mutter.

Mit gemischten Gefühlen wandte sie sich wieder dem großen Herrenhaus zu und überlegte, wie sie Torin am besten die neue Situation erklären konnte.

„Göttin Aveta hat es gut mit uns gemeint", sagte Kendra eher beiläufig an einem der nächsten Tage beim Abendessen mit Torin.

„Aveta? Kenne ich nicht!", antwortete Torin etwas ungelaunt.

„Aveta hilft den stillenden Frauen ... und den Gebärenden", sagte Kendra sanft und sah Torin ins Gesicht.

„Arthur wird schon lange nicht mehr gestillt ..., äh, du sprichst von dir? Bekommst du ein Kind, einen Sohn?"

„Ob es ein Sohn wird, weiß vielleicht Aveta – aber ja, ich erwarte ein Kind."

⋙⋘

Torin verhielt sich in den nächsten Wochen recht verständnisvoll, er nahm Rücksicht auf den seelischen und körperlichen

Zustand von Kendra. Offensichtlich freute er sich auf den Nachwuchs. Ulik, sein ältester Sohn, war im Nachbardorf bei vornehmen Leuten in Ausbildung und gut versorgt. Nach einer Fehlgeburt war sein jüngster Sohn, Arthur, sehr willkommen gewesen. Torin und seine Frau hätten gerne viele weitere Kinder gehabt, aber das dritte Kind, ein Mädchen, starb schon in den ersten Wochen nach der Geburt. Und dann war seine Frau bei der Entbindung des letzten Kindes vor über einem Jahr gestorben. So war er über einen weiteren Nachwuchs erfreut.

Die nächsten Monate vergingen in gewohnter Weise, Kendras Unwohlsein verschwand und der Bauchumfang wuchs. Torins anfängliche Zurückhaltung legte sich jedoch mit der Zeit und er verlangte seine regelmäßigen Beiwohnungen. Kendra ließ ihn gewähren, aber mit der Zeit fühlte sie sich dabei immer unwohler, wo war die Zärtlichkeit, die Liebe und das Verständnis – Torin drehte sich meist nach dem Akt einfach um und Kendra konnte lange nicht einschlafen. Wo war das ,besondere Erlebnis', von dem ihre Großmutter so verträumt gesprochen hatte?

Während der letzten Schwangerschaftswochen weigerte sich Kendra jedoch mit Torin intim zu werden, was dann häufig zu Wutausbrüchen Torins führte, wonach er sich den einen oder anderen Krug Wein oder Met zur Beruhigung genehmigte. Zu allem Übel musste Kendra dann nicht nur seine schlechte Laune, sondern auch noch sein heftiges Geschnarche ertragen.

Gwydion kam hin und wieder vorbei und besprach mit Torin einige seiner geschäftlichen Neuigkeiten und Handelsratschläge. Nebenbei erkundigte er sich auch bei Kendra nach ihrem Befinden, aber eigentlich wollte er nur hören, dass alles in bester Ordnung sei. Das war es zwar nicht – weder Torin noch Kendra gaben ihm jedoch auch nur einen Hinweis, daran zu zweifeln. Trotzdem sah Gwydion eine zunehmend deutliche Unstimmigkeit zwischen den beiden Eheleuten. Als er nach einem seiner Besuche wieder ein unübersehbares Zeichen fühlte, beschloss er, seine leider nur schwach ausgebildete Seherfähigkeit in einer Opfer- und Ritusnacht zu prüfen. Vielleicht erfuhr er von den Göttern mehr.

Während der Morgendämmerung nach einer durchwachten Nacht mit Kräuter- und Fleischopfern, Gebeten und im trance-ähnlichen Zustand blitzten Bilder – oder Träume? – in seinem Kopf auf. Er hörte Lärm und sah Feuer und Blut, ein heller Blitz oder Funke zerschnitt eine lange Linie. Verwirrt versuchte er anschließend das Erlebte zu verstehen – war es das Geburtsgeschehen mit den Wehenschmerzen und dem Trennen der Nabelschnur oder eine ernsthafte Auseinandersetzung und Trennung der Ehe oder …?

Die ganze nächtliche Anstrengung hatte keine Klarheit gebracht; erschöpft und enttäuscht schlief er schließlich ein.

⚜⚜⚜

Die ersten Anzeichen der anstehenden Niederkunft zeigten sich spät in der Nacht und Torin holte schließlich am Morgen die Hebamme, die schon in den letzten Schwangerschaftswochen Kendra betreut hatte.

„Ruhig atmen, ein und aus!" Die Hebamme hielt Kendra mit beiden Armen sanft fest, die mit entblößtem Unterleib auf einem Geburtsschemel hockte, schwitzte und bei jedem Wehenschub erst heftig stöhnte, dann aber zunehmend laut ihre Schmerzen und ihren Unmut über die lange Geburtsdauer rausschrie.

„Pressen, fest – und nochmal und nochmal!" Ein heftiger kurzer Schmerz im Unterleib, der sich wie ein Messerstich anfühlte, und die Hebamme hatte das Kind in den Händen.

„Ein wunderschönes Mädchen! Hier nimm es!" Freudig und erschöpft nahm Kendra das kleine Geschöpf an die Brust, während die Hebamme die Nabelschnur trennte und auf die Nachgeburt wartete.

Torin kam nach dem ersten Schrei des Kindes ins Haus und begutachtete den Nachwuchs.

„Ein Mädchen", sagte er erst etwas enttäuscht, „Hoffentlich ist alles dran!" Was er damit meinte, wusste er wohl selbst nicht, aber die Hebamme erklärte ihm, dass alles seine Richtigkeit hatte.

Kendra überkam ein wundervolles Gefühl, der Schmerz war vorüber, das neue Leben war so verletzlich, so klein, so lieb – ihr rannen die Tränen über die Wangen und mit Hilfe der Hebamme konnte sie sich im Bett neben ihr Kind kuscheln und beide schliefen bald ein.

Die nächsten Tage waren angefüllt mit Stillen, Pflegen und Säubern der Kleinen. Die Hebamme und die Nachbarin unterstützen sie dabei. Arthur war manchmal auch dabei, außer verwundertem Schauen und hin und wieder einigen kurzen Fragen kümmerte er sich aber nicht viel um das neue Wunder.

Ein Dammriss machte Kendra anfangs Probleme, er verheilte langsam. Unmissverständlich machte sie Torin klar, dass es in nächster Zeit kein gemeinsames Zusammensein im Bett geben werde. Er zuckte nur mit den Schultern, wendete sich wortlos ab und verließ das Haus. In seinem Leben gab es keine große Änderung, er ging seinen Geschäften nach, blieb oft länger über mehrere Tage weg und besprach mit Kendra nur das Nötigste.

Ganz anders für Kendra – ihr bisheriger Tagesablauf änderte sich durch das Kind von Grund auf – und ohne Unterstützung von Mutter und Großmutter wäre sie in ihrem geschäftigen Treiben und in der zeitweiligen Niedergeschlagenheit verloren gewesen. Manchmal saß sie neben dem schlafenden kleinen Töchterchen und weinte. Sie fühlte sich so leer, so einsam. Die Monate der innigen Gemeinschaft mit dem so wunderbaren neuen Leben in ihrem Bauch, der innigen lautlosen Zwiesprache und der

Glücksgefühle, wenn das Ungeborene wieder mal heftig strampelten – alles Vergangenheit! Und jetzt lag das so kleine, hilfsbedürftige und zarte Geschöpf vor ihr und sie musste es mit allem versorgen. Und keiner half ihr, niemand, sie musste allein mit dem kleinen Säugling, dem Haushalt und der freudlosen Ehe zurechtkommen! Nein – ehrlicherweise war sie nicht allein, sie bekam doch Unterstützung von ihrer Mutter und Großmutter und hin und wieder schaute auch die Nachbarin vorbei. Sie durfte nicht ungerecht sein! Aber schwer war es trotzdem!

Nach einigen Wochen hatte sich jedoch der Tagesablauf eingespielt und sie konnte trotz Haushalt, Garten und Kinder – Arthur kam weiterhin selten freiwillig zu ihr ins Haus – immer wieder Zeit finden, mit ihrer Mutter auf Kräutersuche zu gehen. Die Nachbarin übernahm in diesen Stunden dann die Aufsicht über die Kleine.

„Wir müssen unserer Tochter einen Namen geben, sie ist jetzt schon zehn Wochen alt und ich nenne sie immer noch ‚Kleines‘. Hast du einen Vorschlag?", fragte Kendra eines Abends.

„Ist mir egal, mach's du!", brummte Torin und stiere in seinen Krug.

„Ich möchte sie ‚Bryanna‘ nennen, damit sie stark wird und die Natur liebt", beschloss Kendra und nahm ihren kleinen Sonnenschein etwas fester an die Brust und drückte dem schlafenden Mädchen einen sanften Kuss auf die Stirn.

Nach einigen Wochen wurde Kendra klar, dass sie sich mit dem Fortgang ihrer geschlechtlichen Beziehung zu Torin klar werden musste. Sie wollte auf keinen Fall noch ein Kind mit ihm. Da sie es wohl kaum verhindern konnte, dass er ihr beiwohnte, musste sie eine andere Lösung finden. Ihre Mutter und Großmutter hatten ihr schon während des Reifegesprächs vor drei Jahren die wichtigsten Frauen- und Männerangelegenheiten erklärt, aber über die Vermeidung einer Schwangerschaft hatten sie nicht gesprochen.

Während einer erneuten Abwesenheit von Torin nutzte sie die Gelegenheit zu einem Besuch mit der kleinen Bryanna bei ihrer Mutter und Großmutter. Beide waren erst etwas erstaunt über ihr Anliegen, war doch ein reicher Kindersegen der Wunsch der Götter – und der Dorfgemeinschaft. Viele Kinder bedeuten viele Hände und viele Möglichkeiten für die Versorgung der Familie, des Clans und der ganzen Gemeinschaft. Aber aus den früheren vertraulichen Gesprächen während ihrer Kräutergänge wusste ihre Mutter über die Sorgen und Nöte ihrer Tochter Bescheid und nach einigem Nachdenken blickten sich schließlich Mutter und Großmutter zustimmend in die Augen.

„Nimm täglich morgens und abends in kleinen Schlucken einen Becher eines heißen Tees aus getrocknetem, zerkleinertem Wermutkraut und vermeide die eheliche Zusammenkunft zwischen dem elften und sechzehnten Tag nach deiner Blutung!", riet ihr die Mutter – „Und lass' Torin nichts davon wissen, er würde es sicherlich nicht gutheißen!", ergänzte sie noch warnend an Kendra mit einem eindringlichen Blick.

„Das gilt aber nur für einen regelmäßigen Abstand deiner Blutung, der insgesamt von einem gleichen Mondbild zum anderen dauert. Ist dein Blutungsabstand kürzer, musst du auch entsprechend früher die Zusammenkunft vermeiden." Kendra nickte, sie wusste, dass sie sich das gut merken konnte.

„Außerdem gibt es noch zusätzlich eine weitere Möglichkeit, aber bei der musst du dich selbst berühren", ergänzte ihre Großmutter.

„Ich bin dazu bereit, erkläre mir es!", bat Kendra.

„Du musst mit deinem Finger in dein weibliches Zentrum so weit einfahren, bis du einen Widerstand fühlst – du machst das am besten im Liegen – ist er hart, dann bist du unfruchtbar, ist er weich, dann solltet ihr nicht zusammenkommen."

Erstaunt blickte sie die Mutter an. „Das hast du mir noch nie verraten!", klang es in einem einigermaßen vorwurfsvollen Ton an die Großmutter.

„Du hast diese Art ja auch nie gebraucht."

„Ja, das stimmt, ich wollte immer eine Tochter wie dich", wandte sie sich mit liebevollem Blick zu Kendra. „Leider starb mein Mann, dein Vater, zu früh in diesem verfluchten Streit mit dem anderen Stamm", flüsterte sie noch mit gesenktem Kopf.

Tags darauf ging Kendra auf die Suche nach dem Wermutkraut, einer etwa knie- bis hüfthohen, silbrig graublättrigen Pflanze. Sie wusste, dass sie am steinigen Sonnenhang am Ufer des kleinen Flusses am unteren Dorfende wuchs. Die normale Heilkraft des Wermutkrauts kannte sie auch schon von früher, die bei Verdauungsstörungen, Kopfschmerzen Entzündungen und Schlaflosigkeit wirkte.

Vorsichtig pflückte sie mehrere Hände voll von diesen an der Oberseite dicht behaarten Blättern und legte sie behutsam in ihre Kräutertasche. Zu Hause konnte sie die Pflanzen dann trocknen und zerkleinern. Außerdem sammelte sie noch einige der kleinen gelben Blüten mit den Samen – vielleicht wuchs diese Pflanze ja auch in ihrem Garten.

Glen

Die Jahre vergingen schnell. Bryanna entwickelte sich prächtig, doch Arthur fand immer noch schwer Zugang zu Kendra. Die eheliche Beziehung blieb weiterhin kühl. Problematisch wurde es immer dann, wenn Kendra sich Torin verweigerte – und da gab es einige Gründe – wenn er wieder mal zu viel getrunken hatte oder wegen eines ungünstigen Geschäfts grantig und grob wurde oder weil es die fruchtbaren Tage ihr nicht erlaubten.

Kendra wurde kein weiteres Mal schwanger.

Torin war mit seinen Angelegenheiten beschäftigt und Kendra konzentrierte sich auf ihre weitere Ausbildung als Kräuter- und Heilkundige. Dabei bekam sie zunehmend Unterstützung von Gwydion, der ihr aus seinem reichen Erfahrungs- und Kenntnisschatz wertvolle Anleitungen zur Herstellung und Verabreichung der Tees, Salben und Düfte sowie der Behandlung von Verletzungen und Krankheiten erhielt. Über die damit verbundenen Riten, religiösen Handlungen und Opferungen sprach er jedoch nur selten und vage.

Viel Freude, aber auch Anstrengung, bereiteten ihr die Stunden, die sie gemeinsam mit dem Erlernen der Schriftzeichen und den Grundbegriffen von Latein verbrachten. Gwydion bestand darauf – er war zwar kein perfekter Schrift- und Sprachlehrer, aber schon bald konnte Kendra nicht nur ihren Namen schreiben, sondern beherrschte das ganze Alphabet. Und sie konnte sich nach einigen Jahren schließlich in einem einfachen und etwas holprigen Latein mit ihm unterhalten.

Zwischen Kendra und dem Druiden entstand mit der Zeit eine zunehmende Vertrautheit, beide versuchten bei ihren Lehrstunden und gemeinsamen Gesprächen – vermutlich unbewusst – sich in den anderen zu versetzen. Gwydion fühlte zunehmend einen Zwist in sich – er hatte Kendra und Torin gedrängt, ja fast gezwungen, zu heiraten – die Ehe verlief jedoch nicht glücklich, das bemerkte er mittlerweile immer deutlicher. Aber er konnte und wollte nicht zu einer Trennung raten. Wer sollte dann die beiden versorgen und die Ausbildung Bryannas sicherstellen? Und sollte er damit zugeben, dass er sich geirrt hatte?

Kendra bemerkte diese Unstimmigkeiten in Gwydions Gefühlen und eines Tages, bei einem allgemeinen Gespräch über die Moralvorstellungen der Menschen in ihrer Umgebung, fasste sie sich ein Herz und fragte Gwydion, wann eine Ehescheidung, eine Trennung, möglich wäre. Er antwortete, dass das in beiderseitigem Einverständnis jederzeit erfolgen konnte. Bei Unfruchtbarkeit, wiederholter Tätlichkeit, ernsthaften Misshandlungen, dauerhafter Verweigerung der ehelichen Pflichten, ehelichen Vergewaltigungen oder gar Mordversuchen – sei es vom Ehemann oder von der Ehefrau – durfte die Trennung unmittelbar nach der Tat verlangt werden.

Bryanna war vor einigen Monaten sieben Jahre alt geworden, tollte gerne im Dorf mit ihren Freundinnen rum, schlich sich aber auch hin und wieder heimlich durch ein Loch im Dorfzaun ins nahegelegene Haselnussgebüsch am Waldrand. Dort war ihr Lieblingsplatz beim Sonnenstein – aber leider hatte sie dort vor ein paar Tagen den „Mord" des kleinen Häschens durch ihren Bruder Arthur mitansehen müssen. Seitdem sprach sie kein einziges Wort mehr mit ihm und sah ihn höchstens zornig und mit Abscheu an. Wenn möglich ging sie auch ihrem Vater aus dem Weg, er hatte ja Arthur wegen dieser Tat sogar gelobt. Ihr zweitliebster Ort war die Pferdekoppel außerhalb des Dorfes, unten am kleinen Fluss. Dort war auch der Pferdestall mit den vielen Pferden. Vor allem hatten es ihr die kleinen Fohlen, die in diesem Frühjahr zur Welt kamen, angetan.

Liam, der zehnjährige Gehilfe von Glen, dem Pferdewirt, und Sohn eines Adeligen aus einem entfernten Nachbardorf, hatte ihr schon vieles erklärt: es gab die kleinen struppigen Ponys, die rotbraunen Fuchse und sogar einen Schecken. Außerdem zwei Maultiere und zwei Esel. Zwanzig Pferde, vier Fohlen, die Maultiere und die Esel gehörten der Dorfgemeinschaft. Fünfzehn erwachsene Tiere und drei Fohlen waren Eigentum von Torin; mit all denen trieb er seinen Pferdehandel und gab etwas vom Gewinn der Dorfgemeinschaft ab. Und dann waren da noch die vier schwarzen und braunen hochgewachsenen Tiere, die ihr mit so klugen Augen ins Gesicht schauten. Vor denen hatte sie anfangs noch etwas Angst, aber später wagte sie es mit Hilfe von Liam ihnen mit der Hand ein Grasbüschel oder sogar einen Wildapfel zu reichen. Die feuchten Lippen des Pferdemauls kitzelten ihre kleine Hand und sie musste jedes Mal ziemlich kichern. Meist drehten sich diese schönen Tiere wieder um, liefen ein Stück weit weg oder schnaubten laut, sie wollten mehr von den Leckereien. Die Fohlen waren zutraulich, aber viel ungeduldiger. Liam sagte, nächstes Jahr dürfe sie mal auf eines aufsitzen – er würde sie das Reiten lehren. Glen, der kannte sich noch viel besser aus mit den Pferden – er konnte sie sogar zähmen und zureiten!

Diese vier großen Pferde gehörten Glen, er hatte sie vor einigen Jahren hier ins Dorf mitgebracht, als Torin ihn als Pferdewirt angeworben hatte. Glen war vorher bei den römischen Hilfstruppen erst als Pferdeknecht in Diensten gewesen. Später war er mit deren Pferdezucht betraut. Nach Ablauf der fünfundzwanzigjährigen Pflichtzeit erbat er sich als Teil seines Abschiedssolds eben diese Pferde – einen Hengst und drei Stuten – um eine eigene Zucht aufzubauen. Torin traf ihn bei seinen Geschäften in Boiodurum, dem Römerlager am Zusammenfluss der drei Flüsse Danuvius, Aenus und Eltisia, und erkannte gleich die gute Gelegenheit, die sich für die dörfliche Pferdeherde und dem damit verbunden Handelsmöglichkeiten mit den Römern ergeben könnte. Die römischen Legionärsführer suchten ständig gute Pferde für ihre Reiterei. Und sie zahlten gutes Geld dafür! Glen sollte mit Hilfe des bisherigen Pferdeknechts die Herde seines Dorfes betreuen, deren Nachwuchs zu kräftigen Zug- oder furchtlosen Reittieren trainieren. Dafür könne er kostenlos wohnen, die Pferdeweide, Koppel, Stall und alle dazugehörigen Geräte benutzen sowie jedes zweite Fohlen seiner drei Stuten behalten. Ein gutes Handgeld gäbe es obendrauf! Die restlichen ausgebildeten Pferde, die sich nicht zur weiteren Zucht eigneten, sollten zu Gunsten der Dorfgemeinschaft an die anderen Dörfer oder an die Römer verkauft werden. Sie wurden einig und so konnte Glen das kleine Haus neben der Pferdestallung beziehen und dort seine Arbeit verrichten. In den Folgejahren konnten etliche gute Geschäfte mit den Römern abgeschlossen werden; hierbei waren die guten Kontakte und der gute Ruf Glens sehr von Vorteil.

Torin hatte zur Unterstützung Glens vor drei Jahren den damals siebenjährigen Liam, einen Sohn eines seiner Geschäftsfreunde, als Helfer eingestellt. Der erwies sich als gelehriger und lernbegieriger Pferdefreund; schon nach kurzer Zeit konnte er ihm die Betreuung der Fohlen anvertrauen: ausmisten, striegeln, Wasser holen und täglich die Tröge mit zerkleinerten Äpfeln, Kraut oder Rüben füllen.

Bryanna war gleich beim ersten Mal, als sie Liam traf, von ihm ziemlich beeindruckt. Wie klug er war, wie groß und stark er anzuschauen war, wenn er die Fohlen an der Leine führte oder ihr die unterschiedlichen Fellschattierungen der Pferde erklärte.

Ja, man könnte sagen, Bryanna war auf Anhieb in Liam verliebt – eine Kinderliebe, aber eine ehrliche Zuneigung. Sie ging gerne zur

Pferdekoppel und blieb oft bis zum Abend dort, sie lief neben Liam her wie ein gelehriges Fohlen. Kendra musste sie immer wieder kurz vor Einbruch der Dunkelheit abholen, meist fand sie Bryanna in Glens Hütte oder in der Stallung bei Liam und Glen. Anfangs war Kendra etwas ungehalten über die Ungehorsamkeit Bryannas – sie sollte ja rechtzeitig vor der Dämmerung zu Hause sein – aber als sie die Pferde und Fohlen sah und ihr Glen erklärte, wie interessiert Bryanna an den Tieren war, wurde sie nachsichtiger. Und sie bemerkte auch, dass Glen, trotz der vielen Arbeit, ein wachsames Auge auf ihre kleine Tochter hatte.

„Heute müssen wir die Hauswand des Pferdestalles ausbessern. Ihr drei holt aus der Lehmkuhle genügend Material und ihr vermischt es mit Stroh und repariert die kaputte Stelle! Glen wird euch alles zeigen."

Torin deutete jeweils auf die entsprechende Gruppe der Frauen, die er diesen Morgen zusammengerufen hatte. Kendra war zum Lehmtreten eingeteilt. Dabei wurde mit den nackten Füßen Lehm, Wasser und kleingeschnittenes Stroh vermischt und durchgeknetet. Nach einiger Zeit konnte dann mit den Händen das Gemisch an die Flechtwand aus Haselnussruten verstrichen werden, damit die abgebrochenen Wandstellen wieder dicht würden. Der letzte große Regen hatte auf der Westseite des Gebäudes einige größere Stellen beschädigt und so waren die Frauen fast den ganzen Tag mit der Reparatur beschäftigt.

Am späten Nachmittag packten die Frauen dann ihre Sachen und machten sich auf den Heimweg zurück ins Dorf – nur Kendra blieb noch da, um Bryanna mitzunehmen. Sie hatte jedoch noch Hände und Füße voller Lehm und so rief sie nach ihrer Tochter. Stattdessen kam Glen aus dem Haus, sah sie kurz an und ging wieder zurück. Bald darauf kam er mit einem Eimer Wasser heraus und stellte ihn lächelnd vor ihr auf den Boden.

„Bryanna ist mit Liam im Haus und knabbert an einem Stück Brot. Du kannst dir hiermit inzwischen den Schmutz abwaschen."

Kendra blickte ihn etwas verwundert an, sagte aber nichts, sondern begann ihre Füße in den Eimer zu stellen und sie zu waschen. Glen ging wieder ins Haus, kam mit der noch kauenden Bryanna und einem groben Leinentuch raus.

„Hier, nimm." Glen sah ihr etwas versonnen beim Abtrocknen zu, was Kendra verlegen machte.

„Bist du immer so neugierig?", fragte sie keck.

„Oh, entschuldige, ich war nur von deinen schönen Füßen gefesselt", erwiderte er und bedauerte seine voreilige Bemerkung fast schon wieder. Er wollte sie nicht belästigen, drehte sich schnell um und ging ins Haus.

Kendra lächelte. „Komm meine Kleine, wir müssen nach Hause. Unsere Männer warten schon aufs Abendessen."

∽❧❧❧∼

„Ich mag es gar nicht, wenn du so lange aus dem Haus bist und wir hungern müssen. Was hast du bei diesem Pferdemenschen so lange gemacht?", fragte ungehalten Torin. „Die anderen sind schon längst wieder zurück."

„Ich musste mich noch waschen und Bryanna heimholen. Es wäre auch kein Problem für mich, wenn ihr schon mal mit dem Essen angefangen hättet", erwiderte ruhig Kendra und griff nach Brot und dem Krug mit dem honiggesüßten Wasser. Das weitere Essen verlief wortlos und bald verzogen sich Kendra und Bryanna nach dem anstrengenden Tag in die Bettstatt.

In den nächsten Tagen musste Kendra immer wieder an die Bemerkung Glens über ihre Füße denken. Die anderen Männer bemerkten meist nur ihr attraktives Gesicht oder ihre wohlgeformte Figur, aber ihre Füße hatte noch keiner bewundert. Hatte Glen einen anderen Blick auf Frauen, auf sie? Sie nahm sich vor, beim nächsten Treffen aufzupassen.

Einige Tage später wollte sie wieder ihre Tochter abholen und kam schließlich bei der Pferdekoppel an. Glen stand mit dem Rücken zu ihr in einiger Entfernung neben einem jungen Pferd und berührte dessen Flanke mit einem Stück Sackleinen. Er sprach dabei die ganze Zeit mit dem Tier, Kendra verstand jedoch kein Wort, aber es klang sehr sanft und beruhigend. Dann schob er langsam das Stofftuch über den Rücken des Pferdes bis zum Mähnenansatz und drückte mit beiden Händen von oben fest dagegen. Das Pferd schnaubte leicht und blickte zur Seite zu Glen, der ihm nun den Hals streichelte und mit der anderen Hand einen Apfel reichte. Mit der Zunge schnalzend trat er einen Schritt zurück, das Pferd trabte an und nach einigen Pferdelängen verlor es das lose Stück Tuch vom Rücken, ohne sich noch weiter darum zu kümmern.

Glen holte das Sackleinen und bemerkte Kendra, die am Koppelzaun fasziniert zugesehen hatte. „Es ist noch zu jung zum Reiten, aber nächstes Jahr sollte es so weit sein, dass es Sattel und Reiter akzeptiert."

Er ging zu Kendra, die am Zaun der Pferdekoppel lehnte, und lachte ihr ins Gesicht. „Manche brauchen eine liebevolle Hand, andere eine etwas strengere – Pferde sind eben auch nur Menschen", scherzte er.

Kendra lächelte zurück: „Es kommt wohl auf den Partner an, wie sich die ganze Sache entwickeln kann. Ich glaube, du kannst das recht gut und deine Pferde sind dafür bekannt, dass sie wohlerzogen... äh, wohltrainiert sind."

„Ja, manchmal glaube ich wirklich, sie verstehen mich tatsächlich, auch wenn ich hin und wieder den Eindruck habe, sie lachen mich aus", versuchte er das Kompliment etwas zu korrigieren.

Kendra blickte ihn immer noch mit offenen, freundlichen Augen an und überlegte kurz, ob diese Bescheidenheit gespielt oder echt war. Aus seiner Haltung, seinem Gesichtsausdruck und Tonfall gab es jedoch keinen Zweifel, er meinte es so, wie er es sagte – einfach und ehrlich. Beide standen noch eine Weile ohne Worte am Zaun und betrachteten die grasenden Pferde. Kendra fühlte eine Ruhe und Vertrautheit, wie sie sie schon lange nicht mehr gekannt hatte.

„Ich suche eigentlich meine Tochter, ist sie hier?", fragte sie schließlich.

„Nein, ich habe sie heute noch gar nicht gesehen. Aber ich habe Liam zum Bürstenmacher geschickt, um einige neue Besen und Bürsten zu kaufen. Vielleicht ist sie mitgegangen. Liam müsste bald zurückkommen."

Kendra nickte Glen zu und wandte sich zum Gehen. Es war besser, wenn sie nicht zu lange allein bei Glen stand – wer weiß, wer von den Dorfbewohnern noch auf dumme Ideen kommen könnte. ‚Dumme Ideen‘, dachte sie, ‚naja, so dumm wäre das vielleicht gar nicht‘. Glen schien warmherzig und ehrlich zu sein und sie fühlte sich in seiner Gegenwart angenehm berührt.

Bryanna war tatsächlich mit Liam unterwegs gewesen, Kendra traf sie auf dem Rückweg zum Dorf, wo sie aufgeregt über die Einkaufstour plapperte. Kendra wunderte sich immer wieder, wie selbständig und geschäftig ihre siebenjährige Tochter schon war.

Während einer der nächsten Nächte kam Torin wieder mal angetrunken von einer ziemlich feuchten Männerrunde mit seinen Gefährten zurück und legte sich erregt zu Kendra.

Die stieß ihn etwas zu grob zurück und fauchte:

„Lass mich in Ruhe, ich bin müde und du stinkst!" Außerdem bin ich gerade in meiner empfänglichen Zeit, dachte sie.

Torin schrie vor Wut:

„Nichts da! Du gehörst mir und hast mir zu gehorchen! Ich werde dir schon zeigen, was sich gehört …"

Mit hartem Griff fasste er sie an die Arme und zwängte sein rechtes Bein zwischen ihre Oberschenkel. Kendra wehrte sich und versuchte ihn von sich abzuwälzen. Es gelang ihr nicht. Da stieß sie voller Verzweiflung ihr rechtes Knie heftig nach oben und Torin brüllte vor Schmerz kurz auf, ließ los und rollte sich zur Seite. Das verhalf Kendra Raum aufzuspringen; sie lief zum Bett von Bryanna, nahm die gerade aufgewachte Tochter in die Arme und lief mit ihr aus dem Haus. Von drinnen klangen ihr noch die mit sich überschlagender Stimme ausgestoßenen Flüche Torins nach.

Wo soll ich denn jetzt hin, überlegte Kendra verzweifelt. Weg von hier, nur weg!

Sie lief hangabwärts zum Dorfausgang, auf die Pferdeweide zu. An Glens Haustür klopfte sie laut und kräftig. Es dauerte einige Zeit, bis die Tür aufging und Glen sie erst fragend anschaute, aber dann gleich bat:

„Kommt rein, hier seid ihr sicher!"

Er breitete in einer Raumecke einige Schaffelle auf dem Boden aus und legte Bryanna vorsichtig darauf; sie schlief bald darauf wieder ein.

Kendra stand mit Tränen in den Augenwinkeln, gesenktem Kopf und mit hängenden Armen verloren in der Raummitte als Glen zu ihr trat und sie umarmte. Beide verharrten einige Zeit regungslos, bis Glen ihr über die Haare strich und leise sagte:

„Willst du sprechen?"

Kendra schüttelte nur leicht den Kopf, erwiderte seine Umarmung und legte ihren Kopf an seine Brust. Glen gab ihr einen leichten Kuss erst auf die Stirn und dann auf die Wange und schließlich brach es aus beiden heraus – sie küssten sich voller Leidenschaft und nach glückseligen Minuten – oder Stunden? - führte Glen Kendra zu seiner Schlafstelle, wo sie sich voller Zärtlichkeit mit liebevoll geflüsterten Worten vereinten.

⊰⊱⊱

„Aufstehen, ihr Schlafmützen! Die Pferde brauchen euch, es ist schon hell!"

Bryanna fand es anscheinend nicht befremdlich, dass Kendra in den Armen von Glen lag und sich verlegen die Augen rieb. Beide lösten sich und sahen sich in die Augen. Bryanna war schon aus dem Haus gelaufen, um zu den Fohlen zu sehen.

„Wir müssen mit ihr reden. Und du musst mit Torin unsere neue Situation klären!", sagte Glen.

„Ja, auch du musst deine Situation mit Torin klären – er wird dich sicher nicht weiter als Pferdewirt beschäftigen! Was haben wir nur getan! Es wird unser beider Leben deutlich verändern ...", sorgte sich Kendra.

„Bereust du, dass wir diese wunderbare Nacht zusammen verbracht haben? – Ich nicht! Du bist meine Blume, mein Stern, und wir werden unser Leben schon gemeinsam wieder in Ordnung bringen", beruhigte sie Glen.

„Ich bereue auch nichts, mein Leben war vorher nicht in Ordnung und es kann nur besser werden. Ich werde nicht mehr zurückgehen, und meine Tochter liebt dich ja auch ...", flüsterte sie und schloss die Augen. Glen umarmte sie und küsste sie dankbar.

„Aber jetzt sollten wir wirklich zu deiner Tochter und zu den Pferden sehen ..."

⊰⊱⊱

Torin wachte mit Kopfschmerzen auf. Die Stelle zwischen seinen Beinen schmerzte, voller Ingrimm stand er mühsam auf. Kendra war nicht da, Bryanna war auch nicht in ihrem Bett. Er schüttete sich einen halben Krug Wasser über den Kopf und trat aus dem Haus. Die Sonne war schon ein gutes Stück über den bewaldeten Hügeln, einige Dorfbewohner waren auf dem Weg und blickten ihn verwundert an.

„Gafft nicht so! Wo ist meine Frau?"

Einer der ihm entgegenkommenden Männer winkte nach hinten, sagte aber kein Wort. In der angegebenen Richtung war nur das Haus seines Pferdewirtes. Sollte Glen damit etwas zu tun haben, fragte er sich, und ein hässliches Gefühl stieg in ihm auf, als er weiter zur Pferdekoppel und den Stallungen ging.

„Was soll das, komm sofort nach Hause, was sollen die Leute denken!", blaffte Torin Kendra an, die mit einem Wassereimer neben einem Trog bei einem Pferd stand.

„Geh du wieder nach Hause, wir werden hierbleiben! Es gibt für dich hier nichts zu tun. Lass uns in Frieden." Kendra blieb stehen und wartete ab.

Wütend wie ein gereizter Stier lief Torin auf dem einige Schritte weiter entfernt stehenden Glen zu, schlug ihm mit der Faust ins Gesicht und griff nach einer Gabel, die an der Stallwand lehnte. Schon holte er aus, um Glen die Eisenzinken in den Bauch zu stoßen. Mit einem Schrei schleuderte Kendra ihren schweren Holzeimer an Torins Kopf, der sank halb betäubt zu Boden. Glen ergriff die Gabel, drehte sie um und hielt die Spitzen jetzt an Torins Brust.

„Beruhige dich! Geh! Wir reden später weiter."

Mit diesen deutlichen Worten Glens erkannte Torin, dass jetzt nicht der richtige Zeitpunkt wäre, die Situation zu klären. Er wandte sich hasserfüllt, aber wortlos um und ging zurück ins Dorf und holte seine Trinkgefährten zu sich ins Haus. Er brauchte jetzt unbedingt deren Rat und einen Schluck Met zur Beruhigung. Diese Schande, diese Entehrung, diese Erniedrigung! Es war zwar nicht ungewöhnlich, dass Ehefrauen den untreuen oder prügelnden Mann verließen – aber ihm, den geachteten Anführer dieses Dorfes durfte so etwas nicht passieren!

Zumindest hatte er das bisher geglaubt.

„Was bringt dich so in Rage, dass du uns so zornig in diese Runde holst?", fragte Cayden. Er konnte es sich leisten, als erster das Wort zu ergreifen, er war zwar mit sechsundzwanzig Jahren der jüngste der Runde, aber als Adliger hatte er Anrecht darauf, diese Frage zu stellen - auch wenn er die Antwort darauf schon zu kennen glaubte.

Die Anderen, das waren der kaum ältere Kilian, der als streitsüchtiger Raufbold galt, aber Torin immer treu ergeben war und Phelan, ein Schmuckhändler und Kleinbauer, der aufgrund seiner Handelsreisen den einen oder anderen Hinweis auf eine mögliche ‚gute Gelegenheit' für einen kleinen Raubzug geben konnte. Der letzte im Bunde war Sloan, mit vierundvierzig Jahren der Älteste, ein kampferprobter ehemaliger Söldner, der sich zeitweise auch bei den römischen Fußtruppen verdingte. Jetzt war er sesshafter Bauer mit Frau, einem halbwüchsigen Sohn und zwei kleineren Töchtern.

Torin holte sichtlich aufgebracht fünf Tonbecher vom Regal und schenkte Met ein. Den großen Krug stellte er mitten auf den Tisch und blickte mit funkelnden Augen in die Runde.

„Kendra, das Luder, hat sich an den Hals von diesem Pferdemenschen geschmissen – und meine Tochter mitgenommen. Sie ist gestern Nacht Hals über Kopf ausgezogen und will nicht mehr zurück. Ich möchte sie am liebsten windelweich prügeln, aber vorerst wacht Glen über sie und wir müssen gemeinsam überlegen, wie wir diese Schande von mir tilgen", fauchte Torin.

„Weiber, zu nichts zu gebrauchen, außer … Undankbares Geschöpf", pflichtete ihm lachend Kilian bei. Er hatte als Junggeselle so einige schlechte Erfahrungen gemacht und bis jetzt verzichtet, eine wirkliche Beziehung einzugehen. Oder er war noch nicht reif genug, das zu tun.

„Das stimmt so nicht für alle Frauen – meine ist ganz in Ordnung und ich möchte sie nicht missen! Wer soll sich denn sonst um meine Bälger kümmern?", widersprach Sloan.

„Aber eine Abreibung hat sie schon verdient, und dieser Glen war mir von Anfang an schon verdächtig. Wer jahrelang sich mit Pferden rumtreibt und dabei so heimlich und weibisch mit denen rumtändelt, der hat doch eine echte Frau gar nicht verdient!" Phelan gefiel es immer wieder mit unklaren Andeutungen die wildesten Spekulationen anzufeuern.

„Was? Du meinst er könnte mit den Pferden…? Du spinnst! Ich habe ihn damals als Pferdewirt angeheuert und bis jetzt war ich zufrieden mit seiner Arbeit. Aber mit dieser untreuen Tat kann er natürlich nicht mehr in meinen Diensten bleiben!" Torin schlug mit der Faust auf den Tisch. „Er muss weg, und die Weiberbrut auch gleich dazu."

„Gemach, du kannst nicht einfach so die Beiden und deine Tochter aus dem Weg räumen. Überleg dir was anderes!", warf Cayden ein. Er war anscheinend trotz seiner Jugend noch der Verständigste in dieser Runde. Zur Beruhigung erhob er den Becher und rief: „Torin, du bist unser Anführer, sei klug und besonnen. Die Götter werden es dir lohnen."

Jeder nahm einen tüchtigen Schluck aus dem Becher und dann starrten sie eine Weile auf den Tisch. Bald darauf folgte noch ein

Schluck und dann noch einer. Die erste Becherrunde war bald leer und Torin schenkte nach.

„Du hast recht, ich kann diese Abtrünnigen nicht einfach wegschicken. Wer soll dann auf die Pferde aufpassen und sie abrichten. Das wäre schlecht für mein Geschäft. Außerdem würde Glen seine prächtigen Pferde mitnehmen – und wir bleiben auf unseren Mähren sitzen."

„Dann hol' dir doch gleichwertige Pferde von woanders her. Damit gleicht sich der Verlust aus. Mit Pferden kenne ich mich mittlerweile auch gut aus und ich bin ja ein hervorragender Reiter – wie ihr doch alle wisst!", prahlte Kilian. Vielleicht tat sich hier eine gute Gelegenheit für eine richtige Anstellung auf. Und er könnte sich vielleicht doch irgendwann ein Weib zur Unterstützung und Freude leisten.

„Andere Pferde – gut gesagt, aber woher sollen die kommen?", brummte Torin. Doch dann erinnerte er sich an ein Gespräch mit Gwydion, das er vor einigen Tagen hatte. Er hatte von einem Pferdetrieb aus den Dörfern jenseits der großen Bergkette im Norden zum Römerlager Quintana am Südufer des Danuvius berichtet. In diesem noch einfachen Zeltlager sollte eine bewegliche Reitertruppe aufgebaut werden; später würde dann dort möglicherweise ein Kastell errichtet – aber die Pläne der römischen Besatzer waren nicht wirklich bekannt.

Vielleicht wusste Phelan mehr. Er fragte ihn und seine Antwort gefiel ihm sehr.

„Ja, ich habe erst neulich davon gehört. Die Pferde aus dem Norden sollen sich mit weiteren Tieren aus den umliegenden Dörfern an der großen Biegung der Radas, dem schwarzen Fluss im Westen, vereinen und dann gemeinsam nach Süden getrieben werden. Es sollen etwa dreißig Pferde sein. Wenn die nach Quintana wollen, müssen sie südlich von der großen Flussbiegung, bei der sich der dunkle Radas wieder nach Norden wendet, an einer Stelle vorbeikommen, die ich gut von meinen Handelsreisen kenne."

Kilian war gleich begeistert: „Das sind ja nur zwei Tagesritte von hier, schnell hin, einige Pferde besorgt und wieder zurück. Ein Kinderspiel! Und seit du verheiratet bist, ist mit unseren kleinen ‚Ausflügen‘ ja eh nichts mehr los gewesen."

„Du meinst mit besorgen, wir sollen sie stehlen?"

„Aber natürlich, bei dreißig Pferden sind vielleicht fünf oder sechs Treiber und einige Wachen dabei. Wenn wir es geschickt anstellen, können wir denen drei, vier Pferde abzweigen und bis die es merken, sind wir schon längst wieder weg."

„Ohne mich, ich kann meinen guten Ruf als ehrbarer Händler nicht aufs Spiel setzen", winkte Phelan ab.

„Ich finde es auch nicht angebracht, mit einem so spontanen Raubzug alles liegen und stehen zu lassen. Außerdem müssten wir unseren Druiden vorher um Rat fragen", pflichtete Cayden bei. „Ich bin jedenfalls nicht dabei!"

„Beim Teutates! Was seid ihr für Memmen! Verkriecht euch doch hinter euren Weiberärschen! Wir werden diesen Ritt machen – und du, Phelan, kommst mit! Du bist mir zu Kampfdiensten verpflichtet – oder muss ich dich erst an deinen Eid erinnern?"

Torin redete sich in Rage. Bedrückt musste Phelan zugeben, dass sein Anführer mit dem Hinweis auf seine Verpflichtung recht hatte. Genauso wie Sloan und Kilian waren sie zu Kriegs- und Verteidigungsdiensten dem Dorfführer verpflichtet. Nach allgemeinem Verständnis gehörte aber auch die Unterstützung bei den üblichen Raubzügen dazu. Einzig Cayden, der Adelige, konnte frei wählen, ob er dem gewählten Anführer des Dorfes die Waffenunterstützung leistete oder nicht. Und für diesen Ritt hatte Cayden abgelehnt. Er erhob sich, verneigte sich grüßend vor Torin und ging wortlos aus dem Haus.

Eine gute Entscheidung, wie es sich herausstellen sollte!

„Kümmert euch nicht um ihn. Auf, holt eure Schwerter und Pferde. Keine Schilde, keine Kettenhemden, wir müssen beweglich und schnell sein. Nehmt genügend Zaumzeug und Seile für die vier Pferde mit, die wir uns holen werden."

Jeder leerte seinen Becher und nahm noch einen festen Schluck aus dem großen Krug.

Das Unternehmen war somit beschlossen.

Ein Raubzug

Kaum eine Stunde nach dem gemeinsamen Entschluss einen Raubzug zu machen, brachen sie auf.

Torin hatte vorhin noch überlegend vor seinen Waffen gestanden; sie hingen an einem der Stützbalken des Hauses. Sein schönes Langschwert mit der korallenverzierten Scheide wollte er nicht mitnehmen, bei diesem ‚Ausflug' mussten sie leise und flink sein und sich wahrscheinlich zu Fuß anschleichen, da wäre das lange Teil hinderlich. Außerdem war es ein altes Erbstück seines Großvaters, das er nur zu wirklich wichtigen Aktionen verwendete.

Er griff zu seinem zweiten Schwert, einem Gladius, dem kurzen Römerschwert, das wäre für diesen Ritt genau das Richtige. Er hatte es sich zur Geburt seines letzten Sohnes geleistet – es hatte ihm bei einem hartnäckig verhandelnden Centurio in Boiodurum zwei Pferde gekostet, aber es war fein gearbeitet mit schönem Elfenbeingriff und verzierter Lederscheide, es hatte ihm auf Anhieb gefallen. Er hob es vom Haken, gürtete sich und warf seinen Kapuzenumhang um. In seinem Proviantbeutel legte er ein Stück Rauchfleisch, einige Brotfladen und einen kleinen Beutel mit Salz. Sein Blick fiel noch auf seinen eisernen Helm, ein schönes Stück, das er vor Jahren erbeutet hatte. Entgegen seinen Anweisungen verstaute er ihn ebenfalls im Proviantbeutel. Am Balken neben ihm hing der bronzene Dolch Kendras; er konnte der Versuchung nicht widerstehen – er ergriff ihn und steckte ihn hinter seinen Gürtel. Den gefüllten Trinkbeutel und eine Schleuder befestigte er am Sattel und sprang auf sein Pferd. Zunder, Stahlmesser und Feuerstein hatte er sowieso immer dabei.

Die Dorfbewohner wunderten sich über diesen Ausritt, der mit leichten Waffen so spät am Vormittag startete. Cayden war von der gemeinsamen Zusammenkunft leicht angetrunken zurückgekommen, seine Ehefrau Lynn konnte nichts aus ihm heraus-bekommen; er schwieg beharrlich und verzog sich bald zu einem Rundgang um die Felder. Er hoffte auf einen glücklichen Ausgang dieses nach seiner Meinung dummen Vorhabens. Leider war der weise Gwydion für einige Tage abwesend und konnte nicht seinen, vermutlich ablehnenden Rat geben.

Der Ritt der Vierergruppe ging flott und ohne Pause bis zum Einbruch der Dunkelheit voran. Unterwegs kam dem einen oder anderen leichte Bedenken, ob der Aufbruch nicht doch etwas zu leichtfertig und unüberlegt war, aber Torin wollte davon nichts hören. Er ritt allen anderen unbeirrt voran und hielt erst an, als es für Mensch und Pferd in der Dunkelheit über die Wurzeln und anderen Hindernissen des Waldes zu gefährlich wurde.

„Wir halten hier. Kein Feuer. Bindet die Pferde an lange Leinen, dann können sie fressen. Wachwechsel alle zwei Stunden. Ich beginne."

Torin duldete keinen Widerspruch, auch wenn er erkannte, dass der Lagerplatz mitten im Wald ziemlich ungünstig gewählt war. Nun ja, er hatte eigentlich gar nicht gewählt, sondern war einfach irgendwann stehen geblieben. Die anderen murrten innerlich, aber keiner widersprach laut; Unbequemlichkeiten während eines Ritts waren alle gewohnt.

Die sternenklare Nacht verlief ereignislos und blieb trocken. Bevor die Morgenkühle zu unangenehm wurde, also noch vor der Dämmerung, standen sie auf, sattelten die Pferde und stiegen auf. Erst ging es noch im Schritt zwischen den hohen Bäumen durch, der Pfad war durch das fehlende Unterholz leicht zu finden. Bald fielen sie in Trab und machten nur an geeigneten Stellen Saufpausen für die Pferde und Trinkpausen für die Reiter.

Mittags hielten sie etwa eine Stunde an einer grasbewachsenen Lichtung und stärkten sich aus den Vorratsbeuteln. Später wurde der Wald lichter, sie kamen öfter über freie Flächen, die aus früheren Waldbränden stammten. Die verkohlten Baumstämme und das hohe Gras, die vereinzelten Büsche und das fehlende Dornengestrüpp zeugten noch von einem solchen weitflächigen Feuer, das wohl vorletzten Sommer hier stattgefunden hatte. Heute ging es nur bis etwa zwei Stunden vor der Dämmerung weiter, dann mahnte Phelan, es wäre Zeit, vorsichtiger zu werden. Bis zum vorgesehenen Wegverlauf war noch höchstens eine Stunde zu reiten.

Der Wald wurde wieder dichter und so mussten sie hintereinander reiten. Wie angekündigt kamen sie zu diesem nord-süd-verlaufenden Handelsweg. Seit uralten Zeiten wurde hier Feuerstein, Bernstein und allerlei Güter und neuerdings auch Pferde für die römischen Siedlungen südlich des Danuvius transportiert. Es war keine Menschenseele zu sehen, aber die Spuren auf dem ausgetretenen Pfad waren eindeutig: hier war eine große Pferdeherde vorbeigekommen. Sloan stieg ab und betrachtete die Hufeindrücke genau.

„Die sind erst vor kurzer Zeit hier entlang getrieben worden, die Ränder der Abdrücke sind noch scharf. Wir müssen schleunigst vom Weg wieder in den Wald zurück und ihnen in einigem Abstand folgen."

Der Ritt im Wald abseits des Weges war beschwerlich. Es gab vermehrt Unterholz und schließlich mussten sie absteigen und die Pferde führen.

Sloan hob den Arm und hielt an. Mit einem langen Atemzug sog er die Luft ein und verkündete dann:

„Vorsicht! Ich rieche Pferde. Vermutlich lagern sie irgendwo da vorne. Der Wind kommt uns entgegen, also sollte die Herde bald zu sehen sein. Wir müssen unsere Pferde hierlassen und die Lage erkunden. Ich schlage vor, dass Torin und ich uns anschleichen und uns anschließend einen Plan zurechtlegen. Ihr anderen bleibt hier und haltet die Augen offen."

Torin akzeptierte diese Anordnung; Sloan war zwar jetzt ein Bauer, aber früher war er bewährter Kämpfer und hatte alle kritischen Situationen weitgehend unverletzt überlebt. Er war sicherlich der Erfahrenste unter ihnen und es war wohl klug, seinen Anweisungen zu folgen.

Es wurde dunkel und sie mussten bis zum Aufgang des Mondes warten, der erst kurz vor Mitternacht erschien. Möglichst leise schlichen sie einige Pferdelängen neben dem Weg entlang. Der Geruch nach Pferden und Rauch wurde intensiver und bald sahen sie einige Feuerscheine, konnten Stimmen und das vereinzelte Stampfen und Schnauben der Pferde hören.

Nicht wie von Phelan angekündigt waren es dreißig Pferde sondern nur achtzehn, aber alle gut im Futter, soweit es aus der Entfernung zu erkennen war. Sie waren in Dreier-Gruppen am Zaumzeug an jeweils einer langen Leine angebunden und hatten offensichtlich schon gefressen. Das war vorteilhaft, es brauchte nur ein Seil an den Enden durchgeschnitten werden und man hätte bereits drei Pferde am ‚Haken'. Aber es waren nicht nur fünf oder sechs Treiber, sondern acht und außerdem waren noch vier Bewaffnete zu sehen, die sich auf die Vorder- und Rückseite der Lagerstelle verteilten. Ansonsten war es ruhig, die Treiber saßen an zwei Feuern und rösteten Fleisch. Nicht vollends zufrieden über das Gesehene zogen sich die beiden Lauscher wieder zurück zu den Gefährten.

Ein Augenpaar hinter einer alten Eiche beobachtete ihren Rückweg genau!

Der junge Späher, den der Herdenführer ausgeschickt hatte, um die Umgebung zu prüfen, verfolgte die Beiden unbemerkt. Er konnte gerade noch hören, dass sie beschlossen in einigen Stunden, wenn alle schliefen, mit ihren Pferden möglichst nahe an die Herde heranzukommen, die hintere Dreiergruppe loszuschneiden und im

Galopp mit den Pferden zu fliehen. Daraufhin huschte er nahezu lautlos zurück zur Herde und zu den Treibern an den Feuern.

„Wir sollen überfallen werden – noch diese Nacht! Macht euch bereit, aber verhaltet euch unauffällig."

Der Herdenführer hatte den Bericht seines Spähers ruhig angehört und dann seine Befehle erteilt. Es war nicht ungewöhnlich, dass bei einer so großen Herde die Gelüste der Straßenräuber auf eine lukrative Beute stieg und damit deren Vorsicht sank. Es wäre nicht sein erster Überfall, den der Anführer erfolgreich abgewehrt hätte.

Etwa eine Stunde vor der Morgendämmerung machten sich Torin und seine Gefährten auf den Weg. Torin hatte seinen Helm aufgesetzt, sein Kurzschwert am Gürtel und den Dolch in der Hand, die anderen waren mit Schwert und Messer bewaffnet. Vorsichtig führten sie ihre Pferde im Wald entlang des Weges bis auf Sichtweite der Herde. Dort ließen sie die Zügel fallen, die Tiere waren abgerichtet, an Ort und Stelle stehen zu bleiben. Mit wurfbereiter Seilschlinge schlichen sie gebückt zu der Pferde-gruppe in der Nähe. Sloan und Phelan zogen ihre Messer und schnitten jeweils das Seilende, an dem die Pferde angebunden waren, an ihrer jeweiligen Seite durch. Die Pferdegruppe war jetzt frei. Torin sprang nach vorne, um das erste Pferd mit der Schlinge zu fangen.

In diesem Moment brach hinter ihnen der Lärm los. Sloan stürzte mit einem Pfeil im Rücken zu Boden, Phelan kämpfte flink mit zwei Speerträgern, konnte aber mit seinem Messer einen Stich in den Unterleib nicht abwehren. Ein zweiter Speerstoß durchdrang seitlich seine Brust und blieb zitternd stecken. Ungläubig hob Phelan noch seine Hand, das Messer fiel zu Boden und er ebenfalls.

Torin bemerkte von all diesem nichts mehr, ein gut gezielter Stein aus einer Schleuder hatte seinen Helm getroffen. Der Aufprall verursachte eine deutliche Delle im Metall und er stürzte bewusstlos nach hinten. Kilian stand am weitesten vom Kampf weg und warf sich mit Gebrüll auf einen der beiden Speerträger. Es gelang ihm sein Messer in die Brust des wehrlosen Mannes zu rammen und warf ihn zu Boden, dann traf auch ihn ein Pfeil in den Oberschenkel. Er knickte zur Seite, versuchte noch den zweiten Speerkämpfer zu treffen, aber ein gezielter Schlag von hinten betäubte auch ihn.

„Bringt diese Idioten hierher und holt ihre Pferde. Die beiden, die noch leben, fesselt und bewacht sie", gebot der Anführer, „und macht Feuer."

Sloan und Phelan waren tot. Kilian lag neben Torin, der gerade von seiner Bewusstlosigkeit erwachte. Kilian stöhnte, er hatte noch den Pfeil im Oberschenkel und blutete stark aus einer Kopfwunde. Beide waren an Händen und Füßen gefesselt, zwei Wachen standen daneben, aber ansonsten kümmerte sich momentan keiner um sie.

Der Anführer und seine restlichen Mannen standen abseits und diskutierten gestenreich. Schließlich kam die Gruppe zu den Gefangenen; der Anführer trat dicht an Torin heran.

„Woher kommt ihr?"

Weder Torin noch Kilian antworteten.

„Ihr wolltet unsere Pferde stehlen, aber ihr seid anscheinend zu dumm dazu", höhnte der Anführer.

Das konnte Torin nicht auf sich sitzen lassen.

„Wir sind nicht dumm, wir hatten nur kein Götterglück."

„Lass die Götter aus dem Spiel, die hatten mit eurer Dummheit nichts zu tun."

Torin schloss die Augen und schwieg. Ja, der Mann hatte recht, dachte er insgeheim, wir waren dumm und leichtfertig, hatten außer den Pferden keinen prüfenden Blick in die Umgebung gemacht. Der Plan war kindisch gewesen. Und jetzt sind zwei meiner treuen Gefährten tot. Ob ich und Kilian überleben würden, musste sich auch noch herausstellen. Und an allem ist dieser Glen schuld. Und Kendra. Die Götter mögen sie verfluchen. Aber erst müssen sie uns retten …

„Nun gut, ihr wollt nicht reden und wir haben keine Zeit uns mit euch Gesindel lange zu beschäftigen." Er machte eine Pause, vielleicht besann sich doch noch einer der beiden Gefangenen und wollte reden. Aber diese blieben stumm.

„Hört unsere Strafe: zwei Tote für einen, einer für die Tat und einer zur Belehrung", orakelte der Anführer.

Torin öffnete wieder seine Augen und sah, wie einer der Wächter auf Kilian zukam, ein Messer zückte und ihm das Hosenbein auftrennte, in dem der Pfeil steckte. Aber statt den Pfeil zu entfernen oder zumindest die Wunde zu versorgen, schnitt er mit drei schnellen Schnitten ein handgroßes Fleischstück aus seinem Oberschenkel. Schreiend vor Schmerz bäumte sich Kilian auf und schrie dem Mann unverständliche Flüche zu. Dieser nahm ruhig das Fleischstück, ging zu einem der Feuer und warf es mit einigen gemurmelten Worten in die Flamme. Kilian sank nach hinten, seine Stimme versagte ihm schließlich und nach einiger Zeit verschied er mit weit aufgerissenen Augen, inmitten einer großen Blutlache.

„Nochmal, woher kommt ihr?" Torin schwieg.

Der Anführer kniete sich neben Torin nieder. Er hielt den Dolch Torins in der Hand und hieb mit einer schneller Bewegung Torins Nasenspitze ab. „Du wirst deine Nase nicht mehr in andere Angelegenheiten stecken." Torin schrie vor Entsetzen auf; es war nicht so sehr der körperliche Schmerz, eher der Schmerz über den Verlust seiner Unversehrtheit.

Es kam aber noch schlimmer. „Du willst nicht auf die Götter hören, dann brauchst du das auch nicht." Ein weiterer Griff, ein gut gezielter Schnitt und der Anführer hatte Torins rechtes Ohr in der Hand.

Torin brüllte und verschluckte sich fast am Blutstrom, der aus seiner Nase floss. Die umstehenden Männer lachten und feixten.

„Und du solltest zukünftig deine Finger von fremdem Eigentum lassen!" Ein schneller Stich und der rechte Zeigefinger war am zweiten Glied abgetrennt. Torin bäumte sich auf und versuchte mit den gefesselten Füßen einen Tritt anzubringen. Es war nur ein hilfloser Versuch und schließlich lag er mit verzerrtem Gesicht zur Seite schwer atmend, aber sonst regungslos, am Boden.

Der Anführer stand auf und winkte einen seiner Männer herbei:

„Komm, verbinde ihn, er soll ja noch eine Botschaft in sein Dorf bringen und nicht verbluten."

Der Angesprochene kniete sich neben Torin und verband mit einem einigermaßen sauberen Tuchstreifen Ohr und Nase. Den Fingerrumpf schnürte er mit einer Schlinge ab und langsam stockte der Blutfluss. Der Mann entfernte sich wieder und ließ Torin gefesselt liegen.

Zwei Männer trugen den toten Kilian an Händen und Füßen zu seinen beiden toten Gefährten, die hinter dem Waldrand lagen, und warfen ihn einfach daneben. Mochten die Raben und Wölfe sich daran gütlich tun! Torin bemerkte von diesem schändlichen Verhalten nichts; er lag mit abgewandtem Gesicht halbbetäubt auf dem Boden und rührte sich nicht.

Die Mannschaft machte sich zum Aufbruch bereit, die Pferde waren bereits geordnet aufgestellt. Die Pferde Torins und seiner Gefährten waren mit dabei. Der Anführer kam mit einem struppigen Pony am Zügel auf Torin zu, schnitt seine Fesseln durch und sagte:

„Berichte deinen Kumpanen im Dorf, wie es jemanden ergeht, der sich an uns vergreifen will. Dieses Pferd und deinen alten Dolch lasse ich dir, falls du unterwegs ein Problem bekommen solltest."

Er ließ die Zügel einfach fallen, warf den Dolch zu Boden, drehte sich um und ritt seinen Mannen und der Herde nach.

Mühsam richtete sich Torin auf, griff nach dem Dolch und schwang sich unter Schmerzen auf das kleine, sattellose Pferd. Es war erstaunlich folgsam und er konnte sich zwar mit heftigen Schmerzen aber sonst ohne größere Probleme mit dem Pony auf den Rückweg machen.

Kurz darauf winkte der Herdenführer seinem erfolgreichen Späher herbei:

„Du bist ein guter Fährtensucher. Nimm dein Pferd und verfolge diesen Mann auf seinem Rückweg zu seinem Dorf. Ich will wissen, wo diese Räuberbande herkommt. Aber bleib unbemerkt. Dann komm nach Quintana. Sollten wir nicht mehr dort sein, mache dich auf den Rückweg – du wirst uns dann entweder einholen oder wir treffen uns in unserem Dorf."

Gehorsam wendete der Späher sein Pferd und verschwand bald im Wald. Seine Augen waren scharf, die Sinne angespannt und vorsichtig. Voller Neugier verfolgte er die leicht zu lesende Spur.

… missbraucht und geschmäht,
meinem Zwecke zu dienen verwehrt.
Schande und Rache gesät!

Bryannas Kräuter

Torin und drei seiner engsten Gefährten waren eilig aus dem Dorf geritten und hielten auch nicht am Pferdehof. Weder Glen noch Kendra konnten sich darauf einen Reim machen – sie hatten eigentlich einen Angriff auf Glen oder so was ähnliches erwartet. Kendra ging ins Dorf, um nachzuforschen, ob jemand etwas wüsste, was die Gruppe vorhatte. Bestimmt nichts Gutes!

Kendra war erst bei ihrer Mutter und erzählte ihr von dem nächtlichen Vorfall und ihrem zugegebenermaßen etwas überstürzten Auszug aus dem Herrenhaus. Sie war jedoch fest entschlossen die Ehe aufzulösen und bat um Beistand. Beide, Mutter und Großmutter, nahmen sie verständnisvoll in ihre Mitte und trösteten sie.

„Wenn du so unglücklich warst und jetzt dein Glück findest, so ist es recht und in Ordnung. Du kannst auf unsere Hilfe und Unterstützung bauen."

Es folgten noch einige Tränen, aber es waren Tränen der Erleichterung und des Glücks. Kendra dankte im Stillen der Göttin Litha, die ihre Beziehung in bessere Bahnen gelenkt hatte.

Vom Vorhaben Torins wussten aber weder Mutter noch Großmutter Näheres. Kendra ging nach diesem erfreulichen Besuch zu ihrer Freundin Lynn, der Ehefrau von Cayden. Aber diese wusste auch nicht mehr, da Cayden ihr über die Hintergründe des Treffens keine Auskunft gab. Auch die Ehefrau von Sloan konnte nichts Genaueres sagen. Leider konnte sie Gwydion nicht fragen, der war seit Tagen abwesend und mit den Vorbereitungen zum Lughnasadh, dem Erntefest, bei den ‚Heiligen Drei Felstürmen' beschäftigt.

Unverrichteter Dinge ging sie zurück, aber da fiel ihr voller Schrecken ein, dass Arthur noch zu Hause sein musste. Erst suchte sie im Herrenhaus, dort war er aber nicht. Ihr fiel aber auf, dass ihr

Dolch nicht mehr an der üblichen Stelle hing. Hatte Torin ihn mitgenommen? Dazu hatte er kein Recht, es war ihr Dolch, auch wenn sie ihn nur ungern und selten benutzte.

Sie fand Arthur schließlich bei der Nachbarin, die ihn immer noch fürsorglich betreute, auch wenn es ihm lästig war, noch als Kind behandelt zu werden. Arthur hielt sich selten im Hause seines Vaters auf, meist war er entweder im Dorf oder in der Umgegend mit seinem Bogen unterwegs oder aß und schlief bei der Nachbarin, die er praktisch als seine Mutter betrachtete; Kendra war es jedenfalls nicht.

Arthur wusste vom Verbleib seines Vaters auch nichts.

Es vergingen einige Tage. Kendra und Bryanna blieben in Glens Haus und waren die meiste Zeit zusammen, auf der Weide, in der Koppel oder im Stall; die Arbeit mit den Pferden machte Kendra zunehmend Spaß. Bryanna war glücklich mit Liam, den Pferden und den gemeinsamen Kräutergängen und fiel abends müde und zufrieden in ihre Bettstatt. Die Nächte verbrachte Kendra mit Glen eng aneinander geschmiegt in seinem Haus ...

Doch im Dorf begannen die Leute zu schwatzen: Kendra hat Torin verlassen, das gehört sich nicht, sie ist eine Ehebrecherin, die gehört doch bestraft ...

Eines Nachmittags, es war wohl der fünfte Tag nach der Abreise Torins und seinen Kumpanen, fiel es Bryanna aber siedend heiß ein, dass sie ihren Kräuterbeutel nicht mitgenommen hatte. Der lag wie immer unter ihrem Bettlaken in ihrem Bett im Herrenhaus. Sollte sie allein dort hingehen und den Beutel holen? – warum nicht? Er gehörte ja ihr und die Sammlung war doch für sie so wertvoll. Sie beschloss, diesen Nachmittag alleine in ihr altes Zuhause zu gehen und ihren Schatz zu holen.

Heimlich schlich sie sich erst von der Pferdekoppel in Glens Haus und dann von dort über einen kleinen Umweg ins Dorf. Sie wollte nicht gesehen werden, sie wollte Fragen der Dorfbewohner zu ihrer Mutter oder ihrem Vater vermeiden. Diese Fragen wären bestimmt unangenehm und das Ganze ginge die anderen auch gar nichts an.

◈◈◈

Torin saß auf seinem kleinen Pferd, aber er ritt nicht wirklich, sondern er ließ dem Tier weitgehend freien Lauf und fluchte anfangs still in sich hinein. Dann wurde er immer wütender und stieß die wildesten Drohungen gegen die Treiberbande aus. Den Anführer würde er als erstes vernichten, seine Augen ausstoßen, die Zunge rausreißen und seine Männlichkeit abschneiden! Den Kopf den Wölfen zum Fraß vorwerfen – auf diese Trophäe würde er gerne verzichten – dieser Nichtsnutz von einem Mann, der nur in Gesellschaft seiner Meute mutig ist! Teutates soll ihn vernichten! Möge er als Wurm wiederkommen. Sein ganzes Dorf, Torins Dorf, würde er überzeugen, einen unerbittlichen Rachefeldzug gegen diese Pferdetreiber zu führen, sie auslöschen, die Pferde erbeuten und dem ganzen Gau zeigen, wer der mächtigste und stärkste Clanführer ist!

Aus den Wunden tropfte durch den durchnässten Verband immer noch etwas Blut und sein Kopf dröhnte. Das Blut auf seiner Brust und Händen machten ihm aber schlagartig bewusst, dass er verwundet, ja – verstümmelt ist.

Sein Ärger über den missglückten Raubzug war anfangs mindestens so groß wie seine Schmerzen – doch schließlich wurde seine Scham viel größer! Er war verantwortlich für seine Gefährten und er hatte sie mit diesem Unternehmen ins Annwn befördert. Dort, in der Anderwelt, konnten sie nicht einmal mit ihren Heldentaten glänzen, da sie bei diesem Überfall keine Heldentaten verbracht hatten! Sie waren wie Anfänger gefangen, gefoltert und getötet worden. Und er, Torin, der ehrenvolle Anführer eines stolzen, wohlhabenden Dorfes, wurde entehrt und verstümmelt als lächerliche Person zurückgeschickt. Wer würde ihm noch Respekt und Huldigung entgegenbringen? Niemand! – im Gegenteil, man würde ihn verurteilen und töten – oder was noch schlimmer wäre, mit Schimpf und Schande aus dem Dorf jagen, von allen Riten ausschließen. Das werde ich nicht zulassen, dachte er, eher töte ich mich selbst! Sich selbst ertränken wäre ehrlos, sich von einem Felsen stürzen wäre zwar denkbar, aber hier war kein so hoher Felsen. Er griff nach seinem Gürtel, aber sein Messer und sein Schwert waren nicht mehr da, er war bis auf den alten Dolch waffen- und wehrlos. Und was wäre ein Selbstmord hier in der Einsamkeit wert, wenn ihn niemand sieht oder findet! Nein, ein Selbstmord war jetzt sinnlos. Er musste die Tat in seinem Dorf vollbringen, mit entsprechendem Publikum und Pathos! Und in Anwyn würde er ob seines Mutes geachtet und konnte auf eine ehrenvolle Wiedergeburt hoffen.

Erleichtert über seinen Entschluss richtete er sich auf dem Pony auf und schlug seine Fersen in die Weichen des Tieres, dass willig in einen schnelleren Gang fiel.

Erst als es zu dunkel und der Pfad für einen stolperfreien Ritt zu gefährlich wurde hielt er an, band das Pony an einen Busch und stelze mit steifen Beinen zu einem bemoosten Platz unter einem großen Baum und schlief bald darauf ein. Sein Pony knabberte unruhig an den Zweigen und Blättern des Gebüsches, spitzte die Ohren und blähte die Nüstern. Vielleicht hatte es unbekannte Geräusche des Waldes gehört, vielleicht aber war die dunkel gekleidete Person hinter einer dickstämmigen Buche die Ursache für seine Nervosität.

Die Morgenkühle und der leichte Wind weckten Torin auf. Mühsam richtete er sich auf, fühlte neben seinem Schmerz erstmals Hunger und Durst. Er stieg wieder auf das Pony und schon nach kurzer Zeit konnte er an einem Bach halt machen. Er kniete am

Uferrand nieder, steckte seine verwundete rechte Hand ins kühle Wasser, schöpfte mit der linken das erfrischende Nass und trank gierig. Schließlich warf er sich noch einige Handvoll Wasser ins Gesicht und über den Kopf. Vorsichtig versuchte er die Blutspuren am Körper zu beseitigen, was ihm trotz der Schmerzen und der kaum brauchbaren rechten Hand gut gelang.

Der weitere Ritt ging nun etwas flotter voran und seine Gedanken waren mit dem Selbstmord beschäftigt: er würde sich im Dorf selbst töten, am besten mit einem Dolch- oder einem Schwertstich in die Brust. Alle sollten sehen, wie er seine Ehre wieder herstellte und freiwillig, mit Freude, in die Anderwelt ginge!

Aber was ist mit den beiden Anderen, den Auslösern seines Übels – Kendra und Glen? Die waren doch schuld am Ganzen! Sollten sie ungestraft davonkommen?

Er grübelte weiter, ersann etliche Möglichkeiten und verwarf sie wieder. Es wurde Nachmittag als er plötzlich einen Freudenruf ausstieß – er hatte eine Lösung gefunden, die ihm Ehre und den Anderen verderbliche Schande bringen würde.

Bryanna schlich ins Herrenhaus, es war leer, kein Feuer brannte und das Geschirr stand noch auf dem Tisch. Offensichtlich war der Aufbruch ihres Vaters recht plötzlich gewesen. Arthur war wieder irgendwo unterwegs. Sie schlich, obwohl niemand anwesend war, vorsichtig zu ihrer Bettstatt, schlug die Decke zurück und setze sich darauf. Dann suchte sie unter dem Leinentuch und fand ihren Kräutersack. Er war noch so gefüllt, wie sie ihn damals vom Sonnenstein mitgebracht hatte. Was ist wohl aus den Hasenexkrementen geworden, fragte sie sich. Sie schlüpfte unter die Decke, legte den Kräutersäckchen vor sich, öffnete ihn und machte es sich gemütlich. Es war alles noch da: Kräuter, Blätter, kleine Zweige. Nur die Hasenkügelchen waren ziemlich plattgedrückt und vertrocknet. Sie legte sie auf die Seite, sortierte den Rest sorgfältig nach Farbe und Größe und überlegte …

Dabei schlief sie ein.

Das Mordkomplott

Kurz vor Sichtweite seines Dorfes löste Torin vorsichtig seinen Kopfverband und wartete, bis sich die Schmerzen wieder beruhigten. Torin wusste jetzt, wie er seinen Tod inszenieren würde. Er ritt stolz aufgerichtet auf seinem Tier aus dem Wald, über die Weide, an der Pferdekoppel entlang und rief nach Glen, der in einiger Entfernung zwischen seinen Pferden stand.

„Komme sofort in mein Haus, ich habe mit dir zu sprechen!"

Torin ritt ohne anzuhalten eilig weiter. Am Dorfeingang rief er den beiden Wächtern zu: „Kommt sofort an meine Türe und tretet ein, sobald ich rufe!"

„Was ist mit dir passiert, Torin? Wie siehst du aus?", fragte einer der beiden, aber Torin war schon weiter geritten und antwortete nicht. Verwundert nahmen sie ihre Speere und folgten ihm gespannt. Kurz darauf bog auch Glen zu Fuß auf den Dorfweg ein und hielt auf Torins Haus zu.

Torin ließ die Zügel fallen und stieg vom Pony, ohne sich die Mühe zu machen es anzubinden. Das ermüdete Tier blieb einfach stehen und machte sich über ein Bündel Gras her, das neben dem Eingang lag. Torin trat in sein Haus und ging gleich zu einer der vier Holzsäulen, die das Dach trugen: an die linke hintere Säule, wo bisher immer sein Hochzeitsgeschenk an Kendra, der bronzene Dolch, hing. Kendra hatte ihn dort an einen Eisennagel gehängt und seitdem kaum mehr angefasst, aber jeder der sein Haus betrat, konnte ihn sehen. Torin lehnte sich an die Holzsäule, prüfte den Sitz des Dolches in seinem Gürtel und wartete.

„Sei gegrüßt, Torin. Ich bin hier – was willst du von mir?", fragte Glen gleich nach dem Eintreten. Er konnte Torin nicht genau erkennen, seine Augen waren von der Helligkeit draußen noch beeinträchtigt.

„Komm zu mir, wir müssen etwas klären", sprach Torin mit fester Stimme.

Glen kam zu ihm hin und erkannte seine Wunden. „Was ...? Glen kam nicht mehr weiter.

Torin schrie laut: „Kommt rein, Glen will mich ermorden!"

Mit seiner unversehrten linken Hand riss er schnell den blanken Dolch aus seinem Gürtel und stieß sich die Klinge mit beiden Händen in die Brust.

Glen stand regungslos als Torin zusammensackte und auf dem Rücken liegen blieb. Schockiert ergriff er, wie von einem unerklärlichen Zwang getrieben, den Dolch und zog ihn aus Torins Brust; dabei schoss ein Blutstrahl über seine Hand. In diesem Moment stürmten die beiden Speerträger herein und erkannten trotz des Zwielichts die für sie recht eindeutige Situation.

„Zurück, du Mörder!", rief einer und zielte mit der Speerspitze auf seine Brust. Der andere hob seinen Speer. „Knie nieder!" Glen trat einen Schritt zurück und ging in die Knie. Dabei steckte er den Dolch hinter seinem Rücken in seinen Gürtel – warum konnte er sich gerade selbst nicht wirklich erklären, vielleicht fühlte er instinktiv, dass er noch einmal eine Waffe brauchen würde.

Der erste Speerträger bückte sich zu Torin. „Der ist tot, ermordet von dir!", dabei blickte er Glen an.

„Ich war es nicht! Der Hergang war ganz anders", verteidigte sich Glen. „Ich wurde betrogen, ich kann es erklären."

„Du lügst, wir wissen, dass du den Mord begangen hast. Raus von hier, ins Licht. Wir werden dich fesseln und über dich richten lassen."

Sie führten Glen aus dem dunklen Raum in helle Freie und blieben unschlüssig stehen. Sie hatten keine Bänder oder Seile zum Fesseln, in der direkten Nähe standen auch keine Leute, die zu Hilfe kommen könnten.

Glens Gedanken rasten: wurde er gefesselt, war er hilflos. Momentan glaubte ihm niemand und er hatte keine Beweise. Oder doch – den Dolch hatte er eingesteckt, aber der war eher ein Beweis seiner Schuld.

Sein Entschluss: Ich muss fliehen!

Mit einem schnellen Fußtritt zur Seite traf er das Knie des linken Wächters, der knickte nach hinten weg. Nahezu gleichzeitig fasste er mit beiden Händen den Speer des anderen zu seiner Rechten und nach einem festen Stoß und einem energischen Ruck zurück hatte er den Speer in der Hand. Mit dem freien Speerschaft führte er einen heftigen Schlag an den Hals des verblüfften Mannes, der daraufhin röchelnd zusammenklappte. Mit zwei, drei schnellen Sprüngen war er beim freistehenden Pony, sprang mit dem Speer in der Hand auf und galoppierte los. Ein hässliches Zischen, ein schmerzvolles Wiehern und das Pony machte einen wilden Satz nach vorne. Der Speer, den der Wächter aufgrund seiner Fußverletzung nur ungenau werfen konnte, flog an Glens linkem Bein vorbei. Nur aufgrund seiner hervorragenden Reitkunst konnte er sich auf dem Rücken des panischen Tieres halten. Aber er musste seinen erbeuteten Speer fallen lassen, um sich mit beiden Händen an Mähne und Hals festzuklammern.

Das Pony lief wie wild vorwärts, glücklicherweise blieb es auf dem Weg, der aus dem Dorf führte. Dabei kamen sie galoppierend an Kendra vorbei, die dem ins Dorf reitenden Torin gefolgt war.

„Ich bin unschuldig …!", konnte Glen ihr noch zurufen, dann war er auch schon vorüber.

Kendra sah ihm verwundert nach und setzte schließlich ihren Weg zum Herrenhaus fort. Dort liefen gerade mehrere Menschen von allen Seiten zu den beiden Speerträgern, die wild gestikulierten und laut riefen.

„Mord … Wie? Geflohen? … Holt den Druiden …", waren einige Wortfetzen, die sie schon aus der Entfernung verstehen konnte.

Kaum kam sie zu der Menge, als schon einer der Männer sie beim Arm packte und rief: „Vielleicht ist sie auch schuldig, sie könnte das mit dem Pferdemann ausgeheckt haben!" Er schob sie grob in die Mitte der umstehenden Menschen.

„Lass mich los!", herrschte Kendra den Mann an und schob ihn beiseite. „Was ist geschehen? Du da, erkläre es mir!"

„Glen hat Torin ermordet, erstochen – und ist dann feige geflohen. Er hat einen Mann verletzt und auch noch ein Pferd gestohlen. Torin liegt tot im Haus", dabei deutete er auf den Hauseingang.

„Hat jemand das gesehen?", fragte Kendra in die Runde, aber keiner meldete sich – auch die beiden Wächter blieben stumm.

Schon drängten sich Leute neugierig ins Haus, Kendra folgte ihnen und verschaffte sich Platz. Torin wurde auf ihrem Befehl mit dem Rücken auf den Tisch gelegt und es entstand eine bedrückende Stille. Es war offensichtlich: Torin war tot, seine Kleidung über der Brust war blutgetränkt, aber die Mordwaffe war nicht zu sehen. In diesem Moment kam Arthur herein; er erkannte den Toten, stürzte zu ihm hin, fiel auf die Knie und schrie laut auf. „Papa, Papa – was ist passiert - ?"

Kendra nahm ihn mit leisen, beruhigenden Worten in die Arme und führte ihn unbehelligt aus dem Raum ins Freie.

Sie gingen auf Glens Haus zu und Kendra versuchte Arthur zu trösten. „Die Leute sagen, Glen wäre schuld an Torins Tod, aber es weiß keiner was wirklich passiert ist. Wir warten, bis unser Druide in ein paar Tagen zurück kommt. Er wird alles aufklären. Du wirst erst mal bei uns bleiben."

Arthur riss sich los und schrie zornig auf: „Niemals werde ich in diesem Mörderhaus bei euch bleiben. Du bist nicht meine Mutter, du hast mir überhaupt nichts zu sagen!" Er rannte von ihr weg, aus dem Dorf und war bald hinter den Büschen im Wald verschwunden.

Kendra sah ihm traurig nach. Er würde sich schon wieder beruhigen, hoffte sie, und ging langsam weiter.

Das Haus war leer, weder Liam noch der Pferdeknecht waren zu sehen; vermutlich versuchten sie im Dorf etwas Näheres über dieses schreckliche Ereignis herauszubekommen.

Bryanna war auch nicht da, unauffindbar! Noch eine Sorge mehr für Kendra.

Sie fühlte sich einsam und verlassen wie selten zuvor und ließ den Kopf hängen. Doch dann richtete sie sich energisch auf: ich muss meine kleine Tochter suchen, es wird schon dunkel, wo könnte sie nur sein?

Sie lief zu den Pferden im Stall, zur Koppel und zur Weide, suchte am Waldrand und entlang des Flussufers. Sie lief zurück ins Dorf und fragte jeden den sie in der beginnenden Nacht noch antraf. Keiner wusste etwas. Schließlich wurde es für eine weitere Suche zu dunkel und Kendra ging wieder zurück. Keine Spur von Bryanna.

Die folgenden Stunden verbrachte sie ruhelos, allein, aufgewühlt und sorgenvoll, auch mal ärgerlich – was war wohl geschehen, wo sind die Kinder und warum kam niemand, der ihr helfen konnte?

Irgendwann nach Mitternacht ging die Türe auf und Bryanna trat ein. Freudig umarmte Kendra ihre Tochter und überschüttete sie mit Fragen, wo sie war, was sie getan hat, ob sie was gehört hätte, Glen wird des Mordes an Torin verdächtigt, das kann unmöglich wahr sein, es muss eine tragische Verwechslung sein ...

Bryanna sagte kein Wort, auch nach der liebevollen Umarmung und den vielen Küssen blieb sie stumm. Sie antwortete auf keine der Fragen Kendras, sah sie nur mit großen Augen an, unfähig ein Wort zu sagen, offensichtlich tief verwirrt. Immer wieder begann sie zu weinen und klammerte sich zitternd an Kendras Brust. Kendra nahm sie auf den Schoß und versuchte sie mit leisen Worten zu beruhigen. Erst jetzt sah sie, dass Bryanna ihren kleinen

Kräuterbeutel aus ihrem Bett in den Händen hielt. Sie musste im Herrenhaus gewesen sein und war vielleicht sogar Zeugin des schlimmen Geschehens. Dann war ihr Schweigen die Folge des Schocks - aus Bryanna war nichts herauszubekommen.

Schließlich brachte die ratlose Kendra ihr Kind zu Bett und beide schliefen kurz darauf ein. In den Ställen wurden die hungrigen Pferde unruhig, aber die beiden waren zu erschöpft, um etwas zu bemerken.

∞✥∞

Bryanna war in ihrem Bett im Herrenhaus beim Durchsehen ihres Kräuterbeutels eingeschlafen.

Laute, hart klingende Stimmen weckten sie und sie lugte vorsichtig hinter ihrer Decke hervor. Torin, ihr Vater, stand aufgeregt neben Glen und griff gerade zu dem großen Dolch in seinem Gürtel und schrie laut um Hilfe. Und fast gleichzeitig - für Bryanna unerklärlich - stieß er sich selbst das scharfe Teil in die Brust und fiel in sich zusammen.

Sie konnte kaum glauben, was da Schreckliches passiert war. Ihr Vater lag am Boden und regte sich nicht mehr. Glen stand erst starr, dann mit dem Dolch in der Hand daneben, als zwei Männer mit lautem Geschrei ins Haus stürmten und Glen mit Speeren bedrohten und hinausführten. Draußen war noch mehr Tumult, da versteckte sich Bryanna wieder unter der Bettdecke – auch als wieder Leute ins Haus kamen, rührte sie sich nicht. Sogar als sie die verzweifelte Stimme Arthurs und die Anweisungen ihrer Mutter vernahm, war sie nicht fähig sich bemerkbar zu machen. Sie hatte Angst und verstand nicht, was da geschehen war. Vielleicht war sie sogar selbst an dem Streit schuld, da sie sich heimlich davon geschlichen hatte …

Zitternd und immer wieder still weinend verbrachte sie fast die halbe Nacht unter der Decke. Doch dann wagte sie sich in der Finsternis aus dem Bett. Die mit einem dicken Tuch bedeckte Leiche auf dem Tisch beachtete sie nicht, sie wusste ja auch nicht, was hier wirklich vorgegangen war als sie sich unter der Decke versteckt und ihre Ohren zugehalten hatte.

Unbemerkt kam sie am dösenden Totenwächter vorbei und lief zu ihrem neuen Zuhause zurück.

... entehrt und missbraucht,
meinem Zwecke zu dienen verwehrt.
Rache, bis es lodert und faucht!

Flucht und Todesgefahr

Glen lenkte das Pony mit Mühe zum kleinen Fluss am Talgrund, an ihm lief ein Pfad entlang zu den nächsten Dörfern. Er sah sich um, noch verfolgte ihn niemand, aber das würde sich bald ändern, da war er sich sicher.

Sein kleines Pferd blutete heftig aus der linken Hinterbacke – die scharfe Speerspitze hatte eine fast ellenlange, fingerbreit tiefe Furche ins Fleisch geschnitten – und es begann schon zu lahmen. In diesem Zustand durfte er auf diesem Weg nicht weiterreiten, er wäre viel zu langsam und trotz der einbrechenden Dämmerung würde er letztlich den Verfolgern nicht entkommen können. Er sprang vom Rücken seines verletzten Tiers und zog es am Zügel im Laufschritt ins seichte Flussbett und wandte sich weiter flussaufwärts und dann an einer festen Stelle zwischen den Bäumen auf die Berge zu. Nun wusste er, in welche Richtung er fliehen musste. Gwydion, der Weise, der Scharfsinnige, der Richter über die Vergehen und Verfehlungen seiner Dorfmitglieder, konnte ihm sicherlich helfen, die Meute der Verfolger zurückzuhalten und ihm eine gerechte Befragung und Verteidigung im Dorf zu ermöglichen. Mit seiner Klugheit und Unvoreingenommenheit würde er schon die Wahrheit über diesen heimtückischen Selbstmord herausfinden. Er musste ihn nur rechtzeitig finden und sich in seinen Schutz begeben, bevor ihn die Verfolger festnehmen konnten. Zu den ‚Heiligen Drei Felstürmen‘, wo sich Gwydion auf das Lughnasadh-Fest vorbereitete, würde Glen zu Fuß, mit dem langsamen Pferd im Schlepptau, bestimmt noch etliche Stunden benötigen.

Mit abwechselnd aufmunternden Worten und harschen Befehlen an sein verletztes Tier konnten sie noch eine gute Strecke bergauf zurücklegen, doch das Pony wurde immer langsamer - die Wunde machte ihm deutlich zu schaffen. Die hintere Seite des

Pferdes war schon von Blut bedeckt und es schnaubte vor Schmerzen. Trotzdem musste es vorwärts gehen, endlich kurz nach Einbruch der Dunkelheit hielt er an; das Pferd konnte nicht mehr weiter. Es zitterte am ganzen Körper und schließlich knickten die Hinterbeine ein, es legte sich schnaubend und röchelnd auf die unverletzte Seite. Der Blutverlust war zu groß, das treue Tier ließ sich auch mit guten Worten nicht mehr bewegen aufzustehen.

Auch Glen war erschöpft, dennoch suchte er die nähere Umgebung nach Wasser ab. Schließlich fand er ein Rinnsal, das zwischen Steinen und Bäumen bergabwärts plätscherte. Er trank vom erfrischenden Nass und schöpfte mit beiden Händen etwas Wasser für sein Pferd. Dieses war jedoch nicht mehr fähig zu trinken, es lag mit großen Augen schnell atmend auf der Seite. Glen benetzte sein Maul und untersuchte die lange Wunde; sie war an den Rändern schon leicht verkrustet und blutete nur noch leicht, aber viel Schweiß und Staub hatten sie verunreinigt. Kurz entschlossen löste er seinen Gurt und urinierte auf Wunde, um sie zu reinigen. Diese ungewöhnliche, aber effektive Wundreinigung hatte er bei seiner römischen Pferdeausbildung kennen gelernt und schon des Öfteren bei der Behandlung von verwundeten Schlachtpferden angewandt. Das am Boden liegende Tier schlug zwar während dieses schmerzvollen Heilversuchs noch kurz mit der Hinterhand aus, beruhigte sich jedoch bald.

Am Wasser hatte Glen an einigen Stellen Huflattich entdeckt; er pflückte einige Blätter, reinigte sie sorgfältig und legte sie angefeuchtet vorsichtig auf die Wunde. Wenn das Pferd ruhig liegen blieb, konnten ihm diese kühlen Pflanzenblätter Linderung bringen. Und Schmerzlinderung und Erholung brauchte es, denn ohne sein Reittier würde er kaum seinen Verfolgern entkommen können.

Zum Schlafen suchte er sich einen trockenen Platz etwas abseits an einer kleinen baumfreien Stelle zwischen den Steinblöcken. Als er sich hingelegt hatte, betrachtete den Sternenhimmel und überdachte seine Lage: er war auf halbem Weg zu Gwydion, das Pferd war verletzt und es konnte vielleicht auch am nächsten Tag noch nicht weiter. Seine Ausrüstung bestand nur aus dem Dolch und seiner leichten Kleidung; keinen Proviant, kein Wasserbeutel, kein Feuer! Nur gut, dass seine Verfolger – und verfolgt werden würde er sicher – während der Dunkelheit auch nicht vorwärtskämen; so wäre er einige Stunden sicher. Und sein kleiner Umweg im Flussbett, mit dem er seine Spur etwas zu verwischen hoffte, würde sie sicherlich auch noch aufhalten.

Er sprach noch ein leises Gebet zu Cernunnos, dem Gott der Tiere und der Natur. Erschöpft und etwas ratlos schlief er dann ein.

Die zunehmende Morgenkühle und das Zwitschern der Vögel weckten ihn auf. Erschrocken sprang er auf – er hatte länger geschlafen als geplant. Trotz der unangenehm harten Schlafstätte fühlte er sich nach den Stunden Ruhe gut erholt und hoffte, das gleiche galt auch für sein Pferd. Es lag zwar immer noch auf dem Boden, jetzt mit angezogenen Beinen auf dem Bauch, jedoch mit erhobenem Kopf. Erneut holte Glen einige Handvoll Wasser und diesmal trank es gierig. Mit gutem Zureden und mit energischem Ziehen am Zaumzeug brachte er das Pferd schließlich zum Aufstehen. Es ging ihm tatsächlich besser, aber an Reiten war nicht zu denken. Er musste aber weiter, seine jetzt deutlichen Spuren wären für die Verfolger leicht zu finden.

Wieder zog er das Pony hinter sich her, bergwärts durch die weit auseinander stehenden Baumriesen, aber schon nach einer guten Stunde brauchte das Tier wieder Pause.

Doch dann spitzte es plötzlich die Ohren und blähte die Nüstern. Glen hörte es jetzt auch: weiter oben an der Lichtung plätscherte es, sie waren in der Nähe des kleinen Wasserfalls, der dort oben aus einer Quelle zwischen einigen Felsblöcken sprudelte und sich in einen kleinen Teich ergoss. Mit Mühe erreichten sie das Wasser, wo sie beide gierig tranken. Schließlich zog Glen das Pferd vom Wasser weg, es war nicht gut, wenn es zu viel trank. Lieber führte er es zu einem Flecken Gras, der hier in dieser kleinen Lichtung wuchs. Das Pony begann an den dürren Halmen zu knabbern und Glen ging zu den Felsen, wo er einige Brombeersträucher entdeckt hatte. Bald hatte er einige Handvoll der köstlichen Beeren bei den ersten Sträuchern verspeist und wollte sich schon den weiter hinten wachsenden Früchten zuwenden.

Da schreckte ihn ein angstvolles Wiehern und Knacken auf.

Der Späher hatte sich immer außer Sichtweite hinter Torin gehalten, doch als dieser über die Pferdeweide zum Dorf trabte, musste er sich im Schutz der Bäume am Waldrand verstecken. Mit scharfen Augen verfolgte er den Weg Torins. Dieser rief einem Mann, der bei den Pferdekoppeln beschäftigt war, etwas zu, das der Späher nicht verstehen konnte; er war zu weit entfernt. Torin ritt, ohne anzuhalten, weiter zu den weiter obenliegenden Häusern ins Dorf. Der Mann bei den Pferden folgte ihm kurz nach dessen Zuruf zu Fuß ins Dorf. Nach einiger Zeit aber jagte dieser wie wild auf dem Pony Torins aus dem Dorf talabwärts.

Es musste etwas Wichtiges vorgefallen sein.

Da er nun wusste, wo sich das Dorf der Übeltäter befand, beschloss er, diesem wilden Reiter zu folgen. Bald bemerkte er, dass dessen Pferd lahmte und aus den Bluttropfen am Boden folgerte er richtigerweise, dass es verletzt sein musste – und möglicherweise auch der Reiter. In der anbrechenden Dämmerung konnte er jedoch bald die Spur nicht mehr weiterverfolgen und er bereitete sich wieder mal auf eine lange, kühle Nacht vor.

Gleich beim ersten angstvollen Wiehern war Glen erschauernd sofort aufgesprungen. Neben seinem am Boden liegenden Pferd stand eine wuchtige graubraune Gestalt – ein Bär! Der hatte seine scharfen Zähne und beide Pranken in den Hals des Ponys geschlagen und riss wütend seinen mächtigen Schädel hin und her.

Glen schreit in Verzweiflung laut auf; er braucht sein Pferd und will es schützen. Er reißt den Dolch aus dem Gürtel und springt mit kreisenden Armen und lautem Gebrüll zum Bären. Der lässt vom Pferd ab und richtet sich mit einer schnellen Bewegung wütend auf die Hinterbeine und erwartete fauchend mit gefletschten Zähnen den Angreifer.

Glen gelingt es, mit beiden Händen den Dolch in die Brust des Bären zu stoßen, er trifft, streift jedoch eine der Rippen. Die scharfe Waffe dringt zwar tief in die Brust, lässt sich aber nicht mehr herausziehen. Dadurch verliert Glen wertvolle Sekundenbruchteile und kann nicht mehr rechtzeitig nach unten wegtauchen. Der Bär ist schneller – mit einem blitzschnellen, mächtigen Prankenhieb von schräg unten zerschmettert er Glens linke Schulter, zerreißt sein Ohr und schält ein handgroßes Stück seiner linken Kopfhaut nach oben vom Schädel. Der Schlag ist so heftig, dass Glen von den Füßen gerissen wird und ein gutes Stück weiter im kniehohen Gras landet. Davon fühlt er jedoch nichts mehr, der heftige Schlag gegen seinen Kopf hat ihn betäubt; bewusstlos bleibt er liegen.

Der Bär steht weiterhin aufrecht, stürzt sich aber nicht auf ihn, sondern wirft mit einem hässlichen Gefauche den Kopf in den Nacken, biegt den massigen Körper nach hinten und verharrt einen Moment in dieser Stellung. Schließlich fällt er langsam zur Seite, dreht sich noch leicht und kommt auf dem Bauch zu liegen.

Aus seinem Rücken ragt ein gefiederter Pfeil.

… missbraucht und verkehrt,
meinem Zwecke zu dienen verwehrt.
Ohne Achtung - versehrt!

Iven, der Druidenschüler

Gwydion hatte einen kurzen, unruhigen Schlaf und wachte schon früh vor der Morgendämmerung auf. Sitzend in seiner Höhle überlegte er, was die nächsten Tage hier noch zu erledigen war: die gesammelten Äste und Zweige mussten noch gemäß den rituellen Vorschriften für das Dankesfeuer gestapelt werden, die schalenförmigen Vertiefungen in den Granitfelsen gereinigt werden, damit sich neues sauberes Regenwasser sammeln konnte, die Markierungen auf den Kalendersteinen nachgezogen werden. Außerdem musste auf dem Plateau noch die kleine Hütte aus Haselnussstöcken fertig geflochten werden; darin sollte das Pflanzenopfer aus Samen und Früchten für die Götter aufbewahrt werden. Alles in allem würden er und sein Helfer Iven noch einige Tage zu tun haben. Also brauchten sie noch etwas Fleisch, Beeren und Wasser. Er wollte gerade Iven wecken, der aber richtete sich schon von allein auf und sah ihn fragend an.

„Wir brauchen etwas zum Essen und frisches Wasser. Nimm deinen Bogen und versuche uns einen Hasen oder ein Auerhuhn zu schießen. Und vergiss nicht auch einige schmackhafte Kräuter zu sammeln – wir wollen uns doch hier ein gutes Mahl zubereiten! Bei deinem Pirschgang kannst du auch noch mal im Stillen die letzte Lektion wiederholen."

Iven war nicht nur seit etlichen Jahren der gelehrige Schüler Gwydions, er war auch ein hervorragender Bogenschütze, der eine Taube aus fünfzig Schritt Entfernung vom Ast holen konnte. Er griff gehorsam zu seinem Bogen, nahm den Köcher mit fünf Pfeilen und den Proviantsack, steckte sich noch ein Stück Fladenbrot in den Mund und machte sich auf dem Weg.

Iven ging vorsichtig bergab, nicht nur wegen des taufeuchten Grasbodens, sondern auch um seine mögliche Beute nicht zu verscheuchen. Auerhühner lebten im Übergangsbereich von kniehohem Gras zu lichtem Mischwald, wie er hier in der oberen Bergregion vorherrschte. Er hoffte bald auf einen dieser scheuen Hühnervögel zu treffen. Immer wieder blieb er stehen, lauschte und spähte über die Grasbüschel hinweg zu den unteren Ästen der Laub- und Nadelbäume, doch weit und breit war weder eine Feder zu sehen noch ein Lockruf eines Hahns zu hören. Geduldig setzte er seinen Pirschgang fort und begann den Ratschlag seines Meisters zu befolgen, einige der vor kurzem auswendig gelernten Strophen eines Heldenepos in Gedanken zu rezitieren – er war sich jedoch sicher, dass darunter seine Aufmerksamkeit nicht litt – er kannte die Verse ja fast schon im Schlaf.

Bald kam er in den steileren, bewaldeten Bereich des Berghangs und obwohl jetzt die mächtigen Bäume weiter auseinander standen, waren die Baumkronen so dicht, dass kaum Sonnenlicht nach unten durchdrang und kein Windhauch zu spüren war. Der Waldboden war weitgehend frei von hinderlichem Unterholz und so konnte er, ohne jeden seiner Schritte zu prüfen, leise und trotzdem zügig voranschreiten.

Kein Wild weit und breit - anscheinend hatte er diesmal kein Jagdglück, er begann schon etwas ärgerlich zu werden und beschloss zumindest seinen Wasserbeutel zu füllen und einige Kräuter zu suchen. Er kannte eine Quelle in der Nähe, dort war Wasser und vielleicht fand er dort auch ein Tier, das er beim Trinken erlegen konnte.

Seine Gedanken richtete er jetzt auf das neue Ziel, er achtete genau auf die Umgebung – und schon spürte er einen leicht stechenden Geruch in seiner Nase. Alarmiert legte er einen seiner gefiederten, schwereren Jagdpfeile mit der dreiflügeligen Eisenspitze auf die Sehne, spannte den Bogen leicht und ging vorsichtig weiter. Er kannte diesen Geruch; in dieser baumreichen und felsigen Umgebung musste man damit immer rechnen.

Ein Bär!

Vorsichtig bog er um die nächste Felsformation vor der Quelle und reagierte sofort. Ein großer brauner Bär stand auf den Hinterbeinen und schlug gerade mit der rechten Pranke zu. Ein Mensch war in Lebensgefahr – oder vielleicht schon tot! Iven zog die Sehne mit dem Pfeil ans rechte Kinn, zielte kurz und ließ los. Der Pfeil fuhr mit einem dumpfen Laut einige fingerbreit links neben der Wirbelsäule in den Rücken des zotteligen Bären. Dieser fauchte kurz auf, warf den Schädel nach oben und drückte seinen Brustkorb nach vorne. Einen Moment verblieb er regungslos in dieser Stellung stehen, kippte dann seitlich weg und kam schließlich auf dem Bauch zu liegen. Ein heftiges Zucken, als hätte er noch einen zweiten Stich erhalten, dann streckte der Bär seine Pranken. Iven legte schnell einen zweiten Pfeil auf und näherte sich schussbereit vorsichtig von hinten. Das mächtige Tier regte sich nicht mehr, ein dünner Blutstrom floss aus seinem Maul.

Der Bär war tot.

Mit einem schnellen Blick rundum, erkannte Iven die Situation: dort ein halbtotes Pferd und da drüben ein regungsloser, offensichtlich schwer verletzter Mann im Gras. Er legte seinen Bogen ab und sah in das blutüberströmte Gesicht des da liegenden Mannes – es war Glen, der Pferdewirt. Vorsichtig zog er ihn aus dem Grasgestrüpp und untersuchte seine Wunden. Seine Schulter war eigenartig verschoben, vermutlich war sie gebrochen. Die gelöste Kopfhaut hing am oberen Teil noch am Schädel, das Ohr hing lose und die aufgeschlitzte Schulterwunde sah furchtbar aus. Und alles blutete ziemlich heftig. Hier war dringend schnelle, heilkundige Hilfe erforderlich! Kurz entschlossen zog Iven dem Verletzten die Hose aus, schnitt die Hosenbeine in Streifen und verband damit notdürftig die Wunden. Blutstillung ging hier vor Wundreinigung! Aber Iven war klar: die Wunden mussten so bald wie möglich gereinigt und genäht werden.

Sein nächster Blick galt dem Pferd. Es war im Todeskampf, röchelte nur noch leise und blutete heftig aus dem oberen Halsbereich, wo der Bär seine Zähne eingeschlagen hatte. Iven zog sein Messer und durchschnitt mit einem kräftigen Stoß die Halswirbelsäule und erlöste das Tier von seinem Leiden. Mit einem zweiten Stich durchtrennte er die Halsschlagader, damit das Pferd so gut wie möglich ausblutete – Pferdefleisch wurde gerne verspeist, aber es war schmackhafter ohne das gestockte Blut zwischen den Fleischfasern.

Der verletzte Glen regte sich nicht, er war weiterhin tief bewusstlos und vermutlich würde er es auch noch etliche Stunden oder Tage bleiben; einen solch heftigen Prankenhieb übersteht selten ein Mensch.

Iven befand sich in einem Dilemma – er konnte Glen nicht einfach liegen lassen um Hilfe zu holen und wenn er hierblieb, fehlten ihm die Möglichkeiten ihn ordentlich zu versorgen.

Was tun? Er sah sich um und hatte eine Idee.

Eilig sammelte er umliegende dürre Zweige und Äste und stapelte sie inmitten in dieser kleinen Lichtung zu einem Haufen, den er mit seinem Eisen, Zunder und Feuerstein anzündete. Als das Feuer gut brannte, holte er noch feuchtes Moos und nasses Gras, das er bei der Wasserquelle fand, und warf es von oben in die Flammen. Er hoffte, dass der dichte Qualm, der über die Baumkronen aufstieg, von Gwydion oder anderen Personen entdeckt werden würde, die dieses Zeichen als Hilferuf erkennen würden.

Iven warf weiteres Holz ins Feuer, es prasselte, knackte und qualmte.

Da erscholl ein lauter Ruf zwischen den Bäumen heraus.

Der Rücktransport

Der Späher hatte sich entschlossen, dem wilden Reiter – Glen – zu folgen, aber der war schnell außer Sichtweite und so er musste alle seine Sinne anstrengen, um Glens Abzweigung über den kleinen Fluss zu finden. Das kostete ihn einige Zeit, bis er dann die Spur weiterverfolgen konnte. Im weichen Waldboden erkannte er, dass das Pferd lahmte und Blutspuren hinterließ – es musste verletzt sein. Sollte der Reiter auf der Flucht sein? Dann würden vielleicht Verfolger nachkommen, er musste vorsichtig sein und jetzt sein Augenmerk nach vorn und nach hinten richten und konnte nicht mehr so zügig vorankommen. Schließlich musste er wieder einmal die Nacht allein im Wald verbringen; er hatte sich schon fast daran gewöhnt. Schnell war ein Unterschlupf fertig: ein paar frische Äste eines Nadelbaums als Dach und sein Umhang als Zudecke mussten genügen.

Die Nacht verlief ereignislos – kein Regen, kaum Wind, die üblichen Geräusche nachts im Wald störten ihn nicht weiter – und so konnte er frühzeitig die Fährte am anderen Morgen wieder aufnehmen. Die Hufabdrücke wurden immer schleifender, das Pferd war nicht nur lahm, sondern es war stark ermüdet und wurde sicherlich gezogen. Schließlich kam er an die Übernachtungsstelle und erkannte, dass das Tier am Boden geschlafen hatte; vermutlich würde es nicht mehr lange bergauf durchhalten.

Er roch Rauch; erst deutlich später sah er durch die Bäume das qualmende Feuer. Er beschloss seine Richtung zu ändern, führte sein Pferd in einem weiten Halbkreis um die Brandstelle und näherte sich von der windabgewandten Seite. Wenn sich der Flüchtige dort aufhielt, musste er nicht gleich erkennen, dass er auf seiner Spur gefolgt war. Er stieg ab und schritt ohne weitere Geräusche zu vermeiden mit dem Pferd am Zügel vorwärts.

Das Bild, das sich vor ihm auftat, überraschte ihn völlig. Neben dem qualmenden Feuer lag ein toter Bär, ein totes Pferd, ein schwerverletzter, vielleicht schon toter Mann und ein anderer, der weiteres Holz ins Feuer warf.

„Hoho, das ist ja ein Ding! So viel Tod und Elend an einem Ort! Kann ich helfen?", rief er laut und deutete auf den Verletzten.

Iven sah zum Ankömmling. Ein Mann führte ein Pferd am Zügel und näherte sich vom Wasserfall der Lichtung.

„Ja, ich brauche Hilfe, oder besser der Verletzte hier." Iven erklärte kurz, was er über dieses Unglück wusste.

„Ob weitere Hilfe kommt oder nicht – wir brauchen jedenfalls eine Trage, um den Verletzten schonend zu transportieren. Komm, hilf mir!"

Beide Männer suchten zwei armdicke Bäumchen, die sie mit ihren Messern mühsam fällten, von den Ästen befreiten und etwa auf zwei Pferdelängen kürzten. Dann begannen sie das Fell des Pferdes abzuziehen, eine mühselige Arbeit, auch wenn sie Kopf und Beine aussparten. Blutverschmiert und schwer atmend legten sie das frische Fell mit der Fellseite auf den Boden. Darauf kamen in etwa armbreiten Abstand die beiden parallel ausgerichteten Stangen, aber so, dass etwa die vordere Hälfte der Stangen frei blieb. Das Fell wurde links und rechts darüber geschlagen und an den Rändern mit Löchern versehen. Einige weitere Fellstreifen dienten zum Verzurren des Felles – und fertig war die Trage. Zufrieden betrachteten beide ihr Werk.

In diesem Moment knackte es hinter ihnen im Gehölz. Gwydion kam mit schnellen Schritten zwischen den Bäumen hervor. Er hatte von der Bergkuppe aus den qualmenden Rauch am Berghang gesehen und gleich vermutet, das dort jemand Hilfe brauchte. Kaum erblickte er den Verletzten, kniete er schon bei ihm und untersuchte ihn. Iven berichtete ihm inzwischen kurz was er von dem Vorfall wusste oder aus der Situation schließen konnte.

„Glen muss unbedingt schnellstens ins Dorf, nur dort kann ich ihn richtig behandeln. Ah – ihr habt schon eine Transportmöglichkeit gebaut – das war klug von euch! Was hier genau geschehen ist, werden wir später klären."

Der Späher brachte sein Pferd in Stellung. Iven begann das Vorderteil der Trage am Sattel zu befestigen. Im hinteren Teil, auf die Fellauflage, sollte der bewusstlose Glen gelegt werden. Die beiden Stangenende müssten sie gemeinsam zu zweit tragen und der Dritte das Pferd führen. So könnten sie einen einigermaßen schonenden Transport für den schwerverletzten Glen ermöglichen. Erst wenn der Abstand der Bäume und die Bodenbeschaffenheit es zuließen, wäre zu überlegen, ob das Pferd die Trage vielleicht ziehen könnte. Sie müssten sich sicherlich abwechseln, zu dritt wäre es aber wohl zu schaffen.

Ein lautes Getrampel und Pferdeschnauben ließ sie innehalten. Vier Männer aus dem Dorf kamen bergauf geritten und stiegen mit erstaunten Rufen bei den drei Wartenden ab.

„Was ist denn hier geschehen? Wir haben den Mörder seit Stunden verfolgt und jetzt liegt er hier – ist er tot?", fragte einer.

„Wieso Mörder? Erzählt!", entgegnete Gwydion kurz.

Der erste aus der angekommenen Gruppe berichtete in knappen Worten die vermeintliche Mordtat und die Flucht Glens.

„Glen liegt hier schwer verletzt und muss dringend ins Dorf, ihr werdet uns dabei helfen! Dort werden wir ihn verarzten und gesund pflegen. Erst wenn er aus der Ohnmacht aufwacht und sprechen kann, werden wir seine Version der Geschichte hören, den Vorfall klären und gemeinsam beratschlagen, was weiter zu tun ist. Bis dahin gibt es keine Übergriffe oder Alleingänge!", legte Gwydion unmissverständlich fest.

Fast erleichtert stimmten ihm alle zu, sie waren froh, dass jemand die Verantwortung für die weitere Vorgehensweise übernahm und für Klarheit sorgte.

Ohne lange zu zögern, gab Gwydion weitere Befehle: „Ihr drei, legt Glen vorsichtig auf die Trage, bindet ihn fest, damit er nicht herunterfällt und befestigt das Ganze ordentlich am Sattel dieses Pferdes! Ihr werdet auch dafür sorgen, dass er möglichst ruhig ohne Stöße transportiert wird – dazu werdet ihr dieses Gestänge vorsichtig gemeinsam tragen müssen."

„Und Du", wandte er sich an den neben ihm stehenden Mann, „lösche das Feuer, dann reite so schnell du kannst ins Dorf und hole zwei Karren und einige Helfer, die die toten Tiere zerlegen und das Fleisch ins Dorf bringen."

Dann drehte er sich um und sprach weiter:

„Du, Fremder, wirst das Pferd führen und ich werde euch leiten. Iven, du bleibst hier und bewachst inzwischen die Kadaver."

Es geschah so, wie er angeordnet hatte und bald darauf kehrte Stille ein. Der Späher war sogar froh, dass er für den Rücktransport eingeteilt war – so konnte er unauffällig die Situation im Dorf erkunden.

Iven ging zum toten Bären und zog mit einiger Mühe den tödlichen Pfeil aus dem Rücken. Die Pfeilspitze hatte wie alle seine Jagdpfeile keine Widerhaken. Der Pfeil steckte jedoch tief im Rücken und das machte das Herausziehen schwer.

Den Bär zu häuten war für ihn allein nicht möglich, da müssten mindestens zwei oder drei starke Männer zusammenhelfen. Aber er könnte mit seinem Messer die vier Eckzähne aus dem Kiefer brechen, sie wären eine schöne Trophäe. Er nahm sich vor, Glen die Eckzähne zu geben, er selbst würde die Klauen behalten um sie einzeln als Amulette zu verschenken – gewiss wären ihm die Empfänger recht dankbar dafür! Die Klauen würde er später entfernen, wenn die Tatzen zum Verzehr zubereitet wurden. Bärentatzen sind eine Delikatesse, insbesondere die Handteller sind begehrt – in Kräutern eingelegt, geschmort und über dem Feuer gegrillt – ihm lief jetzt schon das Wasser im Mund zusammen. Die Bärenkeulen sollten in Öl eingelegt, gedünstet und bei Feierlichkeiten verspeist werden. Das ausgelassene Bärenfett, das Bärenöl, würde sicherlich Gwydion für sich beanspruchen, da er es als Medizin verwenden könnte. Über den verbleibenden Rest des Bären wäre nach dem Zerlegen zu entscheiden – auch über zähes Fleisch freuen sich die Dorfhunde! Das Fell gehört demjenigen, der das Tier erlegt hat – aber war das jetzt Glen oder er? Auch das würde erst nach dem Zerlegen feststehen, ob Messer, Dolch, Schwert oder der Pfeil letztlich die Todesursache war.

Aber wo war Glens Waffe? – er musste bewaffnet den Bären angegriffen haben, alles andere wäre nicht nur todesmutig, sondern äußerst dumm gewesen. Iven versuchte unter den Bären zu greifen, was ihm vorerst misslang. Erst als er mit Hilfe seines Messers einen schmalen Graben im Grasboden, einen Zugang zur Bärenbrust, ausschabte und seinen Arm suchend unter den Bären schob, spürte er das Metall. Mit Fingerspitzengefühl und festem Griff gelang es ihm, die Waffe aus dem Bärenkörper heraus zu ziehen. Es war ein Dolch, und wie er erkannte, war es Kendras Dolch. Wie kam Glen dazu und könnte das auch die Mordwaffe sein? Ivens Ärmel war schmutzig, von Blut des Bären verschmiert; nachdenklich ging er zum Wasser, um die Waffe und sich zu reinigen.

Da sah er sie – zwei, drei schnelle Schatten, in einiger Entfernung zwischen den Bäumen. Sofort wusste er, was es war: Wölfe, sicherlich angelockt durch die Kadaver, vermutlich hungrig und begierig sich die Bäuche voll zu schlagen. Iven hatte nur den Dolch in der Hand, er musste dringend zu seinem Bogen, der beim Bären lag. Er streckte seine Hand mit der Waffe hoch empor, die Wölfe hatten ihn sicherlich schon genau beobachtet und würden von dieser Bewegung vielleicht irritiert sein. Mit zügigen Schritten, aber ohne zu laufen, war er bei seinem Köcher und nahm den Bogen auf, ging zu einer nahestehenden großen Buche und schwang sich auf einen der unteren Äste. Von den Wölfen war nichts zu sehen. Er kletterte noch eine Astreihe höher, lehnte sich einigermaßen bequem an den Stamm, legte einen Pfeil auf die Sehne und wartete.

Es dauerte längere Zeit bis er wieder einige Bewegungen erkennen konnte, graue, leichtfüßige Silhouetten, die sich jetzt von allen Seiten näherten, geschickt die Deckung der Bäume ausnutzend. Ein vorwitziger Wolf – oder wars einer vom Rudelführer vorgeschickter – schlich geduckt zum Pferdekadaver, biss in den Unterbauch, riss ein Stück Fleisch heraus und wollte wieder zurück in den Wald. Iven hatte jetzt Gelegenheit zu schießen; er wusste, dass er von seinem hohen Standort anders zielen musste – auf die Füße des Wolfes! Der Pfeil flog und traf den Fleischdieb in die Weichteile. Aufjaulend sprang der Wolf in die Luft, er ließ das Stück Fleisch los und kroch von Iven unbehelligt am Boden entlang zurück hinter die Bäume. Aber kaum dort angekommen, ging der Tumult los – die anderen Wölfe stürzten sich jaulend auf den verletzten Kameraden und zerrissen ihn. Iven fühlte, wie sich seine Nackenhaare aufstellten – dieser Meute wollte er nicht unbewaffnet begegnen! Vorläufig gesättigt verzog sich das Rudel schließlich in die Dunkelheit des Waldes. Iven wartete noch einige Zeit in der mittlerweile zunehmend unangenehmen Stellung, bevor er wieder vom Baum herabstieg, jedoch entfernte er sich nicht weit davon.

Endlich, es war schon früher Nachmittag, hörte er wieder Pferdegetrampel. Zehn Männer führten ihre Pferde am Zügel herbei; statt Reitsättel hatten sie Packsättel, Körbe und jede Menge verschiedener Riemen dabei. Es waren Männer aus dem Dorf. Die Tiere mussten fest angebunden werden, da sie vor dem Bärenkadaver scheuten – der Blutgeruch und vielleicht auch die Wolfspuren machten sie nervös.

Die Ankömmlinge machten sich sogleich an die Arbeit. Erst wurde das Pferd zerlegt: der Kopf abgetrennt, der Bauch geöffnet und ausgeweidet. Die Innereien, ohne die Gedärme, die beiseitegelegt wurden, kamen in einen Korb. Das Los bestimmte zwei Männer, die die unangenehme Arbeit des Darmleerens verrichten mussten – es wurde nichts verschwendet! Von den Beinen wurden die unteren Teile an den Vorderfußwurzeln beziehungsweise Sprunggelenk getrennt und mit den Hufen in einen anderen Korb gelegt. Die ausgelösten Schultern, Hüften sowie Hals-, Rücken- und Brustteile kamen direkt auf die Packsättel und wurden dort festgezurrt. Das Ganze war eine schweißtreibende und blutige Angelegenheit, aber es ging zügig von statten, und so konnte sich schon bald ein Teil der Mannschaft auf den Rückweg machen.

Iven hatte sich daran nicht beteiligt; er wachte mit seinem Pfeil und Bogen, dass es keine unangenehmen Überraschungen aus dem Wald gab.

Der verbleibende Rest der Mannschaft machte sich ans Fellabziehen des Bären; es war anstrengend und ungewohnt. Keiner der Männer hatte schon einen Bären enthäutet oder zerlegt und so mussten sie sich an den Kenntnissen beim Häuten und Zerlegen der Kühe und Pferde orientieren. Iven gab einige Ratschläge, die er aufgrund seiner Jagderfahrung beisteuern konnte. Als erstes musste der Bär auf die Seite gewälzt werden, damit die Füße frei lagen – mit denen wurde begonnen. Der Kopf und die Tatzen wurden ungehäutet abgeschnitten. Dann jeweils ein Schnitt entlang der Beine bis zu deren Körperansatz und das Fell konnte mit einigen Schnitten von den Extremitäten gelöst werden. Der Rest war deutlich aufwendiger. Ein weiterer Schnitt entlang des Bauches – aber nicht zu tief! Zwei Männer waren notwendig, um das schwere Fell auf Spannung zu halten, während der dritte mit dem scharfen Messer vorsichtig die Verbindung zwischen

Bindehaut und Fleisch trennte. Der massive Körper wurde mit vereinten Kräften weitergedreht, das Fell am Rücken gelöst und mit der anderen Körperhälfte entsprechend verfahren. Das Zerlegen erfolgte ähnlich wie beim Pferd und das Darmentleeren mussten jetzt ein anderes Paar erledigen.

Der ganze Platz war blutbesudelt, es stank und vermutlich würde es etliche Tage dauern, bis die Lichtung wieder ohne Naserümpfen betreten werden konnte. Aber die Menschen im Nordwald waren diesbezüglich einiges gewohnt.

Fell, Fleisch und die anderen Bärenteile wurden in den Körben auf die Rücken der Pferde verladen und alle, auch Iven, machten sich auf den Rückweg ins Dorf.

In einiger Entfernung lauerten sechs oder sieben gierig blickende Augenpaare …

Heilkundige

Bryanna hatte nach dem schockierenden Ereignis, das sie unbemerkt mitansehen musste, die halbe Nacht im Herrenhaus unter ihrer Bettdecke versteckt, sich erst spät heraus getraut und war zu Kendra in Glens Haus geschlichen.

Am folgenden Tag hatte sich Kendra wieder einigermaßen gefangen und konnte wieder ruhig überlegen: ‚Es kann nicht sein, dass Glen ein Mörder ist, das muss ein Irrtum sein, auch wenn es derzeit noch einen anderen Anschein gibt. Bryanna, die vielleicht der einzige Zeuge des schrecklichen Geschehens im Herrenhaus ist, spricht nicht, bleibt stumm und blickt nur ins Leere‘.

„Ich muss etwas unternehmen!", sagte sie laut zu Bryanna aber auch zu sich selbst. Sie nahm ihre Tochter bei der Hand und beide gingen zum Versammlungsplatz im Dorf.

Dort war schon reger Betrieb und in Gruppen standen Leute beisammen und unterhielten sich aufgeregt.

Cayden hatte schon frühmorgens eine Versammlung aller Dorfbewohner einberufen und trat jetzt mit lauter Stimme vor die versammelte Menge.

Kendra war gerade rechtzeitig dazu gekommen.

„Hört zu, Leute. Es ist etwas Schreckliches passiert und wir wissen nicht, was der Grund dazu ist. Aber vielleichte kann ich etwas zur Aufklärung beitragen: wir, Torin, Kilian, Phelan, Sloan und ich hatten eine, äh, Zusammenkunft, bei der Torin recht aufgeregt, und wie ich meine leichtsinnig, beschlossen hat, einigen Pferdetreibern ein paar Pferde abzujagen. Ich konnte ihm zwar diese Gefolgschaft verweigern, aber die anderen mussten mitmachen. Offensichtlich ging dieser Ausflug ziemlich schief, nein – er endete in einer Katastrophe, da die Gefährten bis auf den verstümmelten Torin nicht mehr zurückgekommen sind."

Cayden machte eine kurze Pause, um den Menschen Zeit zu geben, sich zu beruhigen und fuhr dann fort: „Was dann geschah, müssen wir aufklären. Schließlich wird Glen des Mordes verdächtigt. Wer weiß mehr dazu?"

Einer der Wächter, die Glen festhalten wollten, meldete sich. Cayden fragte: „Was habt ihr gesehen oder gehört?"

„Torin kam verletzt mit einem fremden Pferd ins Dorf geritten und befahl uns, vor seinem Hauseingang zu warten, bis er uns rufen würde. Als wir seinen Hilfeschrei hörten, liefen wir sofort ins Haus. Glen stand über Torin und hatte den Dolch in der blutigen Hand – und er ist geflohen! Das ist doch Beweis für seine Schuld genug!"

Auf mehrmaligem Nachfragen mussten jedoch beide zugeben, dass sie den Mord nicht gesehen hatten und erst, als Torin schon tot am Boden lag, dazu gekommen waren. Und nach weiterem Nachfragen gestanden sie auch ein, dass Glen ihnen gesagt hatte, er sei unschuldig.

„Ihr habt den Mord nicht gesehen, wisst nicht wie Torin zu Tode kam und trotzdem verurteilt ihr ihn – hütet euch vor Vorverurteilungen bei der Befragung Gwydions – bleibt bei der Wahrheit!", warnte sie Cayden.

Kendra ergänzte: „Auch ich weiß nicht viel, aber es war mein Dolch, der für diese Tat verwendet wurde und dieser Dolch hing in unserem, in Torins Haus, am Stützbalken. Glen rief mir auf seinem eiligen Ritt aus dem Dorf nur im Vorbeieilen zu: ICH BIN UNSCHULDIG! Und ich glaube ihm!"

Dann sprach sie bedrückt weiter: „Bryanna war die halbe Nacht nicht zu Hause und kam total verstört erst nach Mitternacht heim. Sie spricht nicht und war vermutlich zur Tatzeit im Herrenhaus, um ihre Kräuter zu holen – vielleicht hat sie etwas gesehen – aber ich kann sie nicht bewegen, zu erzählen, was sie gesehen hat."

Cayden sah sie erstaunt an und die Menschen begannen aufgeregt zu murmeln.

Jetzt wurden auch einige hässliche Stimmen laut: „Kendra hat Torin verlassen, vielleicht war das der Grund für seinen Aufbruch, Kendra ist doch eine Ehebrecherin, sie soll zur Verantwortung gezogen werden …"

Jetzt meldete sich wieder Cayden zu Wort: „Beruhigt euch! Wir werden das alles klären. Vier Freiwillige müssen sich sofort zu Pferden zur Verfolgung Glens machen und ihn zurück ins Dorf bringen – lebendig!"

Die Menschenmenge löste sich auf. Vier Männer verließen bewaffnet das Dorf.

Cayden ging zu Kendra. „Komm, wir versuchen es noch mal gemeinsam bei Bryanna. Vielleicht ist sie jetzt gesprächiger."

Er nahm sich anschließend viel Zeit für Bryanna, sprach ganz behutsam mit ihr und versprach ihr sie für ihre Aussage zu belohnen, aber es war vergebens.

Zurück im Dorf sandte er einen berittenen Boten mit einem zweiten Pferd aus, der zu den ‚Heiligen Drei Felstürmen' reiten sollte, um Gwydion zu holen. Die weitere Vorgehensweise hinsichtlich Torins Tod, Glen und der Führungsnachfolge musste mit den ‚Ehrenwerten Alten' und dem Druiden besprochen werden.

❧❧❧

Der Bote des Druiden traf den Boten Caydens aus dem Dorf auf halbem Weg. Sie tauschen ihre Erkenntnisse aus und ritten dann in ihrer ursprünglichen Richtung weiter, um jeweils Cayden beziehungsweise Gwydion zu berichten.

Caydens Bote traf bald auf den Verfolgertrupp mit dem Druiden und dem verletzten, bewusstlosen Glen auf deren Weg zum Dorf.

Die Männer erzählten im, was während der Verfolgung Glens geschehen war, und der Bote sprach über die Situation im Dorf. Er schloss sich zur weiteren Unterstützung beim Verletztentransport an.

Kaum im Dorf zurückgekehrt, ritt der Bote Gwydions unverzüglich zu Cayden. Der hörte verwundert aber höchst interessiert seinen Bericht und forderte ihn auf:

„Du reitest gleich zu Glens Haus, dort ist Kendra. Sie soll ein Bett und alles Nötige für Glens Wundversorgung vorbereiten. Du kannst ihr kurz deine Erkenntnisse mitteilen. Anschließend reitest du dem Trupp mit dem Verletzten entgegen und bringst allesamt unverzüglich zu Glens Haus. Dort sollen sich Gwydion und Kendra um ihn kümmern."

Kendra war über die schlimme Nachricht sehr erschrocken, fasste sich aber dann bald und stellte saubere Tücher, heißes Wasser, Nadel und Faden und jede Menge Heilkräuter bereit. Bryanna verfolgte ihr Tun jetzt aufmerksam, beteiligte sich jedoch nicht daran und sprach weiterhin kein Wort.

Die Männer brachten den verletzten Glen auf der Trage wie vereinbart zu dessen Haus. Dort wartete Kendra schon ungeduldig. Glens Zustand hatte sich verschlechtert, er war weiterhin bewusstlos und begann zu fiebern. Zwei Männer legten Glen ins Bett und ließen Kendra, Bryanna und Gwydion zurück. Der Druide beratschlagte mit Kendra die weitere Behandlung und sie beschlossen, die Wunden zu säubern und mit heilenden Säften zu behandeln, die Kopfhaut wieder zu fixieren, sie anzunähen und zu verbinden. Aber erst musste der von Iven angebrachte behelfsmäßige Verband, die blutdurchtränkten Stoffstreifen aus Glens Hosenbeinen, entfernt werden. Vorsichtig, mit heißem Wasser, einer Schere und viel Geduld, gelang es ihnen, ohne größere neue Blutungen zu verursachen, die jetzt unansehnlichen Fetzen zu lösen.

Die Wunden sahen furchtbar aus!

Die Schultermuskulatur war mit drei tiefen Furchen bis auf die Knochen zerteilt, das Schlüsselbein gebrochen und vom Schulterknochen abgerissen – es hob sich deutlich unter der Haut hervor. Das Ohr hing nur noch an einigen dünnen Hautfetzen, diese Verletzung blutete nur noch gering. Die lose Kopfhaut hatte sich wieder auf die ursprüngliche Stelle gelegt, durch das vom Blut getränkte Haar war die Abrissstelle jedoch kaum zu erkennen.

Gwydion füllte einen Becher mit dem heißen, abgekochten Wasser, tunkte den Zipfel eines sauberen Tuchs hinein und wusch, so gut es eben ging, Blut und Blutkrusten um die Wunden weg.

„Bring mir Essig in einer Schale und die Arnikatinktur", bat er Kendra.

Er mischte den Essig mit dem heißen Wasser und spülte damit vorsichtig die tiefen Furchen in der Schulter aus, übergoss das Ohr und die verletzte Kopfhaut. Es ließ sich nicht vermeiden, dass dabei einzelne Stellen wieder zu bluten anfingen. Glen rührte sich nicht, trotz der Schmerzen, die dieses Prozedere bei ihm sicherlich verursachte. Zum Glück lag er in einer tiefen Ohnmacht.

Bryanna stand unbeachtet im Hintergrund und schaute den beiden interessiert, aber wortlos zu.

„Es genügt nicht, diese Wunden zu verbinden – wir müssen sie nähen! Ich hole Nadel und Faden", stellte Kendra fest und nahm die fingerlange Nadel und einen dünnen Faden zur Hand; doch als sie den Faden durch die Öse fädeln wollte, gelang es ihr nicht – sie zitterte zu stark. Bittend sah sie Gwydion an.

„Hilfst du mir?"

Gwydion befeuchtete den Faden mit der Arnikatinktur, drehte das aufgelöste Fadenende zusammen und fädelte ein und gab an Kendra die Nadel zurück.

„Du bist die Näherin, du musst ihm helfen und du kannst das!" Kendra atmete tief durch und konzentrierte sich. Er hatte recht, sie war geübt im Umgang mit Nadel und Faden – aber sie hatte noch nie einen Verwundeten damit versorgt. Doch Glen, ihr Geliebter, brauchte dringend schnell Hilfe, bei den Schulterwunden drang immer noch Blut aus den Furchen.

„Drücke seine Schultermuskeln mit deinen Händen zusammen, damit sich die Wunden schließen, ich brauche meine beiden Hände zum Nähen. – Etwas fester, hier, wir fangen unten an ..."

Kendra arbeitete sich Stich für Stich voran und Gwydion folgte ihren Anweisungen mit leichtem Lächeln über ihren Eifer, aber auch über ihr Können. Endlich waren die langen Wunden verschlossen, die Blutung hatte aufgehört. Gwydion tupfte mit der Arnikatinktur über die Nähte der jetzt verschlossenen Schulterwunden.

Kendra lehnte sich erleichtert zurück. „Was sollen wir mit dem gebrochenen Schlüsselbein machen?"

„Das hat Zeit für später, erst kommt noch das Ohr und die Kopfhaut dran."

Glens Ohr blutete kaum noch. „Diese Fetzen kann ich nicht mehr nähen. Am besten wir trennen alle losen Ohrteile ab, aber vorher müssen wir die Kopfhaut behandeln."

Mit einer Schere schnitt Kendra alle Haare um die Kopfwunde herum so kurz wie möglich weg, achtete dabei aber sorgsam darauf, dass keine Haare in die Wunde kamen. Vorsichtig hob sie die lose Kopfhaut hoch, Gwydion schüttete erst einen Schwall seiner Essiglösung und dann Arnika über die entblößten Stellen und legte sorgsam die Haut wieder auf die richtige Stelle. Wieder musste Kendra nähen; diesmal war es viel komplizierter. Sie bog die eiserne Nadel fast zu einem Viertelkreis und versuchte damit die lose Kopfhaut mit der angewachsenen zu vernähen. Es gelang mit viel Mühe, Sorgfalt und Geduld. Schließlich legte sie erschöpft die Nadel zur Seite. Kendra war mit dem Ergebnis zufrieden.

Bryanna war immer weiter nähergekommen und stand schließlich direkt neben Glens Kopf. Gwydion betrachtete sie und einem spontanen Einfall folgend, reichte er ihr die Nadel mit dem Faden und ein Tuch.

Bryanna sah ihn erst erstaunt an, aber nach einem freundlichen Nicken Gwydions nahm sie das Tuch und versuchte einen Stich und dann noch einen Stich in größerem Abstand.

„Das sieht aber nicht so schön aus wie bei dir!", beklagte sie sich bei Kendra und reichte den Stoff ihrer Mutter.

Statt das Tuch zu nehmen, umarmte sie ihre Tochter, küsste sie immer wieder und schluchzte voller Freude. „Mein liebes Kind, ich habe deine Stimme so vermisst ..."

Gwydion ließ sie einige Zeit gewähren, ging dann vor Bryanna in die Knie, nahm ihre Hände und legte sie auf seine Schultern. „Du bist ein geschicktes, kluges und starkes Mädchen – willst du mir erzählen, was du im Herrenhaus gesehen hast?

„Torin hat ein großes Messer aus seinem Gürtel gezogen, geschrien und sich selbst in die Brust gestochen. Er ist dann auf den Boden gefallen und die zwei bewaffneten Männer kamen rein – dann habe ich mich im Bett verkrochen."

Jetzt war es klar, Torin hatte seinen Mord inszeniert, um Glen und womöglich auch Kendra zu schaden. Er strich ihr über die Wange und stand auf, um zu gehen.

„Und was ist jetzt mit den Wunden?", fragte Bryanna.

„Du hast recht, wir müssen erst noch Glen vollständig versorgen. Fast hätte ich das vergessen. Wir können diese Neuigkeit auch erst morgen Cayden und dem Dorf mitteilen."

Er setzte sich wieder und griff zu einem scharfen Messer. „Willst du wirklich zusehen, wie wir das lose Ohr entfernen?"

Bryanna nickte, „Du hast gesagt, ich bin stark – und Glen merkt davon nichts, er wird bestimmt wieder gesund." Trotzdem konnte sie es nicht vermeiden, einige Male die Augen zuzukneifen, als

Gwydion mit kurzen Schnitten das Ohr, oder das was davon noch übrig geblieben war, entfernte.

Gwydion holte eine Handvoll trockener Kräuter aus seiner Tasche, legte sie auf ein Stück Tuch und faltete daraus ein flaches Paket, das er mit der Arnikatinktur befeuchtete, auf die seitliche Kopfwunde legte und mit einem langen Stoffstreifen befestigte.

Bryanna nahm Glens Hand und streichelte sie – sie stutzte und legte ihre Hand auf Glens Stirn. Erschrocken zuckte sie zurück:

„Er ist so heiß!"

Ohne Antwort abzuwarten, ging sie zum Wassertopf, tauchte ein Tuch ins kalte Wasser und legte es Glen auf die Stirn. Verblüfft sahen sich Kendra und Gwydion an – woher hatte sie das gesehen oder gewusst, was zu tun sei? Hatte sie instinktiv richtig gehandelt und geahnt, dass kaltes Wasser gut gegen Fieber ist? Zustimmend nickten beide ihr zu.

Bryanna holte sich den Wasserbehälter und setzte sich ans Kopfende des Bettes, um Glen weiterhin seine Stirn zu kühlen. Kendra sorgte noch für Fußwickel, Aufgüsse und entzündete verschiedene getrocknete heilende Kräuter in Räucherschalen.

Gwydion beobachtete Bryannas Tun, lobte sie und erklärte ihr die Wirkung der kalten Wickel, der Heilkräuter und Düfte. Mit großen Augen hörte sie zu, die lehrreichen Worte fielen auf fruchtbaren Boden ...

Das Urteil

„Rufe die Dorfversammlung ein – es gibt sehr Wichtiges zu besprechen!"

Gwydion stand mit Kendra und Bryanna an der Hand vor Cayden, der die Drei erstaunt ansah, aber nicht weiter nachfragte. Wenn der Ehrwürdige einen Befehl aussprach, geziemte es sich nicht, Fragen zu stellen.

Die lauten Töne einer Carnyx schreckten das Dorf früh morgens auf – der Anlass dazu verbreitete sich schnell im Dorf und einige Reiter informierten diejenigen, die sich schon vor Morgengrauen zur Arbeit auf den Feldern und Wiesen aufgemacht hatten. Diese kehrten neugierig zurück und versammelten sich am Dorfplatz. Eine gute halbe Stunde standen alle Dorfbewohner vor dem Herrenhaus. Auch der Späher war da, er hielt sich jedoch im Hintergrund. Er wollte möglichst unauffällig bleiben, es sollte ihn niemand erkennen, aber es war sicherlich auch wichtig für ihn, was es hier zu erfahren gab. Gwydion, Cayden, Kendra und Bryanna standen vor dem Eingang und blickten den Wartenden entgegen.

„Seid ruhig und hört mir zu!", rief schließlich Gwydion.

„Torin ist tot und Glen wird des Mordes verdächtigt. Aber es gibt einen Zeugen, der das widerlegen kann!"

Ein Schwall an Fragen und Rufe kam ihnen entgegen.

„Hört mir zu – der Zeuge, oder besser die Zeugin ist hier!" Damit hob er Bryanna mit beiden Armen hoch und zeigte sie der versammelten Menge. Wieder gingen ein Raunen und erstauntes Rufen durch die Anwesenden.

„Seid ruhig – und hört, was dieses Mädchen, Kendras Tochter, zu sagen hat."

Gwydion wandte sich laut an Bryanna:

„Wiederhole, was du in Torins Haus gesehen und mir vorhin gesagt hast!"

„Torin hat ein langes Messer aus seinem Gürtel gezogen, laut geschrien und sich selbst in die Brust gestochen! Er ist zu Boden gefallen, aber Glen hat nichts getan!", rief sie laut.

Erst war betroffenes Stillschweigen, aber dann wurde es umso lauter. Alle wollten mehr wissen und bestürmten Gwydion mit Fragen, der jedoch abwehrte.

„Es gibt eine Befragung, dann werden wir entscheiden und ein Urteil sprechen!", rief er. „Die beiden Wächter, die Verfolger, Iven, Bryanna mit Kendra sollen zu mir nach vorne kommen!"

Cayden erklärte noch einmal den ihm bekannten Hintergründe und Verlauf des unüberlegten Raubzuges. Es bestätigte sich, dass die Wächter weder den Mord noch den Selbstmord gesehen hatten. Und Glen hatte seine Unschuld beteuert.

Bryanna war die einzige Augenzeugin.

Gwydion winkte die ‚Ehrenwerten Alten' zu sich, beriet sich einige Zeit mit ihnen und dann erhob er beide Hände und begann zu sprechen:

„Hört unsere Erkenntnis: Torin war zutiefst erzürnt über den von ihm selbst verursachten Auszug Kendras und Bryannas aus seinem Haus; die Ehe war zerrüttet und beendet. In seinem unheiligen Zorn hat er einen übereilten Raubzug unternommen und drei unserer besten Krieger in den Tod geführt. Um seine Ehre wieder herzustellen, beschloss er seinen eigenen Tod – aber er wollte damit auch Glen und Kendra ins Unglück stürzen. Er hat seinen Selbstmord als Mord vorzutäuschen versucht – was ihm auch fast gelungen wäre, wenn nicht Kendras Tochter, Bryanna, als Augenzeuge die Tat mit angesehen hätte! Wir glauben ihr und auch den von Kendra bezeugten Unschuldsbeteuerungen Glens!"

Hier machte er eine kurze Pause, die Umstehenden warteten gespannt auf seine weiteren Worte.

„Unser Urteil lautet: Glen, unser Pferdewirt, ist unschuldig, seine Ehre ist unangetastet und er bleibt ein ehrwürdiges Mitglied unserer Gemeinschaft. Torin, unser ehemaliger Anführer, ist schuldig! Er hat durch eine verruchte Tat unserer Gemeinschaft schweres Unheil zugefügt, er hat Zwist und Streit zwischen uns und anderen verursacht und einen Unschuldigen des Mordes bezichtigt!"

Wieder machte er eine Pause, die Menge blieb still.

„Seine Waffen, die Ausrüstung und jeweils ein Pferd ihrer Wahl sollen seine beiden Söhne bekommen. Die Hälfte der übrigen Pferde Torins fallen der Dorfgemeinschaft zu. Kendra als seine rechtmäßige Witwe erbt die andere Hälfte und sein restliches Vermögen. Das Herrenhaus bleibt weiterhin im Besitz der Dorfgemeinschaft und ist alsbald freizuräumen. Torin soll ohne Zeremonie beerdigt werden und sein Name wird fortan nicht mehr genannt werden!"

Die Anwesenden nickten zögernd. Das Urteil war zwar hart, aber Torins Einzug in Annwn und seine Wiedergeburt wurden dadurch nicht verhindert.

Aber was würden seine Söhne dazu sagen? Sie waren nicht anwesend – Ulik war bei seinem Mentor im Nachbardorf und wusste von dem Tod seines Vaters noch nichts, und Arthur war verschwunden.

Schon wollte sich die Menschenmenge auflösen – da rief Gwydion mit lauter Stimme: „Wartet! Wir haben noch eine wichtige Sache zu beschließen: wer soll unser neuer Anführer werden?"

Bald erschollen die Rufe einiger Namen – ‚Cayden' wurde am häufigsten genannt. Einige schlugen auch Kendra vor, doch diese stellte sofort klar, sie stünde nicht zur Verfügung:

„Ich werde mit der Wiedergenesung von Glen vollauf beschäftigt sein und werde mich dann um die Ausbildung Bryannas als Kräuterkundige und Heilerin kümmern. – Ich stimme für Cayden – er hat doch bewiesen, dass er klug und planvoll für das Wohl des Dorfes sorgen kann!"

Die zustimmenden Rufe mehrten sich und Gwydion rief: „Wer für Cayden als unser neuer Anführer ist, hebe die Hand!" Die meisten Hände gingen nach oben – einige zwar erst nach einigem Zögern, aber schließlich war Entscheidung eindeutig.

„Cayden, willst du unser neuer Anführer sein?"

„Ja, gerne! Ich verspreche, stets zum Wohle dieses Dorfes zu handeln! Ich weiß, das ist keine leichte Aufgabe, aber mit Hilfe der Götter – und mit eurer – werde ich sie gerne erfüllen!"

Mit freudigen Rufen und Glückwünschen antworteten die Umstehenden. Sie zerstreuten sich und nahmen zuversichtlich auf Frieden im Dorf hoffend ihre alltäglichen Pflichten wieder auf.

Kendra und Bryanna wandten sich ebenfalls wieder ihrer Aufgabe zu, der Pflege Glens.

Cayden nahm seine Ehefrau Lynn an der Hand und führte sie ins Herrenhaus – ihrem neuen Heim.

Gwydion blieb nachdenklich stehen – er war von der glücklichen Zukunft des Dorfes noch nicht überzeugt.

∽⋘⋙∾

Der Späher bestieg sein Pferd und ritt gemächlich aus dem Dorf. Niemand beachtete ihn weiter.

Das war ein Fehler, wie sich später zeigen sollte.

Er lenkte das Pferd an der Pferdeweide entlang und zählte die Tiere: etwa vierzig Pferde, zusätzlich etliche Fohlen, Maultiere und Esel. Ein Vermögen! Das würde seinen Anführer sicherlich interessieren.

Nach drei Tagen erreichte er die Feuchtauen am Nordufer der hier mäandernden Danuvius. Er hielt sich in einigem Abstand vom Ufer und folgte dem Flusslauf, bis er schließlich auf der gegenüberliegenden Seite die Römersiedlung Quintana erkennen konnte. Sie befand sich noch im Aufbau; hinter einigen wenigen befestigten Bauten und den vielen, streng nach Plan angeordneten Zelten dehnten sich fruchtbare Felder und die Pferdeweiden.

Der Pfad aus dem Nordwald zum Fluss war feucht, aufgewühlt und die Spuren leicht zu lesen. Vor ein paar Tagen war hier eine Pferdeherde vorbeigetrieben worden. Er beschloss zu lagern und abzuwarten, bis seine Gefährten zurückkehrten.

Am anderen Tag war es so weit: vormittags kamen sie an, mit hängenden Köpfen schlaff auf den Pferderücken sitzend.

Der Späher sprang aus dem Gebüsch neben dem Weg hervor und lachte: „He, was ist denn mit euch los? Hat man euch verprügelt?"

„Äh – du bist es. Sei nicht so laut, unsere Köpfe zerspringen sonst. Der verdammte Wein der Römer hat uns schwer zu schaffen gemacht, aber wir haben schließlich die drei großen Amphoren besiegt!", krächzte der Anführer.

„Und wir haben es ohne dieses lächerliche Wasser geschafft – die Römer trinken tatsächlich den guten Wein nur gewässert. Schwächlinge! Aber jetzt sind wir fast unsere ganzen Münzen los – die Weinpreise im Lager sind unverschämt hoch!"

„Und die Preise der Weiber auch!", ergänzte ein anderer.

„Elende Betrüger! Die Römer spielen falsch und haben uns richtig ausgenommen. Leider konnten wir sie nicht verprügeln. Wir mussten die Waffen bei unserer Ankunft abgeben."

Der Späher zwang sich zu einem Lachen: „Nun, da habe ich vielleicht eine Lösung für euch! Aber wir sollten erst mal in unser Dorf zurückreiten und alles in Ruhe besprechen."

Der Späher und seine Gefährten, die Pferdetreiber, ritten langsam auf dem sich weit durch den Nordwald hinziehenden Pfad zurück in ihr Heimatdorf. Der Späher unterbreitete unterwegs seinen Begleitern seinen Plan und er konnte bald darauf rechnen, dass sein Vorschlag wohlwollende Befürworter bekam.

Sie mussten etliche Male im Wald übernachten und verbrachten noch einige Tage im Handelsort an der großen Flussbiegung des Radas, wo sie aus lauter Gram über ihren verschwendeten Verkaufserlös auch noch die letzten Münzen verprassten.

Das letzte Stück ihres Heimwegs schien sich endlos dahin zu ziehen – je näher sie ihrem Dorf kamen, desto niedergeschlagener und beschämter fühlten sie sich. Als stolze Pferdehändler waren sie ausgezogen, als mittellose Säufer kamen sie zurück. Was für eine Schande!

Und was würde wohl ihr Druide sagen – von den Vorwürfen der Ehefrauen und der Dorfbewohner gar nicht zu sprechen …

Arthur

Arthur hatte sich von Kendras Arm losgerissen und war voller Zorn davongelaufen. Sein Vater war tot, von Glen ermordet – da war er sich sicher – und er musste die blutige Leiche seines Vaters ansehen. Glen der Mörder, der Liebhaber Kendras, seiner Stiefmutter, die er verachtete, ja hasste. Er hasste Kendra, er hasste Glen, er hasste Bryanna – eigentlich hasste er alle!

Wütend stürmte er zum Waldrand und hinter den Büschen, zwischen den dunklen Bäumen, blieb er schließlich stehen. Und noch immer wütend trat er mit dem Fuß nach einem Stein und musste vor Schmerz aufschreien, was ihn noch zorniger machte. Mit finsterem Blick und dunklen Gedanken sah er zurück zum Dorf.

Dort lag sein Vater tot zu Hause, dort waren auch seine Sachen, sein Bogen, seine Kleidung. Der Mörder war geflohen und er würde sicherlich verfolgt werden. Aber er war in den Augen der anderen noch zu jung, um an der Verfolgung teilzunehmen. Was konnte er schon tun, er war zwar der Sohn des Anführers, aber nur der zweitälteste. Würde jemand auf seine Anklage, sein Recht auf Rache hören? Nun, er musste jedenfalls zurück, zu Ceitidth, seiner Ziehmutter, und sie um Hilfe und Rat bitten; dann würde er klarer sehen.

In der anbrechenden Dämmerung schlich er zurück ins Dorf. Ins Herrenhaus konnte und wollte er nicht zurück – dort war die Leiche seines Vaters und es gingen immer wieder Leute ein und aus, die vermutlich den Leichnam bewachten und für das Begräbnis vorbereiteten. Also huschte er ins Nachbarhaus zu Ceitidth, die ihn schon erwartete.

„Komm, mein Lieber, dieses Unglück, schrecklich ...!"

Sie nahm ihn in die Arme und er ließ es geschehen. Ceitidth, war der einzige Mensch – neben seinem Vater Torin – der er vertraute und die er vielleicht sogar gernhatte. Sie war seine Mutter, auch wenn es rechtlich nicht zutraf, aber sie hatte ihn gepflegt, gefüttert und liebkost, sie war immer für ihn da gewesen und hatte ihn sogar vor Kendras Vereinnahmung bewahrt. Er konnte bei ihr kommen und gehen, wann er wollte, und war immer herzlich empfangen worden. Tatsächlich lebte, schlief er häufiger in ihrem Haus statt im ungemütlichen Herrenhaus.

„Es ist kein Unglück – es ist Mord! Und ich werde meinen Vater rächen!"

„Überstürze nichts, warte ab. Bleibe erst mal hier bei mir und ruhe dich aus. Hier nimm!"

Sie reichte ihm einen Becher mit Wasser und führte ihn zu Tisch. Arthur war durstig und hungrig, trotzdem griff er nur zögerlich zu. Schließlich berührte Ceitidth seinen Arm.

„Dein Vater war ein mutiger, starker Mann und ein guter Anführer, der uns Wohlstand und Frieden gebracht hat. Nur diese Frau, diese Kendra, hat ihn verdorben. Nur ihretwegen hat ihn Glen getötet. Bleib bei mir und alles wird gut."

„Erzähle mir von meinem Papa – ich weiß so wenig von ihm."

Ceitidth führte ihn zu seiner Liegestatt, deckte ihn zu und begann mit leiser Stimme von Torin zu erzählen. Von seinen Streichen in der Kindheit, der Ausbildung als Krieger bei einem adligen Verwandten im Nachbardorf, seiner ersten Liebschaft und Heirat, dem Pferdehandel und seinen Geschenken an die Dorfgemeinschaft. Von seinen ungezügelten Leidenschaften und geheimnisvollen Ausflügen erwähnte sie jedoch nichts.

„Er hatte immer gehofft, du würdest einmal sein Nachfolger sein, ein Anführer und ein starker Krieger; dazu hat er dich erzogen. Und das wirst du auch – davon bin ich überzeugt! Jetzt schlafe – morgen sehen wir weiter."

Arthurs Gedanken beschäftigten sich noch eine Weile mit seinem Vater und es wunderte ihn, dass er nicht weinen konnte. Obwohl er ehrlich um ihn trauerte, rann keine Träne über seine Wangen. Darüber schlief er ein.

⚜

Den ganzen anderen Tag blieb Arthur im Haus und brütete regungslos starrend vor sich hin. Auch zu der Dorfversammlung, an der Cayden die erste Befragung und Glens Verfolgung befahl, ging er nicht hin. Doch als Ceitidth ihn über die Zweifel an der Mordtat Glens informierte, hielt er sich mit beiden Händen die Ohren zu und sprang wütend auf.

„Das ist eine Lüge! Ich weiß das. Glen ist der Mörder meines Vaters. Hoffentlich finden und töten sie ihn."

Entsetzt über diesen uneinsichtigen Hass hob Ceitidth abwehrend beide Hände. „Beruhige dich, die Ehrwürdigen und Gwydion werden schon das Richtige tun. Willst du nicht zu ihnen gehen und um ihren Rat fragen?"

„Ich frage keine Lügner. Lass' mich in Ruhe! Aber du kannst mir meinen Bogen und meine anderen Sachen aus dem Herrenhaus holen – ich gehe da nicht mehr hin."

Ceitidth nickte bereitwillig, beschloss aber insgeheim, das erst am späten Nachmittag zu erledigen. Vielleicht ergab sich bis dahin etwas Neues im Dorf und Arthur würde sich hoffentlich in der Zwischenzeit wieder beruhigen. Tatsächlich erfuhr sie, als sie später Arthurs Sachen vom Herrenhaus holte, von der Rückkehr der Verfolger, dem Bärenangriff und der schweren Verletzung Glens. Sie teilte diese Neuigkeiten dem jetzt aufmerksam zuhörenden Arthur mit.

Arthur jubelte laut: „Hoffentlich verreckt er!" In Gedanken ergänzte er: Dann brauche ich nichts mehr tun. Ich muss nur abwarten, vielleicht überlebt er diese Nacht nicht. Und wenn doch, dann werde ich den Tod meines Vaters rächen!

Zufrieden, den Bogen, den gefüllten Köcher und seine anderen Sachen griffbereit neben ihm, legte er sich abends auf seine Liege und konnte vor Aufregung kaum einschlafen.

❦❦❦

Die lauten Töne der Carnyx schreckten auch Ceitidth und Arthur früh morgens auf.

„Sicher gibt es jetzt was Neues über den Tod deines Vaters – komm mit."

„Nein, ich mag niemanden sehen – und du wirst auch niemanden sagen, dass ich hier bin – du wirst mir alles erzählen!", wehrte Arthur ab, obwohl er äußerst gespannt war, was es Wichtiges von der Zusammenkunft der Dorfbewohner zu berichten gab.

Aufgeregt kam Ceitidth zurück: „Glen ist unschuldig. Dein Vater hat mit drei anderen einen missglückten Raubzug unternommen und sich aus Schande dann angeblich selbst getötet! Bryanna hat alles gesehen. Und ihr beiden, du und Ulik, bekommt nur seine Waffen und je ein Pferd – sonst nichts!"

„Waas?" Mit geballten Fäusten sprang Arthur auf und starrte seine Ziehmutter an.

Kein weiteres Wort, aber seine Gedanken rasten. Ohne Eltern, ohne Unterstützer, ohne wirkliche Freunde – Ceitidth zählte kaum, sie war allein und ohne Torin als Pate, nur eine alte, einsame Frau. Er hatte hier keine Zukunft – er konnte nicht mehr hierbleiben. Bei dem schändlichen Begräbnis seines Vaters wollte er keinesfalls dabei sein. Außerdem musste er seinen Bruder Ulik über den Mord an ihren Vater informieren. Vielleicht gab es bei Uliks Paten eine Bleibe auch für ihn …

„Komm mit, ich hole meinen Anteil!" Ohne umzusehen, ging er aus dem Haus, am Herrenhaus vorbei, zum Dorfausgang hinaus zu Glens Haus und dort zum Pferdestall. Ceitidth folgte ihm verwundert und wortlos.

Draußen war kein Mensch zu sehen, die Pferde stampften unruhig im Unterstand. Bei den beiden großen braunen Stuten blieb er stehen. Der Pferdeknecht und Liam, der junge Gehilfe Glens, kamen hinzu.

„Was wollt ihr hier?", fragte der Pferdeknecht.

„Ich verlange meinen Anteil, der mir wie beschlossen zusteht. Sattle du diese beiden hier!" Gehorsam beschloss er dem festen Befehlston Arthurs zu folgen. Ja, es stimmte, Gwydion hatte es heute so verkündet. Trotzdem wandte er ein: „Ich muss noch Kendra Bescheid sagen."

„Nein, das kannst du anschließend machen – Ceitidth ist meine Zeugin, dass alles so seine Richtigkeit hat."

Arthur wartete ab, bis die Pferde gezäumt und gesattelt waren, bestieg mit erstaunlicher Leichtigkeit eins der Pferde, nahm den Zügel des zweiten Pferdes und führte es im flotten Trab zurück ins Dorf.

Ceitidth blieb verdutzt stehen und sah ihm traurig nach.

Arthur hielt am Herrenhaus, stieg ab, band die Pferde fest und trat ein. Stumm nahm er das Langschwert mit Scheide vom Waffenbalken, ergriff Speer, Kettenhemd und Schild und verließ nach einem langen traurigen Blick auf seinen toten Vater, aber ohne auf irgendeine der Fragen der Leichenwache zu antworten, ungehindert das Haus.

Draußen befestigte er den Schild am Sattel seines Pferdes, das Schwert und Kettenhemd am anderen Pferd und stieg mit dem Speer in der Hand auf. Er handelte wie ein großer Krieger und er fühlte sich auch so! Dass die ganze Aktion für einen zwölfjährigen Jungen herausfordernd und durchaus anstrengend war, erfüllte ihn mit echtem Stolz. Langsamen Schrittes verließ er das Dorf – jeder sollte sehen, wie stolz er auf sein väterliches Erbe war – ein würdiger Sohn eines großen Anführers, auch wenn dieser verleumdet und vergessen würde.

Kendra lief eilig aus dem Haus, als ihr der Pferdeknecht von Arthurs Vorgehen berichtete, aber sie sah nur noch die Pferde von hinten. Unschlüssig wartete sie – sie wollte den verletzten, immer noch bewusstlosen und fiebernden Glen nicht allein lassen, aber trotzdem mit Arthur sprechen.

Einige Zeit später sah sie ihn aus dem Dorf kommen, waffenstrotzend, mit hoch erhobenem Haupt und ohne sie anzusehen ritt er jetzt zügig den Weg entlang.

„Arthur, wo willst du hin? Bleib, ich kann dir alles erklären …"

Sie streckte beide Hände aus, aber Arthur blickte weder zur Seite noch hielt er an – im Gegenteil, er drückte seinem Pferd die Fersen in die Flanken und war bald außer Sichtweite.

Hilflos

Es tat weh! Nach dem Drama mit ihrem Ehemann, dem Unglück des Geliebten verlor sie vielleicht ihren Sohn, ihren Stiefsohn zwar, aber sie hatte stets versucht ihn gerecht zu behandeln – was nicht immer leicht war!

Traurig ging sie wieder ins Haus. Was wäre, wenn sie jetzt auch noch Glen, ihre große Liebe, verlieren würde. Weinend setzte sie sich neben den Verletzten und hielt seine Hand, küsste ihn auf den Mund und legte ihren Kopf auf seine Brust. Sie konnte seinen Herzschlag hören, regelmäßig, doch viel zu schnell. Das Fieber war stärker geworden, der Verband der Schulterwunden war durchnässt – die Wunde eiterte.

Bryanna hatte die halbe Nacht an Glens Lager gewacht, war aber dann doch eingenickt. Kendra hatte sie in Bett gebracht, wo sie immer noch schlief.

„Bryanna, wach auf. Du musst Gwydion holen. Glen fiebert viel stärker und seine Wunde eitert. Geh, er muss uns helfen!"

Bryanna rieb sich die Augen, verstand aber gleich und sprang auf. Sie hatte in den Kleidern geschlafen und lief sogleich los. Atemlos traf sie den Ehrwürdigen im Dorf bei Cayden. Beide hatten erst etwas Mühe aus ihrem Gestammel die Botschaft zu erkennen, aber dann war es für Gwydion klar.

„Hilf mir beim Suchen und Tragen – hier die Tücher und die Kräuter. Ich brauche noch ein kleines Messer, wo ist das …?"

Er kramte in einer Truhe, die in einer Ecke in Caydens Haus stand. Als Druide hatte er in einigen Häusern der Adligen eine mögliche Bleibe und konnte so seine verschiedenen Utensilien mehrfach verteilen, ohne einem zu sehr zur Last zu fallen. Ein Vorteil, wenn er auf Reisen war, ein Nachteil, wenn er etwas dringend brauchte.

Mit vollen Händen kamen sie schließlich bei Glen an. Gwydion betrachtete ihn genau. Er war immer noch ohnmächtig, fieberte, die Stirn war sehr heiß und immer wieder durchzuckten Krämpfe und Schüttelfrost seinen Körper. Das sah gar nicht gut aus!

„Wir brauchen frische Fußwickel, nasse Tücher auf dem Bauch und eine Schüssel mit heißem Wasser."

Vorsichtig träufelte er das heiße Wasser auf den Kopfverband und löste Schicht für Schicht die Stoffbahnen.

„Die Kopfwunde scheint in Ordnung, kein neues Blut, kein Eiter. Aber …"

Besorgt inspizierte er die Schulterwunden. Der Verband war verklebt mit eitriger Flüssigkeit. Er musste den Stoff mit einer Schere aufschneiden und abziehen, was nicht ohne neue Blutung abging. Die Wunden waren entzündet, heiß, fleckig rot und deutlich geschwollen.

„Ich brauche das kleine Messer."

Bryanna reichte es ihm; damit schnitt er die Fäden der gestrigen Naht durch. Sogleich klafften die Wunden auseinander und gelber Eiter trat aus; ein unangenehmer Geruch tat sein Übriges – Bryanna wurde übel und sie übergab sich. Kendra nahm sie beiseite und bettete sie sorgsam auf ihre Liege.

„Bleib hier, wir schaffen das schon." Bryanna nickte nur müde und drehte sich zur Seite.

„Ich werde die Wunden erst mal säubern, aber sie dann vorerst offenlassen, vielleicht trocknen sie an der Luft etwas ab", flüsterte Gwydion etwas ratlos. Er wusste, diese Verletzung konnte ganz ernsthafte Probleme verursachen. Vermutlich waren die Klauen des Bären von altem Aas verschmutzt – und das konnte tödlich sein!

Die nächsten Stunden waren schlimm. Glens Zustand verschlechterte sich stetig und seine Lieben konnten nichts tun.

Glen lag weiter im Fieber. Der Schüttelfrost war einer Starrheit gewichen. Mit verzerrten Gesichtsmuskeln, Atemproblemen und Krämpfen am ganzen Körper war Glen immer noch ohnmächtig und hilflos. Und ohnmächtig und hilflos ihn ihren Heilkünsten waren seine Helfer.

Gwydion hatte seine Schulterwunden freigelegt, gesäubert, sie aber wegen der eitrigen Entzündung nicht wieder vernäht; er musste sich eingestehen, dass er nicht mehr weiterwusste.

Traurig schaute er Kendra ins Gesicht und ergriff ihre Hände.

„Wir können nichts mehr tun, Annwn ruft immer lauter!"

„Nein! Ich höre nichts, ich glaube das nicht! Er darf mich nicht allein lassen!"

Bryanna umarmte sie von hinten: „Ich bin da, und ich liebe dich so sehr – und ich brauche dich ebenso wie Glen, deine Mutter und deine Großmutter dich brauchen!"

Kendra drehte sich um und legte ihren Kopf auf Bryannas Schulter. Tränen liefen ungehindert über ihre Wangen und auch Bryanna begann zu weinen. So verharrten sie eine ganze Weile und ließen erst voneinander ab, als Gwydion Kendra sanft berührte.

„Es geht zu Ende."

Kendra drehte sich um und küsste Glen auf die Stirn, strich ihm liebevoll über die Wange. Ihre Augen waren tränengefüllt, sie musste sie schließen, so sah sie nicht wie ein leichtes Zittern durch den Körper Glens ging.

In schneller Folge liefen die letzten gemeinsamen Tage vor ihren Geist ab und zauberten ihr ein leichtes Lächeln auf den Mund. Er war der liebevollste und verständigste Mensch, den sie kannte, den sie von ganzem Herzen liebte, obwohl sie nur so kurze Zeit beisammen sein konnten. Ach, hätte sie nur schon viel früher ihre unglückliche Ehe beendet, wieviel glücklicher wäre ihr Leben verlaufen – die Gesetze hätten es erlaubt. Aber sie hatte Gwydion ein Versprechen gegeben, weil sie frühzeitig erkannte, wie wichtig es ihm war, dass sie zu dieser Ehe stand. Und dann sollte Bryanna ein Zuhause haben, eine Familie und eine gute Zukunft. Hatte sie ihre Tochter so geliebt, dass für den Ehemann und Stiefsohn zu wenig übrigblieb? Nein, sie hatte gegeben, wozu sie fähig war und Lieblosigkeit mit Liebe zu beantworten war so schwer – und es war ihr auch nicht wirklich gelungen …

Gwydion sprach leise, ohne jemanden anzusehen:

„Glen ist jetzt schmerzfrei, freudig wird er in die Anderwelt gehen und so die Götter wollen, bald in einer anderen Gestalt wieder zu uns kommen."

Kendra stöhnte laut auf und hielt sich beide Hände vors Gesicht. Ihr Kopf fiel nach vorne. So verharrte sie, bis Gwydion aufstand und für sie diese folgenden unerwarteten Worte sprach:

„Lasst uns ihm eine Gabe mit auf seinen letzten Weg geben – hier ist der Dolch, ein Andenken an dich Kendra. Er hat ihm zwar Unglück gebracht – in der anderen Welt bei den Göttern und Heroen wird er ihm jedoch Glück bringen, da bin ich überzeugt."

Er nahm den Dolch von der Wand und legte ihn feierlich mit folgenden Worten auf seine Brust:

„Großgütiger Belenes hilf ihm, dass er schön werde in der Seele, vollkommen und rein wie Du, versöhnt mit Dir und der Welt."

Glen war tot!

Der Bär hatte seinen Bezwinger nun doch noch besiegt! Nicht der Hieb oder die Wunden waren das Problem, nein – die verunreinigten Krallen brachten den schleichenden Tod in Glens Körper. Vielleicht waren sie zu langsam mit der Rettung, vielleicht dauerte die Rückführung ins Dorf zu lange, vielleicht waren die Heilsäfte und Heilkräuter bei ihm nicht ausreichend wirksam – oder die Götter wollten es so. Glen war ein guter Mann, der dem Dorf und seinen Menschen Freude und Kendra viel Liebe gegeben hatte.

„Lasst die Türe offen, der Geist Glens soll ungehindert in die Anderwelt gehen können."

Gwydion ging zurück ins Dorf. Kendra folgte ihm langsam, mit Bryanna Hand in Hand, und hielt erst vor dem Haus ihrer Mutter. Sie weckte die schlafenden Frauen und bat sie, mit zur Totenwache zu kommen.

Es würde eine traurige Nacht werden.

Mord oder …?

Arthur wusste jetzt genau, wohin er zu reiten hatte.

Er musste zu seinem Bruder Ulik und ihm die Nachricht vom Mord an ihrem Vater mitteilen. Ulik war älter als er und er konnte sicherlich die nächsten Schritte klug und sorgsam planen. Vielleicht konnte auch sein Patron, ein enger Freund von Torin, einen guten Rat geben. Von den möglichen Zweifeln an Glens Schuld musste er ja nichts erwähnen, er glaubte sowieso nicht daran, dass sein Vater, sich irgendwas hatte zu Schulden kommen lassen. Ein Raubzug war doch was ganz Natürliches – und wenn die anderen so dumm waren, sich verletzen oder töten zu lassen, dann war das deren Schuld.

Dass auch Torin, sein Vater verletzt ins Dorf zurückgekehrt war, hatte er ganz verdrängt. In seinen Gedanken versunken saß er teilnahmslos auf seinem Pferd. Mit losem hängendem Zügel ließ er es in gemächlichem Schritt vorwärts gehen.

Zum Nachbardorf war es nicht ganz ein Tagesritt, er erreichte es kurz vor der Abenddämmerung. Er war noch nie hier und wusste auch nicht, wo sein Bruder untergebracht war, aber er kannte den Namen des Patrons. Beim ersten Haus hielt er an, rief mit lauter Stimme einen Gruß und wartete.

„Sei gegrüßt mein Sohn, komm herein und erfrische dich." Ein alter Mann trat vor die Tür und machte eine entsprechende Handbewegung.

„Ich bin nicht dein Sohn, aber ich bin tatsächlich durstig und habe eine Frage."

„Komm, meine Frau wird dir gerne einen Schluck einschenken."

Ein kleines offenes Feuer brannte in der Raummitte und auf dem niedrigen Tisch stand ein Krug.

„Setz dich, trinke und erzähle, was dich hierherführt." Die Frau schüttete Wasser in einen schmutzig aussehenden Becher und reichte ihn ihm. Arthur trank, ohne zu zögern.

„Ich suche meinen Bruder Ulik. Er ist der Sohn Torins, dem Anführer unseres Dorfs. Ich habe ihm etwas Wichtiges mitzuteilen."

„Ulik ..., ja, ich kenne ihn. Er wohnt im größten Haus, dem unseres Anführers, gleich hier entlang der Straße, du kannst es nicht verfehlen. Aber erzähle, was treibt dich hier her?"

Arthur stellte den Becher ab und stand auf. „Das kann ich nicht sagen. Vielen Dank für das Getränk. Ich grüße Euch."

Er verließ die verdutzt dreinblickenden Alten, stieg wieder auf sein Pferd und trabte die Straße entlang zum angegebenen Haus. Vor dem Haus war ein langer Querbalken angebracht, so konnte er seine Pferde dort anbinden.

„Ich bin Arthur und suche meinen Bruder Ulik", rief er dann laut und wartete.

„Hallo mein Kleiner, was ...?"

Ulik stand in der Türöffnung und hielt verblüfft inne. Was wollte sein kleiner Bruder hier mit zwei Pferden, offensichtlich allein – und mit den Waffen ihres Vaters?

„Kannst du mir helfen, ich erkläre dir gleich alles."

Ulik trat zu ihm und hob grüßend die Hand – so wie es die Erwachsenen auch tun – und half ihm beim Abnehmen der Waffen. Mittlerweile war auch sein Patron herausgetreten und gab einem seiner Bediensteten einen Wink. Dieser führte wortlos die beiden Pferde nach hinten in den Stall, um sie abzusatteln, mit Stroh abzureiben, zu füttern und zu tränken.

Der Patron bat beide Brüder ins geräumige Haus. Hier brannten sogar zwei offene Feuer, eins in der Raummitte und ein weiteres in einer Herdstelle, über der ein Kessel hing; es duftete sehr verlockend nach Fleisch.

„Ich grüße dich, Bruder meines Schützlings! Arthur, hier nimm vom Kesselfleisch und vom frischen Wasser – wir leisten dir Gesellschaft – und dann wirst du uns berichten."

Arthur war zwar noch jung an Jahren, hatte aber von seinem Vater und von seiner Ziehmutter die Grundbegriffe der Gastfreundschaft gelernt. Erst musste der Gast, wer auch immer er war, mit einem Essen und Getränk versorgt sein – erst dann war die Frage nach dem Zweck des Besuchs erlaubt.

Gern griff er zu; auch die anderen – der Patron, seine Frau und Ulik – tranken und aßen. Der Patron hatte ein großes Trinkhorn vor sich stehen, mit Met gefüllt. Mit seinem Messer säbelte er an einem Fleischstück. Arthur blickte hilfesuchend zu seinem Bruder, der ebenfalls mit seinem Messer einen fleischigen Knochen bearbeitete.

„Schmeckt es dir nicht …? Ah, du hast zwar ein großes Schwert, aber offensichtlich kein Messer! Frau, bring ihm eins, schnell – bevor er verhungert! – Das Messer kannst du behalten. Jeder Junge in deinem Alter sollte immer eines bei sich haben!"

Schweigend beendeten sie ihr Mahl; rülpsend lehnte sich der Patron zurück.

„Es hat gut geschmeckt! Ein Glück, wer eine tüchtige Frau hat! Sag, wie geht es meinem Freund Torin – hat er immer noch nur eine Frau, oder … äh, naja, ich meine …"

„Sei nicht unhöflich mit unserem Gast, er ist noch viel zu jung, um deine Späße zu verstehen!" unterbrach ihn lachend seine Frau und trug die Essensreste und das Geschirr vom Tisch weg.

Arthur stand auf und blickte Ulik ernst an.

„Ein großes Unglück ist geschehen. Unser Vater ist tot – ermordet von Glen, seinem Pferdewirt! Feige geflohen ist dieser Mörder. Aber die gerechte Strafe hat ihn ereilt: ein Bär hat ihn sehr schwer verletzt und er liegt jetzt ohnmächtig und hoffentlich im Sterben bei seiner Geliebten, der Ehefrau unseres Vaters. Kendra ist ein verlogenes, falsches Weib."

Ulik sprang auf und rüttelte an Arthurs Schultern. „Was sagst du da? Tot? Glen und Kendra?"

Der Patron stand ebenfalls auf und legte beide Hände auf Arthurs und Uliks Schultern. „Setzt euch. Erzähle!"

Arthur berichtete was er wusste oder zu wissen glaubte. Die Aussage Bryannas zum Selbstmord Torins verschwieg er und er stellte das Gerichtsurteil in seiner einseitigen, falschen Sichtweise nur als Ergebnis des missglückten Raubzugs dar.

Ulik sprang auf und rief: „Ein solch' verlogenes Urteil kann ich nicht anerkennen! Wir werden das ändern und unser rechtmäßiges Erbe einfordern!"

„Keine übereilten Beschlüsse! Das habe ich dich doch gelehrt! Arthur wird erst mal hierbleiben und ihr werdet euch morgen in Ruhe beraten. Frau, zeig' ihm seine Bettstatt – und dann ist für heute Ruhe!"

Schweigend und tief bedrückt legten sich die beiden Knaben in deren Schlafecken. Der Patron saß noch eine Weile wortlos neben seiner Frau und hing seinen Erlebnissen mit seinem Freund Torin nach – es war eine schöne Zeit. Sie hatten viel miteinander erlebt, sich auch mal miteinander geprügelt, versöhnt, getrunken und …

Nicht alles hatte er seiner Frau erzählt, die musste ja nicht alles wissen.

❧❧❧

„Ich muss zurück in mein Heimatdorf und mein – unser rechtmäßiges Erbe einfordern. Ich bitte um einige freie Tage, mein Patron!"

Die Entscheidung Uliks war in der Nacht gefallen, die er schlaflos und grübelnd in seiner Bettstatt verbrachte. Arthur hatte anscheinend auch wenig Schlaf gefunden, denn als er sich früh morgens zu ihm an sein Bett setzte und ihm seinen Entschluss flüsternd mitteilte, stimmte dieser sofort zu – und er steigerte sich wieder in seine Rachegelüste: „Ja, wir müssen zurück und diese feige Brut vernichten!"

„Sei still, wir werden das unterwegs besprechen, wie, wann und was wir tun werden. Der Patron darf von deinem Hass nichts erfahren, sonst lässt er mich nicht weg."

Nach dem Aufstehen kramte Ulik noch in seinen Sachen, bis er seinen kleinen Lederbeutel mit einigen Münzen gefunden hatte. Zu den jährlichen Festtagen hatte ihm sein Patron immer zwei, drei fingernagelgroße Silberplättchen zugesteckt. Wie gut, dass er sie bisher noch nicht ausgegeben hatte, vermutlich würde er sie noch brauchen.

„Seid vorsichtig und handelt überlegt – so sei dir dein Wunsch genehmigt. Wir sehen uns in einigen Tagen wieder und dann werden wir weiter überlegen. Vielleicht nehme ich Arthur ebenfalls hier bei uns auf – er braucht offensichtlich noch Erziehung und eine gute Ausbildung."

Der Abschied war kurz, es sollte ja nicht allzu lang dauern und beide wären wieder hier. Der Patron wunderte sich aber, dass sie mit allen Waffen und stolz, wie erwachsene Krieger davonritten.

„Hoffentlich machen die Burschen keinen Unsinn!"

„Nein, Frau. Ich habe Ulik rechtes Verhalten gelehrt. Er weiß was zu tun ist!"

❧ ❧ ❧

Ulik ritt neben Arthur und nach den ersten schweigend zurückgelegten Meilen ergriff er schließlich das Wort.

„Warum hasst du Kendra so sehr? Ich habe sie zwar nur einige Male gesehen, aber sie schien mir ganz in Ordnung zu sein. Vater hat sie ja geheiratet, da konnte sie ja nicht so schlecht sein. Sie hat ihm sogar eine Tochter geboren – zwei Söhne und eine Tochter, was will denn ein Vater mehr?"

„Du verstehst das nicht! Kendra hat mich nie gemocht – nur ihre kleine, ja so liebliche Tochter, die sie dauernd etwas zu den blöden Kräutern gefragt hat! Unsere Mutter ist gestorben und du hattest unseren Papa, den Patron und seine Frau – alle haben dich geliebt. Ich hatte niemanden mehr – außer Ceitidth, die wie eine Mutter zu mir war. Kendra wollte mich ihr wegnehmen, was ihr aber zum Glück nicht gelungen ist. Ceitidth ist gut zu mir und hat mich lieb. Und mein Vater war zwar streng, aber auch lieb zu mir. Er hat mir viel beigebracht – ich kann hervorragend Bogenschießen!"

„So, und wo ist dein Bogen?"

„Ah – den hab' ich zu Hause gelassen. Ich konnte ja nicht alle Waffen mit mir mitnehmen."

„Diesen Kinderbogen brauchst du doch nicht mehr, wir haben jetzt bessere Waffen!"

„Doch! Sicherlich werde ich ihn noch benötigen!"

„Was meinst du? Willst du auf die Jagd gehen – oder Kendra erschießen, haha!"

„Blödmann! Ich bleibe jedenfalls nicht mehr in unserem Dorf und ob ich zu deinem Patron gehe, steht überhaupt noch nicht fest. Ich werde den Mörder bestrafen und wenn die herausfinden, dass ich etwas damit zu tun habe, muss ich mich wohl verstecken. Und da brauche ich auch meinen Bogen, sonst verhungere ich."

Ulik blickte Arthur erstaunt an. Meint er das wirklich ernst, oder ist er immer noch so wütend, dass er außer seiner Rache keinen anderen vernünftigen Gedanken fassen konnte? Er sah in ein Gesicht, das trotz seiner jungen Jahre kaum mehr kindliche Züge aufwies, ja eigenartig hart und fast schon abstoßend wirkte. Wer hatte seinen kleinen Bruder so geformt? War es erst der Tod des Vaters oder was steckte sonst dahinter?

Die Stunden vergingen und ihr Gespräch drehte sich immer wieder um die Situation im Dorf, um das Verbrechen, den Verlust der Pferde ihres Vaters und ihrer weiteren Vorgehensweise. Die Meinungen gingen weit auseinander – Ulik wollte mit den Beteiligten sprechen, mit Cayden, Gwydion und auch mit Kendra. Arthur blieb bei seiner Überzeugung, dass Glen, der Mörder, bestraft werden musste. Wie, sagte er nicht.

Spät am Nachmittag kamen sie in die Nähe der Pferdekoppel. Doch als sie aus dem Wald auf die Weide reiten wollten, sagte Arthur:

„Ich mag jetzt nicht ins Dorf, ich will mit denen nichts mehr zu tun haben. Hole du mir meinen Bogen und den Köcher aus Ceitidths Haus. Die liegen dort neben meiner Bettstatt. Ich warte hier auf dich."

„Ich kann dich verstehen, gut – ich werde jedoch mit den Leuten reden und versuchen möglichst viel über den Mord und die Umstände, die dazu geführt haben, herauszufinden."

Arthur stieg ab, band das Pferd an einen Strauch und setzte sich trotzig auf den Boden.

Ulik ritt weiter. Am Dorfeingang traf er auf einen Speerträger, der dort Wache hielt. Er grüßte, blieb aber auf dem Pferd sitzen.

„Ich bin Ulik, Torins Sohn. Was ist geschehen?"

„Dein Vater ist tot. Er hat sich nach einem Raubzug, bei dem drei seiner Gefährten gestorben sind, selbst getötet und die Tat angeblich dem Pferdewirt in die Schuhe schieben wollen."

Ulik erschrak. Von einem Selbstmord hatte Arthur nichts gesagt, nicht mal das Geringste angedeutet, im Gegenteil: Glen sollte der Mörder sein. Was ist die Wahrheit?

Er fragte mehrfach nach und der Wächter berichtete ihm, was er vom Raubzug, dem Tod Torins, der Verletzung Glens und dem Urteilsspruch wusste.

Es klang alles überzeugend, trotzdem war Ulik verwirrt und konnte es nicht wirklich glauben. Nach einem kurzen Kopfnicken zum Speerträger ritt er in der Dämmerung unbehelligt weiter durch das Dorf. Er hielt bei Ceitidths Haus an und trat ein; es war niemand da. Der Bogen und der Köcher mit etlichen Pfeilen lag neben der Bettstatt, wie Arthur gesagt hatte. Er ergriff beides, nahm noch Arthurs Umhang vom Haken, verließ ungesehen das Haus und führte sein Pferd zum Herrenhaus. Er zögerte kurz, doch dann trat er ein. Ein Mann saß mit dem Rücken zu ihm am Feuer und spielte mit einem Stock in den Flammen – die Totenwache.

„Ich bin Ulik, Torins Sohn. Lass mich mit meinem Vater allein!"

Der Mann fuhr erschrocken auf. „Ulik, Ulik ... Kannst du das beweisen? Ich erkenne dich nicht!"

„Komm vor die Tür, hier steht ein Pferd und einige Waffen meines Vaters."

„Tatsächlich ... die Sachen von Torin ... Gut, ich warte hier."

Ulik kehrte wieder ins Haus zurück und trat zum Tisch mit der bedeckten Leiche. Er kniete nieder, schob das Tuch vom Gesicht beiseite.

„Papa, was ist passiert ... wer hat dir das angetan? Ist es so wie die Leute sagen, dass du es selbst warst? Warum? Und hast du uns ganz vergessen?"

Er konnte seine Tränen nicht mehr zurückhalten, schluchzend legte er seinen Kopf auf die Brust des Toten und verharrte so einige Zeit. Mord oder Selbstmord? Mord oder Selbstmord? Mord oder ... immer wieder gingen ihm diese Worte durch den Sinn.

Er stellte sich seinen Vater vor, stehend, Glen gegenüber. Glen hatte den Dolch in der Hand und stieß zu. Die Waffe fuhr seinem Vater von schräg unten in die Brust und er stürzte zu Boden ...

Von schräg unten? Alarmiert sprang er auf.

Er griff mit einer schnellen Bewegung zu seinem Messer, das an seiner linken Gürtelseite hing und zog es wie üblich mit der rechten

Hand heraus. Daumen und Zeigefinger lagen am Messerknauf, die Klinge zeigte nach oben. Und mit dieser Messerhaltung konnte er nur von schräg unten nach oben zustoßen - so war es am schnellsten und am einfachsten.

Es ginge nur dann anders, wenn er das Messer so zog, dass Daumen und Zeigefinger am Griffende lagen, mit der Klinge nach unten – aber das wäre unhandlich für einen Stich nach vorne, vor allem wenn der Gegner nicht nah genug stand.

Aber wie wäre es bei einem Selbstmord? Er probierte verschiedene Stichrichtungen aus – ein Stich von vorne oder von oben und Daumen und Zeigefinger am Griffende des Messers – er hielt das am wahrscheinlichsten.

Nun, aber was konnte er mit diesen Erkenntnissen anfangen? Sollte er an der Leiche seines Vaters suchen, den Einstichkanal erforschen? Nein, das war gar nicht möglich. Nein, oder doch? Was, wenn alle logen, nur um an das Erbe zu kommen oder einen Schuldigen für einen missglückten Überfall zu finden? Er schlug das Tuch über der Brust des Toten zurück. Die Wunde war nicht zu sehen, aber in seiner Kleidung war der Schlitz und die Umgebung des Stiches blutdurchtränkt.

Sollte er? Vorsichtig vergrößerte er die Kleideröffnung mit seinem Messer und er konnte die Wunde erkennen. Und jetzt? Seine Hände zitterten, er zögerte. Mit dem kleinen Finger fuhr er in die Wunde – sie führte schräg nach unten zum Herz! Erschrocken zog er den Finger zurück, ordnete die Kleidung und legte das Tuch wieder über die Leiche. Was hatte er nur getan – er hatte seinen toten Vater gestört, seinen Weg in die Anderwelt gestört, einen unverzeihlichen Frevel begannen?

Entsetzt wurde ihm klar: sein Vater hatte sich vermutlich selbst getötet!

Wie betäubt stand er vor seinem toten Vater und konnte keinen klaren Gedanken fassen – vorher war er so logisch vorgegangen und jetzt war er vollkommen verwirrt und fühlte sich unendlich schuldig.

„Bist du endlich fertig? Was treibst du so lange? Dein Vater ist tot und wie es aussieht hat er sich selbst getötet und wollte alles seinem Nebenbuhler zuschieben."

Ulik sprang auf ihn zu und mit einem mächtigen Fausthieb streckte er den völlig überraschten Mann zu Boden.

„Und wenn's auch stimmen mag, so redest du nicht von meinem Vater!", zischte er und stieg über den Ohnmächtigen nach draußen.

⋘⋙

Arthur verhielt sich ruhig. Sein Pferd graste an langer Leine angebunden an den vereinzelten Grasbüscheln. Geduldig wartete er, bis es dunkel wurde. Als der Halbmond am Nachthimmel erschien, steckte er sein neues Messer ein und schlich sich vom Waldrand über die Weide zum Pferdestall, und lugte vorsichtig zu Glens Hütte. Dort war es dunkel. Er lauschte eine Weile, konnte aber keinen Ton hören. Also weiter bis zur Tür. Diese war offen, er wunderte sich darüber nur kurz, spähte dann ins Zimmer. Kein Ton, niemand zu sehen – nur auf der Liege lag jemand. Das musste der schwer verletzte Glen sein, schlafend oder ohnmächtig – aber warum war er allein? Wieder horchte er und schlich schließlich ins dunkle Innere. Nichts rührte sich. Tatsächlich, das war Glen, der hier auf dem Bettgestell lag, regungslos, den Kopf verbunden – aber warum lag ein Dolch auf seiner Brust? Egal, eine bessere Gelegenheit würde sich nicht mehr ergeben.

Mit der linken Hand ergriff er vorsichtig den Dolch und stieß ihn mit beiden Händen mit aller Gewalt und einem wütenden Schrei in Glens Brust. Glens Körper wackelte etwas wegen dieses heftigen Stoßes. Arthur verkannte in seiner Unerfahrenheit und im Dunklen des Raumes diese Körperbewegung als vermeintliches Todeszucken.

Sonst keine weitere Regung von Glen – er musste wohl sofort tot gewesen sein, dachte er. Ein guter Stich!

Arthur blickte kaltblütig auf sein Opfer; der Dolch steckt noch fest in Glens leblosen Körper. Mit geringer Mühe zog er den Dolch aus dem Körper, wischte ihn an Glens Kleidung ab, steckte diese Trophäe seines Mutes befriedigt in seinen Gürtel und schlich sich wieder aus dem Haus.

Innerlich triumphierend lief er im Mondlicht, ohne weiter auf Deckung zu achten, über die Pferdeweiden zu seinem Versteck im Wald. Er hatte es vollbracht! Es war so einfach gewesen, dass er es selbst kaum glauben konnte. Aber wo war sein Bruder? Er musste bis morgen warten, aber dann sollte er verschwinden. Wenn Glens Tod morgen bemerkt würde, gab es bestimmt Aufregung im Dorf. Langsam wurde ihm doch mulmig zumute, aber jetzt in der Dunkelheit und ohne seinen Bruder konnte er nicht so einfach davonreiten. Er setzte sich hin, stand auf, ging einige Schritte um das dösende Pferd, das sich dadurch gestört fühlte und unwillig stampfte. Warum musste nur sein Bruder auf eigene Faust im Dorf herumfragen – er musste jetzt allein im Dunkeln warten!

Pferdegetrampel schreckte ihn auf.

„Bist du hier?", hörte er Ulik fragen.

„Ja – komm, schau was ich habe!" Arthur hielt den Dolch hoch. „Papa ist gerächt – dieser Mörder ist tot – und ich habe ihn zur Strecke gebracht!"

„Du bist verrückt! Waas hast du gemacht?"

„Reg' dich nicht auf. Ich habe Glen erstochen, er hat seine Strafe verdient. Aber jetzt müssen wir los, weg von hier."

Ulik sprang vom Pferd, schüttelte Arthur und schrie ihn an; der aber blickte ihn nur kalt in die Augen. „Es ist geschehen und wir müssen verschwinden – sofort!"

Ulik bemühte sich einen klaren Gedanken zu fassen. Er war im Dorf gesehen worden, war bei der Leiche seines Vaters gewesen, hatte den Leichenwächter niedergeschlagen. Der Verdacht würde sofort auf ihn fallen. Dieser dumme Arthur hatte ihn in eine verhängnisvolle Lage gebracht; er durfte sich im Dorf nicht mehr sehen lassen.

„Du Idiot, du hast unsere Zukunft zerstört. Steig auf, wir müssen wirklich sofort von hier weg!"

Ohne eine Antwort abzuwarten, schwang er sich auf sein Pferd und trabte im Mondlicht auf der Straße weg vom Dorf.

Arthur folgte ihm wortlos.

Das Dorf schlief – auch Bryanna schlief in den Armen ihrer Mutter. Traurig und müde nahmen Kendra und ihre Mutter die schlaftrunkene Tochter an der Hand und begaben sich auf den Weg zur Totenwache zu Glens Haus. Die Großmutter begleitete sie schweigend.

Sie waren aber noch so weit von der Straße entfernt, dass sie das Schlagen der Hufe nicht hören konnten …

… verkehrt und gehasst,
meinem Zwecke zu dienen verwehrt.
Reue, bis die Schuld verblasst!

Beerdigung und Lughnasadh

Bryanna wachte erst bei Ankunft vor Glens Hütte vollends auf. Zögernd, sich mit einer Hand am Türrahmen abstützend und mit der anderen Hand ihre Tochter haltend, blickte sie ins Dunkle des Hauses.

Auch die beiden anderen Frauen hielten kurz vor der offenstehenden Tür an und atmeten tief durch – sie würden alle ihre Kraft brauchen, um Glens Leichnam für die Beerdigung vorzubereiten.

Schweren Herzens trat Kendra durch die Türöffnung und ging zu Glen.

Der Dolch war weg!

Erst hoffte sie, Glen hätte sich während ihrer Abwesenheit bewegt. Lebt noch? Hat er den Dolch von seiner Brust weggestoßen? Liegt er am Boden? Nein, diese Hoffnung war unsinnig. Glen war tot!

Der Dolch war nicht zu finden. Also musste jemand hier gewesen sein – aber wer stahl eine Waffe, eine als Grabbeigabe vorgesehene Waffe, von einem Toten?

Bryanna deutete auf einen Schlitz in Glens Hemd. Mitten in Glens Brust war ein zweifingerbreiter Schlitz in seiner Tunika. Kendra zog den Brustausschnitt nach unten und sah eine Stichwunde, weitgehend unblutig, aber klaffend. Fragend sah sie ihre Mutter an.

„Jemand muss mit dem Dolch den toten Glen nochmal zu töten versucht haben. Welch ein Frevel! Unglück und Verderben über diesen Schänder! Bleibt hier, ich hole Cayden oder Gwydion."

Kendra verließ das Haus; ihre Mutter, Großmutter und die mittlerweile wieder eingeschlafene Bryanna blieben am Totenbett zurück. Nach einer guten halben Stunde kam Kendra mit Cayden, Gwydion und zwei weiteren Männern zurück.

„Gestern Abend wurde Ulik im Dorf gesehen, er war bei der Leiche seines Vaters und er hat die Leichenwache niedergeschlagen. Vielleicht war er auch hier und hat in seinem Zorn mit dem Dolch Glen erstochen – ohne zu wissen, dass dieser bereits tot war. Was meinst du, Gwydion?"

„Gut möglich, aber wir sollten keine voreiligen Schlüsse ziehen oder Vorverurteilungen anstellen! Ich werde nachforschen."

Gwydion verließ die ratlose Gemeinschaft und wandte sich dem Ritushaus am Talboden zu. Dort würde er hoffentlich mehr erfahren. Er entfachte ein kleines Feuer, warf trockene Kräuter und Pilze in die Flamme und atmete die Düfte tief ein. Er wartete bis ihm schwindlig wurde, dann setzte sich auf den Fellstapel am Boden und schloss die Augen.

Ein gleißend heller Lichtstrahl fuhr über den Boden und umschlang einen schönen Stab, schwer und spitz, geschmückt mit Korallen und Gold. Beide schienen zu kämpfen, sich wieder zu vereinen und wieder zu trennen. Der Stab löste sich und verschwand in der Ferne, der Lichtstrahl krümmte sich flog im hohen Bogen zurück …

Gwydion brauchte wieder eine Weile, bis er wieder zu sich kam, er konnte sich genau an die Bilder erinnern und versuchte eine Deutung. Ein Lichtstrahl … ein Stab … Korallen und … War nicht Torins Schwertscheide mit Korallen und Goldplättchen verziert? Das Schwert war jetzt Eigentum von Torins Söhne, sicherlich hatte es Ulik, der ältere Sohn, an sich genommen – das wäre einfach zu klären: er würde den Leichenwächter fragen. Der Lichtstrahl – könnte das der Dolch sein? Dann wären Dolch und Schwert beisammen, also bei den Söhnen Torins. Das würde die Vermutung Caydens stützen, dass Ulik mit dem vermeintlichen Mord an Glen etwas zu tun hatte. Vielleicht auch beide.

Ja, ich glaube ich habe die Vision richtig gedeutet, dachte Gwydion und erhob sich, um seine Erkenntnis den anderen mitzuteilen.

Aber wo sich die beiden Söhne Torins befanden, hatte ihm sein Traumbild nicht gezeigt.

Cayden hatte die nächsten Tage vieles zu organisieren: die Suche nach den Söhnen Torins, die Bestattungen für Glen und Torin, seinen Umzug ins Herrenhaus und die Regelung einer neuen Verwaltung seiner Landwirtschaft, das Fest Lughnasadh. Und schließlich musste noch eine Entscheidung über die Betreuung der großen Pferdeherde getroffen werden.

Nachdem Gwydion ihm seine Deutung der Vision dargelegt hatte, beschloss Cayden von einer Verfolgung der Söhne Torins abzusehen. Sie könnten überall hin geflohen sein - nach Trísow, dem alten, weitgehen verlassenen Oppidum im boischen Norden, oder nach Boiodurum, dem Römerlager im Süden, oder nach Westen zu den entfernteren Dörfern, oder ... Es gab genügend Möglichkeiten und Pfade in diesem nahezu unendlich weiten Nordwald, um ungesehen zu verschwinden. So viele Männer für Suchtrupps konnte er nicht entbehren. Außerdem: es war ja kein wirklicher Mord und die Pferde und Waffen waren ihr rechtmäßiges Erbe. Nur die schändliche Tat an der Leiche Glens und den Diebstahl eines Dolches konnte er ihnen vorwerfen. Bezüglich des Dolchdiebstahls müsste er jedoch noch das Einverständnis von Kendra einholen; er hoffte aber auf ihre Zustimmung zum Verzicht einer Verfolgung.

Die Gelegenheit mit ihr zu sprechen, bot sich bald. Er traf Kendra im Herrenhaus, wo sie einige ihrer Sachen für ihren Auszug zusammenstellte.

„Der Dolch hat mir kein Glück gebracht, ich bin froh, dass er weg ist! Aber frage auch noch Gwydion, der hat auch irgendwie noch Rechte an diesem Teil."

Gwydions Meinung war klar: „Ich habe den Dolch verschwinden gesehen, hoffentlich für immer. Wir sollten die beiden Knaben ziehen lassen!"

War das eine gute Entscheidung? Nun, vielleicht war ein schlechtes Gewissen, einen Mord begangen zu haben, sowie das Gefühl immer auf der Flucht zu sein, für die Söhne Torins schon Strafe genug.

Torins Leiche wurde vom bisherigen Aufbahrungsort, dem Herrenhaus, ins Ritushaus gebracht und dort zur Bestattung vorbereitet. Erst wurde er vollständig in ein großes Leinentuch eingewickelt und verschnürt. Die beiden Grabbeigaben – eine Pferdebürste und ein Striegel – legte man auf seinen Körper, denn er sollte Glen in der Anderwelt bei der Pferdepflege dienen.

Mit Glens Leiche wurde ähnlich verfahren. Kendra hatte einen schönen Ledersattel, Zaumzeug und schöne eiserne Sporen aus seinem Haus geholt und neben ihm auf dem Boden abgelegt. Es wären auch noch Waffen als Beigabe üblich gewesen, aber nachdem der Dolch gestohlen wurde und Glen als Pferdewirt keine größeren Waffen in seinem Besitz hatte, wollte Kendra darauf verzichten.

Die beiden Bestattungen sollten am nächsten Tag stattfinden, es wurde auch Zeit; es war zwar kühl während der letzten Nächte, aber im Sommer war es nicht angebracht, lange damit zu warten.

„Ein gemeinsames Begräbnis? Mein Geliebter soll neben seinem Widersacher liegen? Nie würde ich – ebenso wie Glen – da zustimmen!"

Kendra war außer sich, als sie den Vorschlag Caydens hörte, der sie und Gwydion ins Herrenhaus gebeten hatte, um die Beerdigung zu besprechen.

„In früheren Zeiten war es durchaus üblich, dass ein Adliger oder Hochgestellter mit seinen Dienern, Sklaven oder sogar mit seiner Ehefrau gemeinsam bestattet wurde. Da wäre es nicht frevelhaft, ihm den früheren Anführer dieses Dorfes als dienstbaren Begleiter zur Seite zu stellen. Glen könnte in der Anderwelt, den Fürsten und Häuptlingen gleichgestellt, ein sehr gutes, höchst respektiertes Leben führen und für seinen Begleiter wäre das eine ritterliche Gnadengunst, die die Götter sicherlich zu schätzen wissen", pflichtete ihm Gwydion bei.

„Dein Urteilsspruch lautete aber anders – Torin sollte ohne Zeremonie beerdigt werden und sein Name fortan nicht mehr genannt werden!" protestierte Kendra.

„Manchmal muss man eine Entscheidung oder ein Urteil nochmal überdenken – wenn die Umstände es erfordern", versuchte Gwydion zu vermitteln.

„Ich habe Papa gerngehabt, auch wenn er manchmal grob mit mir war oder Blödsinn gemacht hat. Und ich habe Glen auch sehr gemocht, er hat mich und Liam immer gut behandelt. Warum können beide nicht nebeneinander liegen – sie sind doch tot und können sich einander nichts mehr tun?" Bryanna sah Kendra direkt in die Augen, die jetzt Zweifel bekam. Sollte sie nicht nur den beiden Knaben vergeben, sondern auch Torin? Was würde sich ändern, wenn sie der gemeinsamen Beerdigung zustimmen würde?

Ihre Gesichtszüge entspannten sich langsam, als ihre Tochter sie anlächelte.

„Komm her, meine Liebe! Du hast recht, es ist uns allen nicht geholfen, wenn ich nachtragend wäre. Gut, lasst sie gemeinsam in die Anderwelt gehen."

Bald darauf erhielten einige Männer den Auftrag, nördlich des Ritushauses, wo sich die Nekropole des Dorfes befand, ein Doppelgrab auszuheben. Etwa drei Ellen tief, drei Schritte im Geviert wurde eine Grube ausgehoben, die mit Holzbohlen ringsum ausgekleidet wurde. Für die abschließende Decke wurden entsprechend lange Vierkanthölzer bereitgestellt. Jeder Dorfbewohner war aufgefordert einige Steine aus der Umgebung zu sammeln. Diese wurden neben dem Grab zwischengelagert und sollten später das Grab vollenden.

Ein vierrädriger Wagen, von zwei Pferden gezogen, brachte die beiden Toten und deren Grabbeigaben zur Begräbnisstelle. Gwydion, Kendra und Bryanna gingen voraus, die Dorfgemeinschaft folgte dem Wagen. Laute, langgezogene Töne aus den bronzenen Trompeten, den Carnyces, übertönten immer wieder die Trauergesänge des Druiden, der die Bestattung entsprechend dem traditionellen Ritus leitete.

Je vier Männer hoben die beiden Toten vom Wagen, legten Glens in die Mitte der Grube und Torin daneben, an den linken Rand der Grabkammer. Bis auf einen stiegen die Helfer wieder aus der Vertiefung; der Zurückgebliebene ordnete die Grabbeigaben sorgfältig neben den Toten an. Gerade als er wieder aus der Kammer herausklettern wollte, löste sich Iven aus der Menschenmenge und stieg zu Glens Körper hinab.

Ein Raunen ging durch die Trauernden, denn er hielt eine besondere Grabbeigabe in den Händen – eine von ihm gefertigte Halskette aus den Zähnen und den Ohrenspitzen des toten Bären. Sorgfältig legte er die Kette über den Kopf des Toten.

Kendra stand mit Bryanna am Grabrand in tiefer Trauer, mit Tränen in den Augen und warf einige schöne Blumen und Kräuter ins Grab. Mit großer Überwindung flüsterte sie schließlich: „Vollendet das Beerdigungsritual, wie es uns die Götter gebieten."

Gwydion ließ eine schön verzierte irdene Räucherschale ins Grab stellen, die feine Rauchsäule stieg nach oben und verlor sich im leichten Windhauch. Schrill erklangen wieder die Töne der Carnyces und nach deren Verklingen begann Gwydion mit hoch erhobenen Händen seinen Sprechgesang:

„Oh prächtiger Lugh, erleuchte unsere Welt, damit wir die weisen Ratschlüsse der Götter erkennen – oh gnädiger Cernunnos, schütze Glen mit deinen sanften Tieren, die ihm gehorchen sollen – oh gnädige Epona, begleite Glen mit deinen edlen Pferden, die ihm zu Diensten sind – oh all ihr mächtigen Götter, vereinigt eure Macht und wandelt den Tod in eine neue Wiedergeburt, in ein neues fruchtbares Dasein hier unter uns Lebenden."

Die Trauernden blieben noch eine Weile stumm am Grab und wandten sich schließlich ab und gingen nachdenklich heimwärts. Die Macht der Götter ist unendlich groß und der Mensch tut gut daran, die Unsterblichen zu loben und zu preisen und – wie gut, dass es die Anderwelt gibt und den tröstenden Gedanken, die Wiedergeburt. Diese Überzeugung heilt jeden Schmerz. Jeden Schmerz? Für die beiden Witwen von Sloan und Phelan schien das jedoch nicht zuzutreffen. Tief bedrückt und voller Groll entfernten sie sich mit ihren Kindern vom Grab. Ihre Männer mussten irgendwo da draußen im finsteren Wald unbeerdigt lieben bleiben, den wilden Tieren zum Fraß. Nach einigen Schritten drehte sich Phelans halbwüchsiger Sohn noch einmal um, und reckte seine geballte Faust zurück zum Grab. Wen er damit meinte, war unklar.

Den verbleibenden vier Männern, den Bestattern, blieb jetzt noch die Aufgabe, die Balkendecke zu legen und über einen flachen Erdhügel in etlichen Lagen Erde und die vorhandenen Steine aufzuschichten. Wer zukünftig an diesem Cairn, diesem steinernen

Grabhügel, vorbeikomme, sei dadurch freundlich erinnert, weitere Steine dazu zulegen – zu Ehren der Toten und der Götter.

⊰❦⊱

Am nächsten Morgen sandte Cayden einen Reiter ins Nachbardorf, wo Ulik zur Ausbildung gewesen war. Es war wohl kaum anzunehmen, dass er zu seinem Paten und Mentor zurückgekehrt wäre, aber vielleicht war dort mehr über die Umstände seiner Abreise zu erfahren. Der Reiter kam mit den entsprechenden Nachrichten spät abends zurück und berichtete Cayden, der damit die Überzeugung gewann, dass Ulik und Arthur die Gegend verlassen hatten.

Er schickte den Reiter noch zu Gwydion und Kendra, damit die auch auf den neuesten Stand gebracht wurden. Diese teilten ihm schließlich mit, dass sie an ihrem ursprünglich gefassten Beschluss festhielten, die beiden Flüchtenden nicht mehr zu verfolgen.

⊰❦⊱

„Das Haus ist sehr geräumig und liegt hervorragend zentral. Aber es hat eine schlechte Vergangenheit! Mir ist es unheimlich – und unseren Kindern wohl auch!" Lynn stand neben Cayden im Herrenhaus und sah ihn zweifelnd an.

„Wir werden Gwydion um einen Reinigungsritus bitten und wir werden mit den Kindern dabei anwesend sein. Es wird ein schönes, glückliches Haus werden. Noch vor dem Einbringen der Ernte könnten wir umziehen, bis dahin dürften wir auch die noch anstehenden dringendsten Aufgaben erledigt haben. In unseren bisherigen Hof können dann unsere Bediensteten einziehen; ich werde einem unserer Knechte mehr Rechte geben, damit er dort weitgehend frei handeln kann. Wir müssen das aber jetzt noch nicht entscheiden. Kendra bleibt dann auch noch mehr Zeit ihre Sachen zu ordnen."

Lynn nickte. „Wir müssen aber auch noch unsere Kinder fragen. Ich möchte nicht mit ängstlichen, quengelnden Kindern in einem Geisterhaus wohnen!"

Damit war die Sache erstmal für sie geklärt; Cayden war zwar der Anführer im Dorf, aber zu Hause hatte sie das Sagen!

Fünf Menschen standen ehrfürchtig in der Mitte des Herrenhauses und warteten geduldig neben der verloschenen Flamme der zentralen Feuerstelle. Gwydion hatte sie ermahnt, außer dem kommenden rituellen Feuer dürfe kein anderes im Haus brennen. Cayden, Lynn und ihre drei Kinder hatten den ehrwürdigen Weisen um eine Hausreinigungszeremonie gebeten – und jetzt war so weit. Das Rauch- und Reinigungsopfer musste nach einem strengen Ritus durchgeführt werden und nur Gwydion wusste, wie die Regeln einzuhalten waren.

Die Familie hatte ihre besten Kleider angezogen, Gwydion war in reinem Weiß gewandet. Er hielt eine Bronzeschale, ein kleines Eichenbrett, fünf kleine trockene Birkenzweige und fünf Mistelzweige in den Händen. Das Brettchen legte er auf einen kleinen Holzblock neben dem zentralen Feuerplatz und stellte die Schale mittig darauf. Jeder der Anwesenden bekam je einen der unbelaubten Birkenzweige und einen der Mistelzweige in die Hand und mit einer knappen Geste gebot er ihnen, diese mit der Zweigspitze nach oben vor der Brust zu halten. Er hatte sich Holzkohle aus Erlenholz vom Dorfschmied besorgt, diese im Ritushaus geweiht und füllte sie jetzt sorgsam einzeln in die Schale. Dabei bewegte er fast lautlos seinen Mund, keiner der Anwesenden konnte ein Wort verstehen.

„Entfache hiermit das Feuer!"

Er nahm einen Feuerbohrer aus seiner Tasche und reichte ihn Lynn, die damit in kurzer Zeit den Zunder so erhitzte, dass er zu glimmen begann. Mit einigen trockenen Holzspänen blies sie die Glut zu einer kleinen Flamme, die sie Gwydion reichte, der damit die Holzkohle in der Bronzeschale zum Glühen brachte. Anschließend streute er kleine Weihrauchkörner und Fichtenharz auf die Glut, blies ebenfalls leicht hinein und wartete bis es zu qualmen anfing.

Mit gemessenen Schritten ging er rechtsherum an allen vier Wänden entlang, ließ den wohlriechenden Rauch hochsteigen, kam zurück zur Mitte und sprach:

„Großmächtiger Belenus, wir opfern dir Feuer und Weihrauch, sei uns gnädig und vertreibe alle bösen Erinnerungen und Gedanken aus diesem Haus, reinige und schütze diese Räume. Bewahre alle ihre Bewohner vor Übel und böser Nachrede."

Seine Gegenüber nickten und Cayden antwortete stellvertretend für alle: „So sei es!"

Gwydion leerte die Räucherschale in die zentrale Feuerstelle, forderte die Umstehenden auf ihre Zweige dazuzulegen und entzündete damit wieder die fast verloschene Glut.

„Bewacht das Feuer bis zum Morgen!" Ohne weiter sich um die Zurückgebliebenen zu kümmern, verließ Gwydion das Haus.

Verwundert sahen sich Cayden und Lynn an, die Kinder maulten: „Wir sind hungrig – wir wollen raus und unsere Sachen holen – ich will das Bett da oben …"

Auf einen Wink Caydens scheuchte Lynn die Kinder aus dem Raum und lachte: „Wir kommen mit Sack und Pack bald wieder!"

In den folgenden Wochen gab sich Kendra intensiv der Kräuterausbildung Bryannas hin. Ihre Tochter war recht wissbegierig und gelehrig. Lange Spaziergänge am Waldrand, entlang Feldraine und über Wiesen lenkten beide von ihren traurigen Gedanken ab, dass sie einen lieben, wertvollen Menschen verloren hatten.

Gwydion hatte ebenfalls viel zu tun. Lughnasadh stand bevor, das Erntefest. Dem Brauch gemäß rief er die Ehrwürdigen des Dorfes zusammen, um ihre Beiträge zu den Opfern festzulegen. Den Göttern sind die ersten geernteten Früchte und deren Erzeugnisse darzubieten – Gemüse und Obst, Getreide, Mehl und Brot, Honig und Met. Aber keine Tiere! Wie stets, erfolgte die Zusage der Ehrwürdigen zügig und bereitwillig. Ebenso einhellig gestaltete sich die Einigung über den Ort und die Auswahl der Riten. Auf dem Sakralplatz des Dorfes sollte das Opfer stattfinden – die Opfergaben würden den Göttern geweiht und später je zur Hälfte den Göttern und den Menschen übergeben werden. Auf dem Festplatz sollten Reiter- und friedliche Kampfspiele stattfinden, den Siegern gebührten dann auch ein Teil der zweiten Hälfte der Opferfrüchte. Zudem empfingen sie einen heiligen Mistelzweig aus den Händen des Druiden. Am folgenden Tag sollte ein Viehmarkt abgehalten werden. Dabei konnten die Einwohner des Dorfes Tiere handeln und diejenigen Tiere auswählen, die an andere Dörfer oder sogar an das römische Lager verkauft werden sollten.

Es wurde ein prächtiges Fest, an dem sich das ganze Dorf freudig beteiligte. Viel Arbeit lag hinter den Menschen, viel Arbeit lag noch vor ihnen, um den langen, harten Winter zu überstehen. Doch jetzt galt es zu feiern und den Augenblick zu genießen.

Wie bei jedem der jahreszeitlichen Feste begann der Festumzug in der Dorfmitte und führte unter Leitung von Gwydion zum Festplatz. Die Opfergaben lagen auf zwei vierrädrigen Wägen, die von jeweils zwei Maultieren gezogen wurden. Die Teilnehmer der Reiterspiele saßen zu Pferden, die ungeduldig tänzelten. Die Schaukämpfer waren gegürtet, bewaffnet und prächtig geschmückt. Viele Frauen trugen glänzende und glockenklingende Schmuckstücke an den Kleidern, Armen und den Fußfesseln. Langsam bewegte sich der Festzug erst zum Sakralplatz, wo die Wagen mit den Opfergaben abgestellt wurden, dann weiter zum Festplatz. Dort formte sich die Menschenmenge in einem großen Kreis, mit Gwydion in der Mitte.

„Wir wollen Lugh für die erfolgreiche Saat danken und um reiche Ernte bitten – und ihm gerne davon einen Teil opfern."

„Ein Hoch auf Lugh – wir danken dir – wir bitten dich – …", erscholl es im wilden, jubelnden Lärm der Anwesenden.

Schließlich hob Gwydion beide Arme und gebot Ruhe. Er begann mit lauter Stimme einen Lobgesang, der in einen Sprechgesang überging, um von alten Mythen und Geschichten zu berichten. Aufmerksam lauschte ihm die Menge und als er von den tollkühnen Heldentaten und todesmutigen Kämpfen erzählte, stieg die Begeisterung der Zuhörer, die sich schließlich in Freudenrufen und Jubel entlud.

Gwydion zog sich zum Sakralplatz zurück und überließ Cayden die weitere Gestaltung des Nachmittags.

„So lasst uns mit den Spielen beginnen!" Mit einer weit ausholenden Armbewegung forderte er die Reiter auf, ihre Künste zu zeigen.

Einige ließen die Pferde steigen, die sich wiehernd auf den Hinterfüßen stehend drehten, andere ritten ohne Sattel stehend auf dem Pferderücken im weiten Kreis und wieder andere klemmten sich mit Unterschenkel und Ferse an den Pferderücken, hielten sich mit einer Hand am Sattel fest und lugten unter dem Pferdehals hindurch – und das im Galopp. Die Vorführungen wurden von großem Beifall und Jubel begleitet. Nachdem der letzte Reiter seine

Künste gezeigt hatte, galoppierte jeder einzelne der Akteure noch einmal über den Festplatz und derjenige, der am meisten Jubel und Beifall erhielt, wurde zum Sieger gekürt. Wie erwartet war es der akrobatische Reiter, der an der Seite des Pferdes hängend unter dem Hals des galoppierenden Pferdes dem Publikum wilde Kampfschreie entgegengebrüllt hatte. Mit Freudenrufen galoppierte er weiter zum Opferplatz, wo er von Gwydion eine Schafskeule, einen großen Korb mit Früchten und einen Mistelkranz empfing.

Auf einen weiteren Wink Caydens begannen die Kampfspiele. Erst kamen die Speerwerfer, dann die Bogenschützen auf den Platz, die ihre Fertigkeiten zeigten. Den Schluss bildeten schließlich die Schwertkämpfer, die gerüstet mit Helm und Kettenhemd mit scharfen Waffen kämpften; ganz ohne Blessuren ging es dabei nicht ab.

Die Bestimmung der Sieger war nicht ganz einfach. Schließlich einigten sich die Zuschauer auf einen Speerwerfer, der über dreißig Schritt einer Strohpuppe den Speer mitten ins markierte ‚Herz' getroffen hatte, sowie auf einen Bogenschützen, der eben diesen Speer mit seinem Pfeil getroffen hatte. Einer der Schwertkämpfer hatte mit gut gezielten Hieben den Helm seines Gegners zerbeult und ging ebenfalls als Sieger hervor. Auch sie erhielten je eine Schafskeule, Früchte und einen Mistelkranz als Trophäe.

Die Stimmung wurde immer ausgelassener, erst recht, als Gwydion nach dem Opferritus die zweite Hälfte der Speisen und Getränke für die Allgemeinheit freigab. Noch vor der Dämmerung wurde das Freudenfeuer entzündet; Musik und Tanz begleitete die Gesellschaft bis in die späte Nacht. Verliebte Paare tauschten ihre Liebkosungen aus und so mancher versprach seiner Partnerin Glückseligkeiten, die am nächsten Tag wohl wieder vergessen waren.

‰⋘⋙

Kendra hatte schon am frühen Nachmittag unauffällig die Festlichkeiten verlassen. Ihr war der ganze Trubel zu viel. Tief in Gedanken versunken saß sie an Glens Grabhügel und Trauer umklammerte ihr Herz – wie schön wäre es mit ihm heute bei diesem Fest gewesen, und morgen, und übermorgen ...

Sie vermisste ihn so sehr, ihren Geliebten. Nur kurze Zeit war ihnen vergönnt. Nur ein paar Tage – oder waren es nur Stunden? – und doch vollgefüllt mit intensiven Gefühlen, mit Liebe und Vertrautheit.

In der Ferne auf dem Festplatz erscholl der Jubel der Dorfbewohner, über ihr rauschten die Blätter der Bäume und neben ihr raschelten die trockenen Halme der Gräser – sie hörte all dies nicht.

Schließlich griff sie in ihre Tasche, legte einen Stein auf den Grabhügel und flüsterte: „Ich werde dir noch sehr viele davon bringen."

Der Pferdetrieb

Cayden hatte schon kurz nach Glens Tod einen neuen Pferdewirt bestimmt. Ein guter Reiter aus dem Dorf hatte sich bereit erklärt, aushilfsweise die Pflege und die Aufsicht der Pferdeherde zu übernehmen. Der bisherige Pferdeknecht und Liam würden ihm weiterhin zur Hand gehen. Aber eine Dauerlösung wäre das nicht – Glens Kenntnisse und seine Tüchtigkeit bei der Auswahl, Zähmung und Zucht waren so schnell nicht ersetzbar, da war sich Cayden sicher. Vermutlich musste die Herde deutlich verkleinert werden.

„Ich kann mit den Pferden meines verstorbenen Mannes nichts anfangen – ich möchte sie verkaufen!" Als Kendra ihren Entschluss am Folgetag des Lughnasadh, dem Viehmarkttag, Cayden mitteilte, pflichtete dieser ihr sofort bei.

„Gut, wir werden auch noch Pferde aus dem Dorfeigentum dazutun und vielleicht entschließen sich auch andere noch, einige ihrer Pferde zum Verkauf zu stellen. Die römische Einheit, die in Boiodurum im Aufbau ist, braucht sicherlich gute Pferde und es ist ja nicht das erste Mal, dass wir ihnen welche verkaufen. Wir werden gleich morgen mit der Auswahl beginnen."

Die Herde war am übernächsten Tag abzugsbereit. Zu den sieben Pferden, die Kendra geerbt hatte, kamen noch zehn Pferde aus dem Dorfeigentum und drei weitere aus dem Privatbesitz einzelner Dorfbewohner. Die Fohlen blieben außen vor, die sollten erst trainiert werden, um dann in einigen Jahren entweder zum Arbeitseinsatz im Dorf oder zum Verkauf bestimmt zu werden. Die verbliebene Stute, der Hengst und deren Fohlen aus Glens Zucht behielt Kendra auf Anraten von Cayden – die Idee Glen', hieraus eine neue Zuchtlinie aufzubauen, sollte weitergeführt werden. Leider hatten die Söhne Torins die beiden großen Braunen als ihr

Erbe ausgewählt und mitgenommen, damit wurde der Aufbau einer neuen Zucht erschwert.

Die zwanzigköpfige Herde sollten sechs Bewaffnete begleiten. Auf einen stabilen Vierradwagen, den zwei Maultiere zu ziehen hatten, wurden noch allerlei Handels- und Tauschwaren geladen: Felle, Teppiche, Webstoffe, Borten. In einer schönen Schatulle lagen etliche Schmuckstücke: zwei Bernstein-Halsketten, Goldreife und Silberfibeln aus Lynns Besitz, der Ehefrau Caydens. Lynn bestand auch darauf, den Treck zu begleiten und forderte Kendra auf, es ebenfalls zu tun. Nach anfänglichem Zögern willigte Kendra schließlich ein; der Besuch einer römischen Siedlung mit all den neuen Eindrücken, Menschen und Kaufgelegenheiten war doch zu verlockend und würde sie vielleicht von ihrer Trauer ablenken.

Cayden führte den Treck an. Gwydion sollte als Dolmetscher ebenfalls dabei sein. Es war jedoch vereinbart, dass er sich als Händler ausgab; die Römer waren auf Druiden schlecht zu sprechen. Gab es doch Verordnungen des Kaisers Claudius – und ebenso seiner Vorgänger Tiberius und Augustus – die jegliche druidische Handlungen unter Strafe stellten. Wenn auch dieses Verbot in den Gegenden des Nordwaldes nicht durchzusetzen war, denn hier hatte das römische Recht keine Macht, war im römischen Lager doch besondere Vorsicht angebracht.

Bryanna bettelte noch eine Zeitlang – sie wollte mitkommen. Doch Kendra lehnte entschieden ab: „Das ist für dich viel zu gefährlich. Wir wissen nicht, was uns dort erwartet und bei den Handelsgeschäften wärst du uns nicht nützlich. Du musst hierbleiben, bei Mutter und Großmutter. In ein paar Tagen sind wir wieder zurück und wer weiß, vielleicht bringe ich dir etwas Schönes mit."

‚Naja, ich werde dann eben etwas anderes machen. Ich gehe zu Liam, dem fällt bestimmt was ein', dachte Bryanna und wollte schon weglaufen.

„Halt, meine Kleine. Einen Abschiedskuss wirst du mir wohl noch geben!"

Kendra nahm sie in die Arme, gab ihr einen Kuss auf die Stirn, Bryanna antwortete mit einem flüchtigen Küsschen auf Kendras Wange und schon war sie weg. Kräuter und die Fohlen – es gab viel zu tun!

Die gemächliche zweitägige Anreise, die teilweise auf dem alten Salzhandelsweg Trísov – Boiodurum führte, verlief ereignislos. Am frühen Nachmittag hielt der Handelszug schließlich am nördlichen Ufer der dunklen Eltisia, an der Mündung in den breiten Fluss Danuvius. Dort stand ein kleiner gemauerten Turm, ein römischen Zollposten.

„Quid vis?" erklang der Ruf aus dem kleinen Fenster des steinernen Gebäudes.

„Volumus vendere et mercaturam – wir wollen verkaufen und handeln", antwortete Gwydion auf die Frage nach dem Begehr.

Erst rührte sich weiter nichts, schließlich erschien ein Signalgeber auf dem Flachdach des Zollturms, der laut in ein Horn stieß; es erklangen verschiedene Tonfolgen. Die Botschaft war wohl auf der gegenüberliegenden Halbinsel gut zu hören, denn von dort löste sich nach einiger Zeit ein kleines Ruderboot mit vier Insassen, das den Danuvius überquerte und am Zollturm anlegte. Kurz darauf folgte ein größeres Boot mit vier Ruderern und vier Bewaffneten; das legte an der gegenüberliegenden Seite der Eltisia an, die Insassen blieben im Boot sitzen und warteten ab.

Die beiden Ruderer des ersten Bootes blieben ebenfalls sitzen. Ein mit roten knielangem Lederwams, kurzem Kettenhemd und rot befiedertem Helm gekleideter, aber ansonsten unbewaffneter Soldat – offensichtlich ein Offizier – stieg aus. In der linken Hand hielt er einen etwa eine Elle langen hölzernen Stock. Sein Begleiter, ein schwer bewaffneter Legionär, folgte ihm, hielt sich jedoch noch im Hintergrund.

„Ego sum tribunus Gaius Cornelius, Boiodurum praefectus. Ich spreche eure Sprache ein wenig. Seid hier willkommen."

„Ich bin Gwydion, Händler und Dolmetscher. Verzeih mein schlechtes Latein. Wir haben hier prächtige Pferde und schöne Waren. Willst du sie sehen?"

Gaius Cornelius, der erst vor kurzem nach Boiodurum versetzte Tribun der Kohorte des Römerlagers, machte eine ausholende Bewegung mit seinem Befehlsstock und der Bewaffnete aus dem Hintergrund folgte ihm durch die Reihen der Pferde. Er besah sich die Tiere genau, prüfte die Zähne, die Fesseln, die Hufe und das Fell. Er schien zufrieden, jedenfalls gab er seinen Begleitern, dem Bewaffneten, Gwydion und Cayden, durch ein Kopfnicken seine Zustimmung kund. Am Holzwagen angekommen, hob er die Abdeckplane ein Stück weit hoch und befühlte die Felle und Stoffe. Kendra sprang vom Wagen und holte ein Bündel Borten hervor und reichte es ihm zum Begutachten.

Abwechselnd sah er auf die Borten und in Kendras Gesicht. „Valde nice! – sehr schön!" Kendra war verwirrt; meinte er jetzt sie oder die Borten? Sie nahm ihm die Teile wieder aus der Hand und legte sie auf den Wagen zurück. Zwischenzeitlich war auch Lynn abgestiegen, nahm ihr Schmuckkästchen und hielt es dem Tribun geöffnet vors Gesicht.

Ein breites Lächeln und ein „Mirabilis – wundervoll" war die Antwort.

„Seid heute meine Gäste – lasst uns über den Preis verhandeln. Ich schicke euch ein größeres Boot für dich Gwydion, euren Anführer und die beiden Frauen. Ich verspreche, eure Pferde und Waren sind hier sicher – unsere Zöllner werden gut aufpassen."

Ohne eine weitere Antwort abzuwarten, hob er die Hand zum Gruß, wandte sich um und bestieg das kleine Ruderboot zur Rückfahrt. Mit kräftigen Ruderschlägen entfernte sich das Boot zurück zum Römerlager.

Ulik und Arthur ritten wortlos in der Dunkelheit auf gutem Weg erst im Galopp, dann im flotten Trab und schließlich im Schritt entlang des kleinen Flusses nach Süden, bis dieser nach Westen abbog. Ulik hielt an.

„Wir müssen uns entscheiden, entweder nach Norden oder Osten zu den boiischen Dörfern oder nach Süden ins römische Lager Boiodurum. Ich glaube, dass wir bei den boiischen Siedlungen jedoch eher in die Gefahr kommen, dass einer unserer geschäftetreibenden Dorfbewohner dort auftaucht und uns erkennen wird, als in Boiodurum. Wenn wir uns bei den Römern als Legionäre rekrutieren lassen, findet uns sicher keiner mehr – und nach einer Dienstzeit von zwanzig oder fünfundzwanzig Jahren ist sowieso alles vergessen – was meinst du, Arthur?"

„Ja, ich will ohnehin zu den römischen Bogenschützen, die sollen doch so gute Waffen haben."

„Es sind wohl eher die syrischen oder kretischen Bogenschützen, die sehr berüchtigt und gefürchtet sind. Aber das ist vielleicht eine ganz gute Idee für dich – mit Fernwaffen bist du im Gefecht zwar voll dabei, aber immer noch so weit entfernt, dass du eine gute Wahrscheinlichkeit hast, viele Feinde zu erlegen, bevor du nach Anwyn gehen musst …!"

Arthur hörte den letzten Teil von Uliks Sarkasmus nichts mehr, da er bereits sein Pferd in Richtung Süden gewandt hatte.

Es war also entschieden: Boiodurum und eine Bewerbung in das römische Heer, als Soldat in einer der Hilfstruppen, den Auxiliareinheiten. Mit Sold, Unterkunft und Verpflegung sowie Aussicht auf Kriegsruhm wähnten sie ihre Zukunft gesichert. Dass sie dabei ihre eigentlichen Feinde, die Römer, als Brotgeber und

Kameraden akzeptieren und ihre Landsleute als Feinde bekämpfen mussten, kam ihnen nicht in den Sinn.

Sie kannten zwar nicht den genauen Weg zum Römerlager, aber die Richtung. Nach einer kurzen Nachtpause brachen sie nach Süden auf. Arthur war recht schweigsam und offensichtlich nachdenklich. Er blieb immer wieder zurück und Ulik musste ihn mehrmals ermahnen, sein Pferd anzutreiben – sie hatten es eilig!

„Was ist los? Warum bist du so langsam? Ist dein Hintern schon wund oder schläfst du im Reiten?", lästerte Ulik. „Im Ernst, wir müssen schleunigst von hier verschwinden!"

„Mein Arsch geht dich gar nichts an. Aber du kannst mir diesen blöden Dolch abnehmen, ich mag das schwere Teil nicht mehr länger bei mir am Gürtel tragen! Mein Messer reicht mir vollkommen."

Ulik staunte, hat sein so kaltschnäuziger Bruder jetzt Gewissensbisse, Bedenken über seine Mordtat und will sich des Beweisstücks entledigen?

„Gib ihn mir, ich werde ihn schon irgendwann loswerden."

Ulik griff zu und steckte den Dolch hinter seinen Metallgürtel.

Nach einem guten Tagesritt trafen sie auf einen kleinen Fluss, den sie in einer Furt überquerten und standen schließlich vor dem mächtigen Danuvius. Sie hielten sich wieder westwärts, also stromaufwärts, bis sie in der Ferne die ersten Mauern und Zelte der Römersiedlung Boiodurum auf der Halbinsel zwischen dem braunen Danuvius und dem grünen Aenus erblickten.

Am Zollturm, an der Mündung der dunklen Eltisia, hielten sie an und blickten etwas ratlos auf das abweisende Gebäude am brückenlosen Fluss. Die Tür und das kleine Fenster blieb geschlossen, aber über ihren Köpfen zielte aus einer Schießscharte ein Pfeil direkt auf den schwer bewaffneten Ulik.

Er erschien dem Zollwächter wohl als der gefährlichere der beiden Knaben.

Ein scharfer Befehlston erklang: „Decendate! Deponere arma!"

„Wir sollen absteigen und die Waffen ablegen", Ulik konnte einfaches Latein verstehen; wie gut, dass ihn sein Patron neben den Umgang mit Pferden und Waffen auch seit Jahren die fremde Sprache gelehrt hatte.

Sie folgten dem Befehl.

„Redite et state!" Sie führten ihre Pferde einige Schritte zurück und warteten ab.

Der Mann auf dem Turm gab mit einem Horn verschiedene Signaltöne und verschwand wieder nach innen. Ulik nutzte die Zeit, um Arthur einige Verhaltensregeln zuzuflüstern: „Wir sind starke, mutige Krieger, die mit den Waffen umgehen können. Ansonsten sagen wir die Wahrheit über uns, außer dass du Glen ermordet hast. Unser Dorf liegt weit im Norden und ist klein und arm. Lass' möglichst nur mich sprechen."

Es rührte sich lange Zeit nichts, doch plötzlich kam ein langer Lastkahn um die Felsspitze, der den Danuvius und den Eltisia trennte. Als das Fahrzeug ins ruhigere Fahrwasser der Eltisia kam, griffen vier der sechs Ruderern zu den Waffen, die anderen beiden lenkten das Boot an die Anlegestelle. Die Bewaffneten stiegen aus und traten mit Schild und Speer ans Land.

Der vorderste ergriff das Wort: „Quis es? – wer seid ihr?"

Ulik antwortete in Latein: „Wir sind Brüder. Unsere Eltern sind tot. Wir wollen in die römische Armee eintreten."

Misstrauisch blickten sie die Männer an. Ein Knabe und ein Halbwüchsiger, schwer bewaffnet und mit guten Pferden ausgestattet, wie konnte das sein? Waren sie Spione der Barbaren oder wollten sie tatsächlich in die Armee? Warum? Der Wortführer überlegte kurz und beschloss dann: „Wir bringen euch zu unserem Anführer, der wird euch prüfen und entscheiden!"

Die Waffen der beiden Knaben kamen ans vordere Ende des flachbodigen Boots, Ulik und Arthur mussten sich ans hintere Ende setzen und zwei Bewaffnete trennten sie von den vier Ruderern. Die Pferde mussten zurückbleiben; sie würden später nachgeholt werden. Das Übersetzen entgegen der Fließrichtung des breiten Stroms verlangte einige Anstrengung von den rudernden Männern und es ging nur langsam zum gegenüberliegenden Ufer, wo sie anlegten. Dort wurden sie schon von einer zehnköpfigen Soldatengruppe, einer Decurie, erwartet, die sie in die Mitte nahm und zu einem großen Lederzelt führte. Zwei der unbewaffneten Ruderer trugen die Waffen der beiden Knaben hinterher.

Das Zelt aus etlichen miteinander vernähten Stücken gegerbter Rindshaut war geräumig, praktisch eingerichtet und mit zwei Sesseln bestückt.

„Ich bin Decurio Appius. Wer seid ihr – erzählt eure Geschichte!"

Ulik ergriff das Wort und versuchte sich möglichst gut an die lateinischen Begriffe und Wortwendungen zu erinnern.

„Ich bin Ulik und das ist mein Bruder Arthur. Wir kommen aus einem kleinen Dorf im Nordwald. Unsere Eltern sind tot. Wir haben unser gesamtes Erbe mit uns und wollen in der römischen Armee dienen. Ich bin ein guter Reiter und Kämpfer, mein Bruder ist ein guter Bogenschütze."

„Warum sind eure Eltern tot und warum bleibt ihr nicht in eurem Dorf?"

„Unsere Mutter ist bei der Geburt unserer Schwester gestorben, unser Vater wurde von einem Mann im Streit getötet. Unser Dorf ist arm und wir haben kein Zuhause." Nach einer kleinen Pause ergänzte Ulik: „Wir haben gute Pferde, gute Waffen. Wir sind zwar jung, aber stark und sehr mutig."

„Woher hast du unsere Sprache gelernt?"

„Mein Patron ist ein Adelsmann. Er hat sie mich während meiner Ausbildung gelehrt."

Der Decurio musterte die beiden eingehend. Ulik, der Ältere, war sogar schon etwas größer als er und der Jüngere nur einen halben Kopf kleiner. Beide schienen sehr entschlossen und ihre Blicke waren offen und klar. Vielleicht waren die beiden tatsächlich für die Armee brauchbar, er würde jedoch prüfen müssen, ob sie auch die Wahrheit sagten.

„Kommt mit!"

Der Decurio ging Ulik und Arthur voraus, die Decurie mit ihren Waffen folgte eng dahinter. Er führte sie zu einem weiter hinten liegenden steinernen Gebäude. Vor der großen Tür waren zwei Standarten in den Boden gerammt, es war das Haus des Lagerkommandanten.

„Wir bringen euch zum Tribun. Ihr grüßt und antwortet nur auf seine Fragen."

Der Decurio trat ein. "Ave Tribun Gaius Cornelius. Hier sind zwei Knaben, die in die Armee eintreten wollen."

Der Tribun stand mitten im Zimmer und musterte die beiden Jünglinge; dann begann ein schnelles Kreuzverhör. Wer seid ihr – wo kommt ihr her – auf welchem Weg seid ihr geritten – wo liegt euer Dorf – warum – wieso …?

Ulik antwortete auf all diese Fragen weitgehend wahrheitsgetreu, doch bei der genauen Beschreibung ihres Herwegs blieb er vage; er behauptete, sie hätten sich einige Male im dichten Wald verirrt.

Schließlich deutete der Tribun auf die Waffen der beiden Neulinge.

„Schild, Kettenhemd und Schwert kommen in das Waffenzelt. Ihr erhaltet sie später wieder, ebenso eure Pferde. Den Dolch und das Messer könnt ihr behalten. Decurio, bringe die beiden in ein Mannschaftszelt und instruiere sie. Morgen früh werden wir ihre angeblichen Waffenfertigkeiten prüfen."

In einem Achtmannzelt, das bisher nur mit vier Soldaten belegt war, wies ihnen der Decurio die Schlafplätze zu und erläuterte ihnen in knappen Worten die wichtigsten Regeln des Lagers:

Disziplin, Gehorsam, Kameradschaft, Pflege der Waffen und des Körpers, eine Nacht und einen Tag Freigang alle zwei Wochen und nur nach Genehmigung des Vorgesetzten.

Spät abends kamen die restlichen Zeltbewohner und die beiden Brüder wurden erst argwöhnisch beäugt. Einer der vier Soldaten, ein junger, muskulöser Kerl, lachte: „Endlich haben wir jemanden, der jetzt für uns die Latrinen säubern kann."

Die anderen grinsten und ließen sich beim anschließenden Würfelspiel nicht stören. Die beiden Brüder sahen interessiert zu; es wurde um Geld gespielt. Valerian, der vorhin die Bemerkung über die Latrinen gemacht hatte, verlor. Erst fluchte er heftig, hieb mit der Faust auf das Spielbrett, aber dann warf er lachend ein paar Münzen in die Runde. Schließlich legten sich alle in ihre Betten.

Das Heimatdorf des Spähers und seiner unglückseligen Gefährten lag weit im Norden, hinter den Quellen des Radas und noch ein gutes Stück weiter bei den großen Berghügeln des Nordwaldes. Erst wurde die aus Quintana zurückkehrende Gruppe von den Dorfbewohnern freudig begrüßt, doch als sie von den leeren Taschen und dem selbstverursachten Missgeschick erfuhr, wandte sich die Stimmung schnell. Mit drohenden Rufen und Gesten forderten sie Aufklärung und eine Entschädigung für den entgangenen Gewinn des Pferdehandels – schließlich waren die Pferde Dorfeigentum und den Treibern nur anvertraut.

Der Dorfoberste und der Druide riefen alsbald eine Versammlung ein, bei der Anführer des Pferdetriebs und seine Gefährten Rede und Antwort stehen mussten. Einige der männlichen Dorfbewohner grinsten still vor sich hin; sie konnten wohl die Handlungsweise der Truppe irgendwie verstehen – Wein und Weib war schon ziemlich verlockend und wer weiß, vielleicht hätten sie ähnlich gehandelt! Aber die meisten anderen Männer und vor allem die Frauen waren da ganz anderer Meinung. Laut forderten sie Ausgleich. Jetzt war der richtige Zeitpunkt für den Späher gekommen. Er stand auf und rief in die Gesellschaft:

„Ich kann euch einen neuen Handel nennen, der uns alle entschädigen wird – aber dazu brauche ich die Zustimmung aller hier!"

„Los, raus damit – was meinst du – wie soll das denn gehen …", kam es aus der Menge.

„Im Dorf, deren Männer uns überfallen haben, gibt es eine große Pferdeherde, die schlecht bewacht sind. WIR drehen den Spieß um, und holen uns IHRE Pferde!" rief er laut in die Runde.

Erst schwiegen alle überrascht, dann aber kamen immer mehr zustimmende Rufe auf und schließlich jubelten die meisten Anwesenden ihm zu. Der Vorschlag stieß auf Zustimmung, sogar der Dorfoberste nickte. Jetzt kam es auf den Druiden an.

„Haltet ein, nicht so schnell! Wir werden diesen Vorschlag gründlich überlegen. Geht jetzt alle nach Hause, die Entscheidung fällt bestimmt nicht heute!", rief der Druide in die Runde und wandte sich um – mit langsamen Schritten ging er zurück zu seiner Hütte.

Einige machten es ihm gleich, aber viele gestikulierten und diskutierten noch länger auf dem Platz. So ein Raubzug war schon ewiglange nicht mehr durchgeführt worden und obwohl hauptsächlich erst die Frauen über den finanziellen Fehlschlag lautstark geklagt hatten, kamen ihnen jetzt die Sorgen um ihre Ehemänner und Söhne in den Sinn. Ein Raubzug war gefährlich und wie leicht konnte dabei jemand verletzt oder gar getötet werden. Wer sollte sie dann schützen und ernähren …?

Am übernächsten Tag trat der Dorfoberste wieder vor die Dorfgemeinschaft:

„Es ist beschlossen und unser Druide hat dem Unternehmen zugestimmt. Zehn bewaffnete Männer werden morgen aufbrechen, um eine mindestens zwanzigköpfige Pferdeherde hierher zu bringen!"

Der Druide nickte. Von den Umstehenden kamen einige zustimmende Rufe, viele aber schwiegen, schluckten und einige zogen die Köpfe ein. Nicht jeder war also damit einverstanden – die erste Begeisterung war ziemlich verflogen.

Der Späher bekam den Auftrag, diesen Ritt zu organisieren und zu leiten. Er wählte aus den Teilnehmern des letzten Pferdetriebs diejenigen aus, die seiner Meinung nach am besten geeignet waren. Sie waren im Umgang mit Pferden erfahren und sicherlich erpicht, die erlittene Schande auszugleichen. Natürlich nahm auch der damalige Herdenführer teil, auf seine Erfahrung konnte man keinesfalls verzichten. Aus ähnlichen Erwägungen wie damals Torin, beschloss er, leicht bewaffnet schnell die fremden Pferde einzusammeln und so schnell es ging wieder zu verschwinden. Er kannte die Örtlichkeit, die Lage der Pferdeställe und der Weiden und den Weg – was sollte da schon schiefgehen?

Frühmorgens brachen sie auf. Der Dorfoberste und der Druide blickten ihnen nach.

„Jetzt das Opfer! Ich muss noch ein Opfer an die Götter bringen, damit das Unternehmen glücklich ausgeht. Ich brauche eine Ziege und deine Hilfe."

Beide machten sich an die rituellen Vorbereitungen.

Hoffentlich war es noch nicht zu spät.

Boiodurum

Das Römerlager wurde kurz vor Sonnenaufgang geweckt. Nach dem morgendlichen Antreten nahm der Decurio die beiden Knaben beiseite und führte sie zu einem Übungsplatz im hinteren Lagerteil. Arthurs Bogen und sein gefüllter Köcher sowie Uliks Kettenhemd, Schild und Schwert lagen vor zwei wartenden Soldaten. Nach einiger Zeit kamen vier Offiziere und der Tribun.

„Du da, nimm deinen Bogen und versuche das Ziel genau in der Mitte zu treffen!"

In etwa fünfzig Schritt Entfernung hing an einem Galgen ein Strohsack, auf den ein kopfgroßer roter Fleck gemalt war. Arthur griff zu seinem Bogen, legte einen Pfeil auf, zielte und schoss. Der Pfeil traf den Strohsack, verfehlte aber das markierte Ziel. Wortlos griff er zu einem zweiten Pfeil und lies sich diesmal etwas mehr Zeit. Der Pfeil traf ins Rote, ebenso der nächste und der übernächste.

„Genug! Hier versuche jetzt diesen Bogen", wies ihn der Decurio an und reichte ihm einen Recurvebogen und drei zugehörige Pfeile. Arthur versuchte ihn zu spannen, aber es gelang ihm nur ansatzweise; er konnte damit nicht schießen. Die Offiziere lachten lauthals, es war ein Legionärsbogen mit hohem Zuggewicht – natürlich viel zu schwer für einen zwölfjährigen Jungen.

„Er wird vormittags eine römische Ausbildung erhalten und nachmittags der Bogentruppe zugeteilt. Seine Zugkraft wird sich bald deutlich erhöhen", beschied der Tribun. „Lasst uns jetzt den Schwertkämpfer prüfen."

Ulik musste das Kettenhemd überstreifen, bekam sein Langschwert sowie seinen Schild und musste einen unsichtbaren Gegner angreifen. Dabei durfte er einen etwa vier Schritt im Durchmesser großen Kreis nicht verlassen. Bei seiner Beurteilung waren die Offiziere viel kritischer. „Er hebt die Schwerthand viel zu hoch. Jeder unserer Soldaten hätte ihn bestimmt schon schwer verletzt. Der Schildarm scheint noch ziemlich schwach …"

„Gebt ihm ein Übungsschwert und du, Decurio, zeige ihm, was gute Schläge sind!", lächelte der Tribun.

Ulik bekam ein kurzes Holzschwert, ebenso der Decurio. Unvermittelt griff der Decurio an. Er setzte gezielte Stiche auf Uliks Hüfte, Bauch und Beine; sein kurzes Reiterkettenhemd schütze ihn nicht davor. Er hatte keine Möglichkeit sich effektiv zu verteidigen und schließlich führte der Decurio noch zwei schnelle Hiebe auf die beiden Oberarme Uliks. Der ließ mit einem Aufschrei sein Holzschwert fallen.

Doch es war noch nicht zu Ende. Ulik verlagerte sein Körpergewicht etwas nach links und rammte seinen rechten Fuß in die Magengegend des Decurio. Der klappte mit einem lauten Ächzen nach vorne und ging auf die Knie.

Wieder erscholl lautes Gelächter, aber diesmal war der Decurio das Opfer.

„Seine Schwertführung bedarf noch eines deutlichen Trainings, aber er kämpft mutig und schlau. Bringt ihn vorerst zur Infanterie und gebt ihm eines unserer Gladios. Das Kettenhemd und den Schild kann er behalten, sein Langschwert verwahre ich vorerst bei mir. Ob wir ihn später zu den Berittenen stecken, werden wir entsprechend seinen Fortschritten entscheiden. Decurio, du betreust ihn und in zwei Wochen erstattest du mir Bericht!" Damit wandte sich der Tribun ab und die Prüfer gingen.

Die nächsten Tage waren für Arthur und Ulik hart, sehr hart. Die Bemerkung des Zeltkameraden über das Säubern der Latrine bewahrheitete sich: jeden Morgen nach dem Appell war es so weit. Zwar wurden immer abwechselnd unterschiedliche Gruppen dazu eingeteilt – die beiden Brüder waren aber immer mit dabei. Bei der nachfolgenden Körperpflege am Ufer des Aenus mussten sie Hände, Arme und Füße schrubben, Gesicht, Haare und Oberkörper waschen, erst dann ging es zum Frühstück: Dinkelbrei, eine Scheibe Speck oder Käse und Wasser so viel man wollte. Das Essen, die gesamte Tagesration, mussten sie sich selbst in einem separaten Wirtschaftsraum mit Feuerstelle zubereiten. Es empfahl sich deshalb ausreichend Getreide für den Brei und die Brotfladen schon am Vortag zu mahlen.

Das Militärlager war noch im Aufbau. Ost und Westtor, Kommandeurszentrale, Speicher und zwei weitere Gebäude waren in Stein- oder Lehm-Holz-Bauweise erstellt; die restlichen Behausungen bestanden aus Lederzelten. Die Hauptstraße durchs Lager war fertig gepflastert, eine gemauerte Umfassung des Lagers vermutlich wohl erst für die nächsten Jahre geplant, zwei tiefe Gräben und die mannshohen Wälle hinter dem Westtor befanden sich jedoch kurz vor der Fertigstellung. Hier wurden abwechselnd alle Soldaten halbtagsweise zum Ausheben der Gräben und zum Palisadenbau eingeteilt.

Das tägliche Kampftraining war für Ulik anstrengend und ungewohnt, die Muskeln schmerzten, die blauen Flecken wurden nicht weniger. Die Formationsübungen erforderten Kraft und vor allem Disziplin. Insbesondere die Testudo, die Schildkröten-formation, bei der die Legionäre dicht beieinanderstanden und sich mit den großen Schilden gegen Beschuss sowohl von oben, von der Seite wie auch von vorne schützten, wurde immer wieder geübt und geübt. Auch die Keilformation, bei der eine keilförmige Phalanx für den Gegenangriff gebildet wurde, war ebenfalls kräftezehrend. Hier galt es sich in Kampfgeschwindigkeit geordnet zu formieren und nach vorne zu stürmen. Bei den Marschübungen war Ausdauer gefragt: im Militärschritt, dem ‚kurzen Schritt‘, hieß es stundenlang und meilenweit mit voller Ausrüstung auf einer befestigten Straße auf der Halbinsel zwischen Aenus und Danuvius zu marschieren. Beim ‚Vollen Ausschreiten‘, einem längeren, leichteren Gang war die Geschwindigkeit etwas höher –

und die zurückgelegte Entfernung länger. Ulik wurde nicht geschont, er musste alle Übungen genauso wie die erwachsenen Soldaten mitmachen. Geradezu eine Erholung war dagegen die ‚römische Ausbildung', die Ulik in deutlich reduziertem Umfang gegenüber Arthur erhielt: Latein lernen, römisches Recht und Verhalten, Kenntnis der Schriftzeichen im Lesen und Schreiben.

Arthurs Tag war dagegen leichter: er verbrachte nach der Latrinenreinigung mit einigen anderen Offizierssöhnen zwei Stunden mit dem römischen Unterricht und den Nachmittag mit der Herstellung von Bögen, Pfeilen und Sehnen sowie Schießtraining. Den Tagesabschluss bildete ein spielerischer Ringkampf mit einem Freiwilligen.

Abends fielen die beiden völlig erschöpft auf ihre Lager, sahen aber überhaupt keinen Grund sich zu beschweren. Im folgenden Monat war eine Vereidigung der neuen Rekruten geplant und sie würden sicherlich auch dabei sein. Die Zukunft versprach interessant zu werden ...

Die Zeltkameraden waren neugierig, aber auch recht mitteilsam. Es waren laute, derbe, aber auch kameradschaftliche Gesellen; die beiden Neulinge freundeten sich bald mit den bisherigen Zeltbewohnern an. Keiner der Soldaten war verheiratet – Eheschließungen waren während der fünfundzwanzig Jahre währenden Dienstzeit untersagt – aber einige hatten ‚Beziehungen' und sogar Kinder in der nahegelegenen Vicus, der Zivilsiedlung. Dort gab es auch Händler, Handwerker, Gewerbetreibende und was sonst noch alles für einsame Soldaten begehrenswert ist ...

Eines Abends nahm Valerian, der Spieler, Ulik beiseite. „Heute gab es Sold. Ich habe jetzt Ausgang und kann dich ins Vicus mitnehmen. Es wird Zeit, dass du ein erwachsener Mann wirst!", grinste er. „Aber du brauchst einige Silbermünzen – hast du welche?"

Zögerlich öffnete Ulik sein kleines Geldsäckchen. „Wofür brauche ich die – was hast du vor?"

„Für diese paar Blechscheiben bekommst du hier nicht mal einen Kuss. Da brauchst du richtiges Geld!"

Valerian sah sich um.

„Du hast einen schönen Dolch, den brauchst du doch hier nicht – verkaufe ihn und leiste dir zur Abwechslung mal eine wirklich schöne Belohnung für unsere Plackerei."

Arthur hatte ihm auf ihrer Flucht Kendras Dolch übergeben. Anfangs dachte er nicht weiter darüber nach, aber mit der Zeit wurde ihm immer klarer bewusst, dass er eine Mordwaffe mit sich herumtrug. Die Waffe war schön, aber alt, und wer weiß, wo die schon überall gewesen war. Was wäre, wenn sie jemand wieder erkennen würde – ja, es wäre besser, er würde dieses Beweisstück loswerden. Ulik hatte den Dolch hinter seinem Bett abgelegt und ihn bisher hier im Lager tatsächlich nicht mehr in der Hand gehabt.

Widerwillig griff er danach und steckte ihn in seinen Gürtel. Zufrieden zog Valerian seinen Mund in die Breite. Wenn er es geschickt anstellte, würde vielleicht Ulik für den gemeinsamen Ausflug bezahlen; zumindest könnte die eine oder andere Münze aus dem Verkauf auch für ihn abfallen.

Die beiden verließen kurz nach Einbruch der Dunkelheit das Zelt, gingen zügig durchs Lager und nach einigem Wortwechsel mit den Wachen schließlich durchs Westtor und dann in Richtung der Hafenanlagen an dem Danuvius.

Tribun Gaius Cornelius hielt Wort. Ein größeres Boot mit sechs unbewaffneten Ruderern kam bald um die Felskante und legte an. Gwydion, Cayden, Lynn und Kendra stiegen ein und wurden über den zügig fließende Danuvius zur Anlandestelle der Halbinsel gebracht.

Einer der Ruderer führte sie unbehelligt durch das Lagertor zum Steinhaus des Tribuns. In der kurzen Zeit seit seiner Ankunft hatte Gaius Cornelius sich umgekleidet und den niedrigen Tisch mit allerlei Getränken und Speisen decken lassen. Cayden überflog mit einem prüfenden Blick das Innere des Raumes; er konnte zwei große mit Eisenbeschlägen versehene Holzkisten, verschiedene Banner und einige Waffen, die an den Wänden hingen, ausmachen. Den beiden Frauen fielen sofort die schönen rot glänzenden Schalen und Schüsseln aus dem speziell gebrannten Keramikton ‚terra sigillata' und die silbernen Löffel auf. Der niedrige Tisch war reich gedeckt.

„Seid meine Gäste – ihr Männer nehmt hier Platz."

Mit beiden Armen wies der Tribun auf die zwei umstehenden Liegen.

„Ihr Frauen, macht es euch auf den Stühlen bequem", wandte er sich an Lynn und Kendra und deutete auf die zwei Stühle an der Stirnseite des niedrigen Tisches.

Etwas umständlich ließen sich die Gäste nieder und warteten. Der Gastgeber, der sich auf der Liege an der Tischrückseite niedergelassen hatte, klatschte in die Hände und ein Diener – oder war es ein Sklave – erschien mit sauberen Tüchern und wusch jeden einzelnen Gast der Reihe nach, das Gesicht, die Finger und die Hände. Der Tribun betrachtete das Treiben scheinbar regungslos, doch innerlich war er sicherlich amüsiert, den Barbaren aus dem Nordwald feines Benehmen zu zeigen.

„Greift zu. Hier ist Wasser zum Wein, dort ist Fasan und da drüben feines Rauchfleisch aus unseren südlichen Latifundien, Oliven, Feigen, Nüsse aus meiner Heimat und Zander aus dem Danuvius. Lasst es euch munden. Aber erst wollen wir trinken."

Der Tribun nahm mit der rechten Hand ein Glas, goss etwa einen Daumenbreit Wein ein und füllte ebenso viel Wasser dazu. Die anderen taten es ihm gleich; sie wussten, dass er ihnen zeigen wollte, wie man sich als vornehmer Römer zu benehmen hatte.

„Salute, Tribunus Gaius Cornelius!", sprach Gwydion.

„Salute – salute – salute", wiederholten die Gäste den Trunkspruch.

„… et divitiae!", ergänzte der Tribun. Für ihn war neben der Gesundheit wohl der Reichtum gleich wichtig.

Alle leerten ihre Gläser und füllten sie wieder in gleicher Art und Weise.

Beim Essen ging es nicht mehr so gepflegt zu – auch wenn Teller, Löffel und Mundtücher bereitlagen – die Gäste griffen voller Neugier mit beiden Händen bei den für sie ungewohnten Speisen zu. Auch der Tribun vertilgte eine ordentliche Portion. Schließlich klatschte er wieder in die Hände und es folgte wieder wie anfangs eine Reinigungsprozedur.

„Ich habe eure Pferde und Waren gesehen. Über den Preis der Pferde können wir uns jetzt einigen, für die sonstigen Waren jedoch erst morgen, wenn alles hier bei uns im Hafen ist."

Damit begann der Tribun die Verkaufsverhandlungen, die sich mit einigem Hin und Her eine gute Weile hinzogen. Dazwischen wurden immer wieder die Gläser geleert; auch die beiden Frauen mussten mithalten. Schließlich einigten sich die Handelspartner auf einen für beide befriedigenden Preis: ein großer Teil sollte in Gold und in römischen Münzen, der andere Teil in Salzblöcken, Korallen, Perlmutt, Weihrauch, Olivenöl, Wein und exotischen Gewürzen bezahlt werden. Der Handel wurde mit einem Trinkspruch auf das glorreiche ‚Imperium Romanum' und einer letzten Getränkerunde besiegelt.

Mittlerweile waren nicht nur die Frauen, sondern auch die Männer – einschließlich des Tribuns – nicht mehr ganz nüchtern.

Der Gastgeber klatschte drei Mal in die Hände und zwei Diener traten ein.

„Ich habe ein Zelt in der vicus für euch Männer und eins für die Frauen vorbereiten lassen – gehabt euch wohl."

Mit einer Armbewegung verabschiedete der Tribun seine Gäste. Zwei Soldaten führten sie durchs Militärlager zum mit Doppelposten bewachten Westtor. Die Wache wurde informiert, dass die Gäste im Zivillager übernachten würden. Nachdem sie das Tor und zwei noch im Bau befindliche Gräben und Wälle überschritten hatten, mussten sie noch ein kurzes Stück gehen, bevor sie zu den einfachen Hütten und Zelte der Zivilbevölkerung kamen – hier wohnten Schmiede, Bäcker, Fleischer und Zimmerer. Vielleicht auch Schmuckhändler, hoffte Lynn.

Der Abend war schon weit fortgeschritten, im Lager brannten jedoch etliche Feuer und der Mond leuchtete; der Weg war gut zu erkennen. Die beiden Gastzelte standen etwas abseits. Einer der beiden Soldaten postierte vor den Zelten. Offensichtlich hatte er den Befehl, hier Wache zu halten. Der andere Soldat ging ins Militärlager zurück.

„Spaßig, dass der Tribun uns getrennte Zelte gibt. Was glaubt der wohl, wie wir auf unserem Ritt hierher die Nacht verbracht haben?", kicherte Lynn.

Cayden erwiderte: „Wir sollten uns den Gepflogenheiten dieser Römer heute mal anpassen. Schließlich wollen wir morgen auch einen guten Handel zustande bringen. Also gute Nacht."

Damit verschwanden er und Gwydion mit schweren Schritten in ihr Zelt. Alsbald war regelmäßiges Schnarchen zu hören.

Lynn war noch munter und unternehmungslustig.

„Jetzt sind wir einmal in einer römischen Siedlung, mit all den schönen Waren und Handelsgelegenheiten und mein Mann schläft und schnarcht! Ich will noch nicht schlafen. Komm, wir machen noch einen kleinen Spaziergang um das Lager, vielleicht können wir schon die Handelsstraße entdecken."

„Es ist doch schon spät, was glaubst du da noch sehen zu können? Und so ganz nüchtern sind wir doch auch nicht mehr. Was ist, wenn wir uns verlaufen?", zweifelte Kendra.

„Sei kein Angsthase, die Umgebung hier ist hell und gut zu erkennen und vielleicht ist auch dort noch etwas los. Jedenfalls können wir für unseren Einkauf morgen schon die Lage erkunden. Die frische Luft wird uns guttun!"

Lynn fasste Kendra bei der Hand und zog sie aus dem Zelt. „Nun gut, aber nur kurze Zeit!", gab sich Kendra geschlagen.

Der mit Schwert und Pilum bewaffnete Soldat vor dem Zelt hielt sie nicht auf. Er hatte anscheinend nur den Befehl vor den Zelten zu warten. Aber er wunderte sich insgeheim, was die beiden kichernden Frauen jetzt wohl noch vorhatten.

An der Hauptstraße durch das Zivillager war keine Menschenseele zu sehen; die Bewohner waren anscheinend alle zu müde, um sich noch rumzutreiben, oder es war ihnen nicht erlaubt, rätselte Lynn. Beide Frauen verließen die Straße und wandten sich in Richtung des Flusses Danuvius.

Auch hier war nichts mehr los – nur weiter vorne, am Ufer des Danuvius brannte vor einem Zelt noch eine Laterne. Lynn steuerte mit Kendra im Schlepptau darauf zu. Bei Mondschein den sanft dahingleitende Danuvius zu betrachten – wie romantisch – war für die beiden Frauen zu verlockend.

Der Schlag war kurz und heftig.

Lynn stürzte zu Boden und bevor Kendra reagieren konnte, traf sie ein heftiger Fußtritt und sie wurde zu Boden gerissen. Ihr Kopf schlug auf eine harte Baumwurzel auf.

Dann verlor sie das Bewusstsein.

࿇ ࿇ ࿇

Valerian sah sie zuerst. Zwei Frauen, ganz allein hier in dieser Ecke der Halbinsel. Das wird ein leichtes Spiel – und ein kostenloses dazu – dachte er und flüsterte zu Ulik: „Ich zeig' dir mal, wie wir mit leichtsinnigen Weibern umgehen!"

Ohne eine Antwort abzuwarten, huschte er im Schatten der am Ufer des Danuvius stehenden Bäume eine gutes Stück nach vorne und verbarg sich hinter einem dicken Baumstamm. Als Lynn daran vorbeikam, sprang er hinter ihr hervor und schlug seine Faust an ihre Schläfe. Blitzschnell drehte er sich um und gab Kendra einen Fußtritt in den Bauch und riss sie nieder. Dabei fiel Kendra unglücklich mit dem Hinterkopf auf eine große Baumwurzel. Beide Frauen lagen regungslos am Boden.

„Bist du verrückt! Du kannst dich doch nicht an diesen Frauen vergehen!" Ulik kam gerade bei Valerian an, der sich an Kendra zu schaffen machte.

„Schnauze! Nimm du diese da und mach schnell, bevor die wieder zu sich kommt!"

Ohne weiter sich um Ulik zu kümmern, schob er Kendras Kleid hoch, löste seinen Gurt, spreizte ihre Beine und legte sich auf die ohnmächtige Kendra.

„Das ist Kendra, meine Stiefmutter! Hör sofort auf!" Ulik hatte einige Zeit gebraucht, um die Situation zu verstehen und die am Boden liegende Frau zu erkennen. Umso heftiger war sein Entsetzen.

„Lass' sie los, runter – sofort!", schrie Ulik.

Valerian kümmerte sich nicht darum und machte weiter. Nach wenigen Stößen begann er zu stöhnen.

Ulik sprang zu ihm hin und versuchte ihn von Kendra zu lösen, da schlug Valerian mit seiner linken Faust zu und traf Ulik am Ohr. „Weg da, ich bin gleich soweit!"

Ulik konnte gegen diesen schweren, muskulösen Mann nicht ankommen. Er musste aber seine Stiefmutter retten. Es gab nur eine Möglichkeit.

Ulik zog seinen Dolch und stieß ihn in den Rücken des Vergewaltigers. Der krümmte sich leicht und mit einem Ächzen blieb er regungslos liegen. Kendra kam gerade zu sich, fing panisch an zu schreien an und stieß mit heftigen Stößen den schweren Mann zur Seite – aus seinem Rücken ragte der Dolch. Kendra riss in wilder Wut die Waffe aus dem Rücken und stieß den Dolch mit lautem Schrei in den Hals des Widerlings. Erst jetzt fing sie leise an zu weinen.

Ulik stand erst sprachlos daneben und bückte sich aber dann zu Kendra; er spürte einen scharfen Schmerz im linken Oberarm. Er sprang zur Seite. Lynn war aus ihrer Ohnmacht erwacht und bei dem Lärm unbemerkt aufgestanden. Sie hatte Ulik als einen der Übeltäter vermutet und ihm mit ihrem Messer einen Stich in die Seite versetzten wollen. Die kleine Bewegung nach vorne rettete Ulik wohl vor einer gefährlichen Verletzung. Das Messer streifte nur seinen Arm, der jetzt kaum blutete.

„Lass! Ich habe Kendra geholfen. Ah – du bist Lynn. Hilf mir Kendra zu beruhigen!"

Lynn war ziemlich verwirrt, doch dann kniete sie sich neben Kendra, nahm sie in die Arme und hielt sie wortlos fest umschlungen.

„Dieses Schwein hat mich berührt! Der wird dafür büßen müssen!", schluchzte Kendra und verbarg ihren Kopf an Lynns Brust.

Ulik trat zu Valerian. „Der ist tot! Und ich habe ihn getötet! Das wird ziemliche Schwierigkeiten im Lager geben!"

Ratlos blickte er auf die beiden weinenden Frauen; Lynn konnte auch ihre Tränen nicht zurückhalten. Ihr Kopfschmerz und die

Wut über das Verbrechen an Kendra verdrängten bei ihr gerade jegliche Gedanken an die Folgen dieser Untat.

Kendra saß am Boden und hielt sich den Bauch; er schmerzte heftig.

Lynn war die erste, die sich wieder fasste. Sie löste sich von Kendra und stand auf.

„Wir müssen die Lagerwache informieren. Und den Hergang berichten. Du, Ulik, hast uns vor diesem Verbrecher geschützt und Kendra vor einer großen Schande bewahrt. Ich kann das bezeugen! Wer ist dieser Mann? Warum warst du hier, hast du ihn begleitet?"

Erst jetzt sah Kendra den vor ihr Stehenden genauer an.

„Du? – Ulik! Was machst du hier? Gehörst du zu diesem schrecklichen Mann?"

„Wir wollten bei den Weibern unten am Hafen etwas Spaß haben und ich sollte dafür diesen Dolch verkaufen. Valerian, mein Zeltnachbar, überredete mich dazu. Er hat es aber vorgezogen, euch Gewalt anzutun – ich habe davon aber nichts geahnt und war komplett überrascht."

„Das ist ja mein Dolch! Mit dem wurde mein Geliebter, Glen, erstochen. Woher hast du ihn? Warst du das?"

„Nein, das war Arthur. Er hat es zwar ohne mein Wissen und meiner Zustimmung gemacht, aber das konnte ich nicht beweisen – jeder im Dorf hätte mich verdächtigt, da nur ich dort gesehen wurde. Darum sind wir beide geflohen. Wir sind jetzt bei der römischen Armee."

„Glen war schon tot; er ist an den Verletzungen vom Bärenkampf gestorben und nicht am Messerstich Arthurs. Dein Bruder hat also einen Toten getötet."

Ulik stand betroffen da. Die Flucht, die schlechten Gedanken und der Verlust der heimatlichen Gemeinschaft – alles war unnötig! Und jetzt wird eine Strafe vom Lagerkommandanten folgen.

Seufzend, mit hängendem Kopf sagte er leise: „Wir müssen zurück ins Lager und diesen Vorfall berichten. Kommt mit."

Er nahm Kendra bei der Hand, doch diese wies mit dem Arm in Richtung Dorf: „Vorher müssen wir noch zu unseren Zelten hier im Dorf. Wir übernachten nicht im Militärlager."

Kendra versuchte trotz ihrer heftigen Bauchschmerzen aufzustehen, doch da bemerkte sie ein unangenehmes Gefühl an den Innenschenkeln. Sie schob vorsichtig ihren Kleidersaum nach oben und entdeckte dunkle Blutspuren an ihren Innenschenkeln. Panisch schrie sie auf: „Dieses Schwein hat mich verletzt!"

Lynn kniete sich wieder vor sie hin und versuchte sie zu beruhigen.

„Lass sehen. Nein, das ist kein frisches Blut, es ist dunkel. Das hat einen anderen Grund – warst du schwanger?"

Kendra sah sie entsetzt an. Ihre Gedanken flogen. Sie war mit Glen beisammen als … ja, damals hatte sie ihre empfängnisbereiten Tage … hatte Glen sie …? Sie hätten ein gemeinsames Kind bekommen! Und sie hatte bisher nichts bemerkt. Und jetzt hat ihr dieser elende Kerl das einzige genommen, was ihr von ihrem geliebten Glen geblieben war!

„Ich habe mein Kind, das Kind von Glen – verloren!" Voller Bedauern und Traurigkeit presste Kendra diese Worte heraus und ließ den Kopf auf die Brust fallen. Welch ein Schmerz, welch ein Verlust!

Ulik hatte sich während der Untersuchung Kendras durch Lynn weggedreht. Es war ihm furchtbar peinlich, alles war so peinlich – die Idee zu käuflichen Frauen zu gehen, das Zusammentreffen mit seiner Stiefmutter und schließlich die zwar kurze, aber sehr intime Untersuchung und die Feststellung einer Fehlgeburt, eines Abgangs.

Die beiden Frauen verharrten schweigend Stirn an Stirn, Hand in Hand.

Ulik drehte sich schließlich wieder zu den beiden um und sagte: „Kommt! Wir müssen gehen."

Er nahm Kendra am Arm und sie gingen schweigend langsam zurück; Lynn folgte im engen Abstand. Sie blickte immer wieder um, doch es war ruhig, niemand folgte ihnen.

Lynn ging ins Männerzelt und weckte die beiden Schlafenden. Cayden mühte sich langsam von seinem Schlaflager auf, hörte aber dann voll Zorn die Nachricht an. Lynn schämte sich, Kendra weinte leise, Cayden war wütend, Gwydion beruhigte. Der Wachsoldat war entsetzt. Er hatte die Frauen gehen lassen und jetzt war anscheinend etwas Schlimmes vorgefallen; er konnte die fremde Sprache zwar nicht verstehen, aber die Tonlage, die Gesten und die Gesichter, waren ziemlich eindeutig.

Ulik führte die gesamte Gruppe zurück zum Lagereingang.

Die Wache am Westtor hielt sie auf. „Warum kommt ihr zurück? Wo ist dein Begleiter Valerian?"

Ulik erklärte in seinen lateinischen Worten den Vorfall und hoffte, dass er richtig verstanden wurde. Einer der Wächter zog sein Schwert, begleitete die drei ins Lager zum Zelt des Kommandanten.

Die folgenden Stunden waren ziemlich unangenehm. Verhöre seitens der Römer, Vorwürfe vom Ehemann Lynns und Nachforschungen von Gwydion. Es brauchte die ganze Nacht, um Klarheit in die Angelegenheit zu bringen.

Von Kendras Blutungen sagten sie nichts.

Sie wurden schließlich in ein leeres Mannschaftszelt gebracht und bewacht. Lynn war ziemlich erschöpft und schlief bald in Caydens Armen ein. Kendra lehnte sich an den sitzenden Gwydion und hatte die Augen geschlossen. Ulik saß am Zeltende und grübelte darüber, was wohl jetzt von den Offizieren beschlossen würde.

Der tote Valerian wurde ins Valetudinarium, ins Lazarettzelt gebracht. Ein Militärarzt untersuchte ihn, musste aber wie erwartet seinen Tod bestätigen. Der Stich in den Rücken war tödlich gewesen, der in den Hals somit ohne Wirkung. Den vom Blut gereinigten Dolch übergab der Arzt dem Tribun als Beweisstück.

Zwei Stunden später wurden sie ins Kommandeursgebäude geführt. Der Tribun und vier Offiziere standen wartend im Raum.

„Wir haben beraten und einen Beschluss gefasst. Das Vergehen unseres Soldaten Valerian an euch beiden Frauen ist ein Verbrechen, das nach römischem Recht mit Auspeitschung und Ausschluss aus der Truppe bestraft werden müsste. Valerian ist aber tot, erstochen von Ulik. Ein Mord an einem römischen Bürger ist ein Kreuzigungsgrund!"

Der Tribun machte eine Pause. Ulik erschauerte. Und die anderen mit ihm.

„Valerian war ein Söldner, kein römischer Bürger. Somit liegt hier kein Kreuzigungsgrund vor."

Ulik seufzte erleichtert. Und die anderen mit ihm.

„Wir verstehen, dass Valerian und Ulik bei ihrem Freigang Spaß haben wollten – das wird toleriert. Die Körperverletzung unserer weiblichen Gäste und Schändung Kendras hatte nach euren Aussagen ausschließlich Valerian verursacht – wir haben keine gegenteiligen Beweise. Der Schmerz der Frauen ist mit dem Tod Valerians bezahlt.

Ulik ist noch nicht vereidigt, er ist noch nicht im offiziellen Dienst der römischen Armee – und er ist ohne römische Abstammung. Ob Ulik keine andere Wahl hatte, als Valerian zu töten bezweifeln wir.

Darum lautet unser Urteil: Ulik wird mit zehn Hieben auf den Rücken ausgepeitscht und muss noch heute unser Lager verlassen. Seine Waffen, das Kettenhemd und das Pferd bleiben hier und werden als Blutzoll für Valerian verwendet. Ihr," und dabei deutete er auf die vier Handelspartner, „müsst den Pferdehandel wie vereinbart mit uns abschließen. Der Transport der Pferde hierher ins Lager ist bereits im Gange. Ob ihr den restlichen Warenhandel fortführen wollt, liegt bei euch. Ich stehe dazu zur Verfügung."

Schweigend und nachdenklich standen die Handelsgäste da.

Ulik straffte seinen Körper und blickte den Tribun an. „Ich akzeptiere dieses Urteil. Aber was ist mit meinem Bruder Arthur?"

„Dein Bruder hat mit der ganzen Angelegenheit nichts zu tun. Er kann weiterhin hierbleiben und seine Ausbildung fortführen."

„So hätte ich noch eine Bitte: gebt meinem Bruder mein Langschwert und das Kettenhemd – es ist das Erbe meines Vaters und sollte nicht in fremde Hände gelangen. Er wird sich sicherlich würdig erweisen."

Der Tribun sah Ulik lange an. Hatte er diesen Jüngling unterschätzt? – trotz seiner bevorstehenden Strafe, dachte dieser als erstes an seinen Bruder und an die Ehre seines toten Vaters und die Wahrung seines Erbes. Dieser junge Mann hatte im Lager gute Arbeit geleistet, mit seinem Ehrgeiz, seiner Klugheit und seiner Kameradschaft hätte er sehr gut in die Reihe seiner Soldaten gepasst. Schade. Aber das Urteil war gesprochen und musste vollzogen werden.

„Kann ich noch mit ihm sprechen?", bat Ulik und Kendra ergänzte: „Auch ich möchte noch mit Arthur sprechen – es ist wichtig!"

„Ihr könnt beide mit ihm sprechen. Wir werden ihn holen lassen. Was ist mit dem weiteren Handel?"

Gwydion und Cayden blickten fragend auf Lynn und Kendra. „Ich bin dazu nicht mehr in der Lage. Übernehmt ihr das – ihr kennt die Preise", seufzte Kendra.

Lynn pflichtet ihr bei: „Ich sehe das auch so. Macht den Handel und dann verlassen wir diesen Ort!"

„So sei es! Ich lasse die Pferde und den Inhalt des Wagens an den Hafen bringen. Wir treffen uns dann dort."

Mit einer Handbewegung entließ der Tribun die Gesellschaft. Die Offiziere entfernten sich, um die Umsetzung der Befehle des Tribuns vorzubereiten. Zwei Soldaten blieben bei Ulik, der mit Kendra vor dem Gebäude wartete. Gwydion, Cayden und Lynn standen etwas abseits.

Arthur kam in Begleitung eines Soldaten. Ulik ging ihm zwei Schritte entgegen und versuchte ihn zu umarmen; Arthur winkte ab. „Was gibt es? Warum sind die da?" Dabei deutete er auf Kendra und die anderen.

„Bleib ruhig und höre mir bitte zu! Glen war schon tot, als du bei ihm warst! Du hast zwar falsch gehandelt, aber ihn nicht getötet." Freudestrahlend öffnete Ulik seine Arme.

Arthur hob den Kopf hoch und blickte erstaunt in die Runde.

„Ich kann dir alles erklären – wenn du willst", lud ihn Kendra zu sich ein. Langsam und etwas widerwillig wandte sich Arthur zu Kendra. Doch dann trat er vor sie hin: „Erzähle. Ich höre zu."

Kendra sprach von ihren Schwierigkeiten mit Torin, von seinem unseligen Raubzug und vom Tod Glens. Cayden und Gwydion bestätigten die Geschehnisse, soweit sie davon wussten.

Schließlich ergriff wieder Ulik das Wort und berichtete die Umstände seiner Verurteilung. Erstaunlich gefasst nahm es Arthur auf.

„Du hast eine Dummheit gemacht. Ich ebenso. Wir sind quitt. Ich werde aber auf keinen Fall zurückgehen, sondern hier bei den Römern bleiben und Soldat werden. Deine Aufgabe ist anscheinend eine andere. Viel Glück für deine Zukunft!" Damit wandte sich Arthur grußlos und ohne noch einmal zurückzublicken ab und ging mit dem Soldaten wieder zurück zu seiner Arbeit.

Kendra und Ulik blickten ihm traurig nach, aber es blieb ihnen keine Zeit weiter mit dem Verhalten Arthurs zu hadern. Vier Soldaten kamen und nahmen Ulik in die Mitte; sie führten ihn ab – die Ausführung seiner Strafe stand an.

Weder Kendra noch die anderen begleiteten ihn, sie wollten dieser Erniedrigung nicht beiwohnen.

Einige Zeit später führten zwei Soldaten den sichtlich geschwächten Ulik zurück zu den Wartenden; leicht schwankend blieb er vor Kendra stehen.

Über seinem entblößten Oberkörper hing lose seine Tunika. Er hatte Schmerzen. Kendra betrachtete seinen malträtierten Rücken. Etliche rote Striemen liefen kreuz und quer, eine davon war aufgeplatzt, aber bereits mit Salbe bestrichen. Anscheinend waren die Römer keine Unmenschen und ließen den Bestraften nicht noch weiter leiden.

„Ich will diesen Ort verlassen. Könnt ihr mir helfen?", bat er. Lynn und Kendra nahmen ihn unter die Arme und führten ihn langsam durchs Lager, vom Westtor zum Hafen und winkten einem der dort wartenden Soldaten. Gwydion erklärte diesem, dass die Drei zum Zollturm der Eltisia gebracht werden wollten, also dorthin, wo sie gestern angekommen waren. Der Soldat nickte und wies sie zu einem kleinen Ruderboot; er hatte sicherlich schon einen entsprechenden Befehl von seinem Vorgesetzten erhalten. Traurig und schweigend verbrachten sie die kurze Überfahrt und setzten sich nach ihrer Ankunft am Nordufer des dunklen Flusses auf ihren jetzt leeren Handelswagen in die Sonne und warteten ab.

Cayden überwachte den gesamten Handelsvorgang. Am Rand des Hafens waren schon die vereinbarten Güter aus dem Pferdehandel gelagert: acht in Leinen eingenähte Steinsalzblöcke, zwei Amphoren mit Wein, die auf einem großen Bündel Stroh lagen, zehn Glaskaraffen mit Olivenöl, zwei große Becher mit

Kapern und je zehn Unzen Pfeffer, Koriander, Kümmel und Nelken.

Auf einer Prahm, einem flachbodigen Lastkahn mit Treidelmast und mit Rudern ergänzt, erfolgte der Antransport ihrer Handelswaren. Cayden ordnete und bot mit Hilfe von Gwydion die Güter direkt am Hafen an. Etliche Händler und Neugierige begutachteten die schönen Waren. Die Preisverhandlungen gestalteten sich verhältnismäßig einfach. Das Interesse war groß und Cayden rief bewusst etwas niedrigere Preise als üblich auf – er wollte zügig weg von dort.

Bezahlt wurde in römischen Münzen; viele Denare, Sesterzen und Semis füllten unter dem wachsamen Auge von Cayden die Beutel Lynns und Kendras. Sogar ein Aureus, eine Goldmünze, war dabei. Ein besonders schönes Schmuckstück Lynns war dem wohlhabenden Procurator, dem Verwalter des Zivillagers, einiges wert. Leider gab es auch immer wieder etwas zu beanstanden – einige versuchten Tricks und Kniffe, um den Preis zu drücken, aber sowohl Gwydion als auch Cayden ließen sich nicht täuschen. Nach einigen Stunden waren alle Teile verkauft und die Käufer abgezogen.

Der Tribun war mit zwei Offizieren kurz vor Handelsschluss am Hafen angekommen. Zufrieden blickte er in die Runde und überreichte Gwydion zwei pralle Lederbeutel.

„Hier die vereinbarte Geldsumme für die Pferde. Ein guter Handel für uns beide. Vergessen wir den unschönen Vorfall von heute Nacht. Wir würden eine weitere Geschäftsbeziehung begrüßen – werden wir uns nächsten Sommer wiedersehen?"

„Hab' Dank für deine Gastfreundschaft und den ehrlichen Handel. Sofern es uns möglich ist, werden wir gerne wieder mit unseren guten und schönen Sachen hier erscheinen", erwiderte Cayden. Gwydion übersetzte die Antwort; trotz des erfreulichen Handels bleiben jedoch alle ernst.

Der Tribun zog Kendras Dolch aus seinem Gürtel und überreichte ihn Gwydion.

„Hier, der gehört euch und wir haben keine Verwendung für dieses Teil. Ich hoffe dieser Dolch wird euch zukünftig keine weiteren Schwierigkeiten bereiten."

Die Überfahrt in Fließrichtung zur Mündung der Eltisia ging auf der Prahm, auf der auch die Tauschwaren geladen waren, flott von statten. Als Lynn den ihr zustehenden Geldbeutel von Cayden überreicht bekam, wog sie ihn ungeöffnet mit der Hand und sprach leicht verträumt: „Wie viele Silberbecher und Gürtel könnte ich dafür wohl bekommen ...?"

... gehasst und verschmäht,
meinem Zwecke zu dienen verwehrt.
Rette – Erkenntnis gesät!

Überfall

Die zwei Maultiere hatten bei der Rückfahrt mit dem vierrädrigen Wagen mindestens ebenso viel Mühe wie bei der Hinfahrt – statt den schweren Teppichen, Fellen und Stoffe waren es jetzt die schweren Salzblöcke und die gefüllten Amphoren, die zu transportieren waren. Lynn, Kendra und Gwydion gingen zu Fuß, nur Ulik mit seinem verletzten Rücken, saß auf dem Wagen und lenkte diesen vorsichtig auf dem holprigen Weg. Kendra hielt sich stumm und nachdenklich hinter dem Wagen zurück. Nach einiger Zeit gesellte sich Gwydion zu ihr und versuchte sie aufzuheitern, was ihm nicht gelang. Kendra war immer noch tief verstört von ihrem traumatischen Erlebnis im Römerlager. Lynn summte fröhlich ein Lied nach dem anderen. Auch die sechs bewaffneten Begleiter waren in guter Laune; ihr Lohn dieses Handlungsrittes würde deutlich höher ausfallen, als sie es ursprünglich vereinbart hatten. Cayden musste die Mannschaft des Öfteren daran erinnern wachsam zu sein, schließlich führte der Weg durch den unübersichtlichen Wald und Wegelagerer konnten auch für Einheimische zur Gefahr werden.

Bryanna war ziemlich beschäftigt. Zwar hatte sie die Tage von Kendras Abwesenheit auch für ihre Kräutersammlung genutzt, aber die meiste Zeit verbrachte sie mit Liam: sie durfte auf einem Esel reiten lernen. Das Tier war zwar schon einen Sattel gewöhnt, aber es war ziemlich widerspenstig. Entweder es ging gemächlich vorwärts, oder es blieb einfach stehen und manchmal, ganz unerwartet, vielleicht weil es irgendetwas erschreckte, machte das unberechenbare Tier einfach einen Schritt nach vorne oder zur Seite und Bryanna fiel vom Rücken des Esels – glücklicherweise meist auf die Wiese, wo das kniehohe Gras ihren Sturz dämpfte. Liam erklärte ihr geduldig wie sie aufzusteigen, zu sitzen und zu lenken hatte. Er machte es ihr vor, indem er ebenfalls auf den anderen Esel aufstieg, im Sattel saß und lenkte – soweit es halt der Esel mit sich machen lassen wollte. Trotzdem mussten sie immer wieder laut lachen, wenn einer der Esel unwillig sein lautes ‚Iaah' ausstieß. Bryanna streichelte ihr Tier, sie gab ihm ein Apfelstück und immer wieder ließ sie es aus einem Holzeimer trinken. Aber so leicht ließ sich der Esel nicht bestechen – es blieb mühsam!

Am späten Nachmittag lagen sie einigermaßen erschöpft im Gras und betrachteten die großen Wolken, die der Wind über sie hinwegbewegte.

„Da, ein großes Haus und dort ein Untier!" Bryanna blinzelte nach oben in den Himmel.

„Haha, ich glaube das da oben ist ein Esel, oder doch vielleicht eine Ziege …", ergänzte Liam.

Die Sonne schien, das Gras duftete und wenn sie still und angestrengt horchten, konnten sie sogar einen oder anderen am Boden krabbelnden Käfer hören.

Ein lautes Getrappel schreckte sie hoch. Viele Reiter sprengten mit schwingenden Seilen in den Händen über die Weide und jagten Pferde – ihre Pferde – zum Waldrand. Wo war der Pferdeknecht und warum rief niemand?

„Pferdediebe! Wir müssen unsere Leute warnen." Liam fasste sich als erster und nahm Bryanna bei der Hand. Sie rannten geduckt durch das hohe Gras in Richtung Dorfeingang.

„Dort, da drüben sind zwei Kinder. Fang sie!" Der Späher gab einem seiner Begleiter einen Wink, der sofort losgaloppierte.

„Halt, oder ich reite euch über den Haufen!"

Bryanna richtete sich auf und begann laut zu schreien. Liam stimmte ein. Vielleicht hörte sie jemand im Dorf.

Der Berittene schlug mit seinem Seil nach den Beiden. Er traf Bryanna am Rücken und sie fiel mit einem Aufschrei zu Boden. Liam reagierte sofort. Mit einem schnellen Griff fasste er Zügel und Trensenring des fremden Pferdes und drehte sich einmal um seine Körperachse. Der heftige Schmerz ließ das Pferd wiehernd aufsteigen und der Reiter flog auf den Boden. Er bewegte sich nicht; sein Kopf lag seltsam abgewinkelt.

Ohne sich weiter um den am Boden liegenden Mann zu kümmern, beruhigte Liam das Pferd, sprang in den Sattel und beugte sich mit ausgestrecktem Arm zu Bryanna.

„Komm! Wir müssen hier weg!"

Bryanna erkannte seine Absicht sofort und mit einem Schwung saß sie hinter Liam auf dem Pferd. Sie umklammerte Liam mit beiden Armen, der sofort mit deutlichem Fersendruck das Tier zum Laufen brachte und mit lauten Rufen zum Dorf galoppierte.

Zwei der räuberischen Diebe hatten die Auseinandersetzung ihres Gefährten mit den beiden Kindern gesehen, waren aber noch zwischen einigen sich wild gebärdenden Pferden eingeschlossen.

„Mein Freund ist gestürzt – komm, diese Gören holen wir uns!", rief einer der beiden und galoppierte los. Der andere wollte ebenfalls hinterher, als es vom Anführer scharf klang:

„Lass ihn! Wir brauchen dich hier!"

Tatsächlich war die Herde in Aufruhr, vor allem der große Hengst aus Glens Zucht, raste umher, wieherte laut und stieg immer wieder hoch.

Der Verfolger der Kinder ließ sich in seiner Wut über das Missgeschick seines Freundes nicht beirren. Er würde die Kinder mit einem flachen Schwerhieb vom Pferd fegen und mit Freude ihre Knochen brechen sehen. Sein Freund lag regungslos, vielleicht tot am Boden, er würde sich später darum kümmern, aber erst muss er die Kinder daran hindern, aus dem Dorf Hilfe zu holen. Vermutlich war dort der Lärm sowieso schon aufgefallen. Er war schnell und holte kurz vor dem Dorfeingang die beiden Fliehenden ein. Ein gellender Ruf ließ ihn kurz vor seinem Schlag zögern.

„Liam, mach den Weg frei!"

Liam verstand sofort und riss sein Pferd zur Seite. Darauf hatte der Wächter am Dorfeingang gewartet und schleuderte seinen Speer auf den Verfolger. Die Eisenspitze durchdrang mit Leichtigkeit seinen ledernen Brustpanzer. Der Reiter fiel rückwärts vom Pferd, das noch einige Schritte weiterlief. Vermutlich war er schon tot, bevor er auf dem Boden aufschlug.

Liam und Bryanna waren auch gestürzt, beide lagen am Boden und rührten sich nicht. Aber dann, ganz langsam, begannen sie sich aufzurichten. Bryanna rieb sich die Schulter und schimpfte: „Dieses Vieh benimmt sich so dumm wie der Esel!"

Liam wusste es besser, aber er schwieg. Die Situation war sehr ernst gewesen, wer weiß, was dieser wilde Reiter mit ihnen angestellt hätte.

Mittlerweile hatten auch im Dorf etliche Bewohner den Ernst der Lage erkannt. Einige Männer rannten mit Eisengabeln und Sicheln zum Dorfeingang und postierten sich davor. Einen Angriff auf die Diebesbande wagten sie jedoch nicht – ihre erfahrenen Kämpfer waren nicht hier, die begleiteten ja den Pferdetrieb nach Boiodurum.

Sie mussten hilflos aus der Entfernung zusehen, wie ein Großteil ihrer Pferdeherde zusammengetrieben wurde: zehn, elf Tiere, das scheckige Pferd und die große braune Stute waren auch dabei.

Einer der Treiber war noch mit dem großen Hengst zugange, das schöne Tier sollte auch noch mit. Der Mann schwang sein Fangseil und wollte es gerade werfen, als der Hengst mit einem Sprung auf Reiter und Pferd losging. Beide Pferde prallten aufeinander, der Reiter stürzte auf den Boden und sein Pferd floh wiehernd nach hinten. Mit bebenden Nüstern schritt der wütende Hengst auf den abgeworfenen Reiter zu und stampfte mit seinen Vorderhufen auf die Brust des Liegenden. Das Tier warf seinen Kopf nach oben, schüttelte die Mähne und wieherte wieder – er rief seine Stute. Diese drehte sich einmal um ihre Achse, keilte aus und befreite sich so aus dem Pferdeknäuel. Keiner der Pferdediebe hielt sie auf und in wilder Eile galoppierten Hengst und Stute davon.

„Lasst sie laufen, wir müssen schleunigst von hier weg!", schrie der Anführer, ohne sich weiter um den am Boden liegenden Toten zu kümmern. Die Diebe trieben den Rest der Herde auf dem Weg nach Süden. Es war vereinbart, dass sie die Pferde in schnellen Trieb nach Boiodurum zum Verkauf an die Römer bringen würden – die andere Römersiedlung, Quintana, war ihnen nach ihren letzten Erlebnissen zu gefährlich geworden.

Vor dem Dorf gab es ein ziemlich lautes Geschrei und Gezeter. Erst als der Wächter auf den Wall am Eingang kletterte und „Ruhe!" brüllte, verstummten die Dorfbewohner.

Er hob seine Hände und rief:

„Wir haben noch einige Pferde und Waffen. Wir könnten die Diebe in einigem Abstand verfolgen. Wenn sie den Weg nach Boiodurum wählen, werden sie unseren zurückkommenden Freunden begegnen und sicherlich eine bewaffnete Auseinandersetzung haben. Sie brauchen dann unsere Hilfe! Wer kommt mit?"

Ohne Zögern meldeten sich vier Männer, die sogleich ihre Waffen zu holen.

Jetzt meldete sich auch der Pferdeknecht, der gerade mit einer blutenden Kopfwunde und ziemlich außer Atem hinzukam:

„Alle anderen müssen mithelfen, unsere verstreuten Pferde wieder zu sammeln und für den Ritt vorzubereiten. Ihr geht linksherum und ihr dort rechts am Waldrand entlang. Sprecht beruhigend auf die Tiere ein und versucht sie zu den Ställen zu treiben."

Die vernünftigen Anweisungen des Pferdeknechts wurden befolgt und nach einer guten Stunde standen die Pferde um den Stall herum oder in der Koppel, tranken und fraßen. Sogar der Hengst und die Stute hatten sich wieder beruhigt, hielten sich aber abseits und knabberten am frischen Gras der Weide. Nur die beiden Esel waren nicht zu finden. Vermutlich hatten sie sich in den Wald geflüchtet, aber wenn Hunger und Durst kommen, würden sie schon wieder auftauchen.

Liam und Bryanna hatten mitgeholfen die Fohlen einzufangen. Etliche hatten ihre Mütter verloren und standen mit zitternden Flanken eng beisammen und blickten mit großen Augen ängstlich umher. Mit sanften Worten und Streicheleinheiten beruhigten die beiden Kinder sie. Nach einiger Zeit fraßen sie auch die hingehaltenen Grasbüschel – gut, dass keines der kleinen Fohlen noch gesäugt werden musste.

Vier Pferde wurden gesattelt und die Verfolger machten sich auf den Weg. Der Wächter blieb im Ort, um das Dorf nicht schutzlos zu lassen.

⊰⊱

„So ein Mist! Nur elf Pferde und wir haben drei Männer verloren! Dein Plan hat uns Unglück gebracht!" Die Vorwürfe der Männer an den Späher, dem Anführer dieses Raubzugs, waren deutlich.

Ja, auch er selbst machte sich selbst Vorwürfe. Alles war eigentlich gut geplant gewesen, aber diese beiden Kinder hatten ihnen einen Strich durch die Rechnung gemacht. Dabei hatten sie es so überlegt, ruhig und gut organisiert begonnen. Jetzt hieß es, so schnell wie möglich die Tiere zu verkaufen und dann über einen Umweg zurück ins heimatliche Dorf zu gelangen. Wenn der Verkaufserlös gut ausfiele, würden vielleicht die Witwen damit versorgt werden können. Ihr Greinen und Klagen konnte er jetzt schon in den Ohren hören.

Er atmete durch und begann sich zu beruhigen. Er musste sich zusammennehmen, vorrangig galt es jetzt die Situation zu meistern.

Mit lauten Rufen und Klatschen wurde die Herde schnell aus dem Umkreis des Dorfes davon getrieben. Der anfänglich gute Weg wurde zunehmend holpriger. Nach einigen Stunden hatten sich die gestohlenen Pferde zwar beruhigt und liefen brav zwischen den Treibern, die trotzdem mit surrend geschwungenen Leinen und anfeuernden Zurufen die Herde antrieben.

Ein Reitertrupp mit einem Vierradwagen stand unvermittelt hinter der Wegbiegung und versperrte der Pferdeherde und den Treibern den Weg. Die Reiter und die Fußgänger waren gut bewaffnet, zeigten aber keine feindlichen Anstalten. Ein Jüngling saß auf dem Wagen und hielt die Zügel der Maultiere in der Hand; zwei Frauen und ein alter Mann hielten sich im Hintergrund auf.

Es waren die aus Boiodurum zurückkehrenden Dorfbewohner. Sie hatten schon aus einiger Entfernung den Lärm der Kommenden gehört und sich postiert. Allen voran stand Cayden mit seinem gezogenen Schwert und rief:

„Halt! Wer seid ihr und wohin wollt ihr?"

„Wir sind Pferdehändler aus dem Norden und wollen nach Boiodurum. Und wer seid ihr …", antwortete der Späher und stockte erschrocken. „… und woher kommt ihr?", fuhr er fort und hoffte inständig, dass ihn sein Gegenüber nicht erkannte.

Cayden zögerte. Hatte er sein Gegenüber nicht schon mal gesehen? Und war das nicht sein Schecke? Die anderen Pferde kamen ihm auch bekannt vor.

„Wir handeln mit Salz. Steigt ab, vielleicht können wir tauschen."

Cayden wollte Gewissheit und vielleicht gingen die Fremden auf sein Angebot ein und stiegen ab. Das wäre im Falle einer bewaffneten Auseinandersetzung ein Vorteil für ihn.

Gwydion hatte sich weiterhin hinter dem Wagen gehalten. Er war alarmiert. Er erkannte den Fremden als denjenigen Mann, der bei Glens Rücktransport geholfen hatte und dann einfach wieder verschwand. Und Schecke war aus der Herde des Dorfes, da war er sich sicher. Seine bewaffneten Begleiter befanden sich schon vor der Ankunft der Fremden in höchster Aufmerksamkeit.

Tatsächlich zeigte der Sprecher Interesse und winkte einem seiner Treiber abzusteigen; er selbst blieb jedoch auf dem Pferd sitzen. Der abgestiegene Treiber ging langsam auf den Wagen zu. Ulik hob die Plane und einige der in Leinen eingenähten Salzblöcke kamen zum Vorschein. Das schien den Späher zu überzeugen, auch er stieg ab und kam zum Wagen.

„Was wollt ihr für diese Wagenladung? Wir haben schöne Pferde, wie ihre seht!"

„Wir wollen die Pferde, alle! Und wir werden nichts bezahlen!", rief Cayden und hielt dem Späher sein Schwert an die Kehle.

Gleichzeitig hatte Gwydion, der jetzt hinter dem Wagen hervorkam, auch den Dolch gezogen und dem anderen Fremden die Waffe an den Hals gedrückt.

„Runter von den Pferden, oder diese Männer sterben!", befahl Cayden.

Erschrocken wichen die Fremden zurück, mussten aber einsehen, dass hier erst mal ein Angriff nicht möglich war. Sie stiegen ab. Sofort wurden sie von Caydens Männern umringt, die ihre Schwerter oder Speere direkt auf sie richteten.

„Legt die Waffen ab!"

Sie gehorchten.

Jetzt protestierte der Späher: „Was soll das? Ich bin der Anführer dieses Pferdetriebs und verlange, dass ihr uns sofort loslasst!"

„Das sind unsere Pferde, die ihr gestohlen habt. Hier das ist mein Schecke und diese drei Braunen gehören auch mir. Ihr seid Pferdediebe - und Pferdediebe werden bei uns gehängt! Was ist mit unseren Dorfbewohnern geschehen? Ist jemand zu Schaden gekommen? Sprich!"

Cayden warf den Gegner mit einem heftigen Stoß zu Boden und stand mit gespreizten Beinen neben ihm; die Schwerspitze zielte jetzt auf das rechte Auge des Anführers.

„Deinen Leuten ist nichts passiert", stöhnte der Späher, der jetzt seine hoffnungslose Lage einsah. „Nur ein kleines Mädchen und ein Junge sind gestürzt."

„Was ist mit meiner Tochter? War sie bei der Pferdeherde?", schrie Kendra, die jetzt aus dem Hintergrund nach vorne stürmte.

„Es ist nichts. Sie konnte gleich wieder reiten. Aber wir haben drei unserer Männer verloren."

„Wehe dir, wenn ihr auch nur ein Haar gekrümmt wurde!" Mit geballten Fäusten und funkelnden Augen stand Kendra vor ihm, wie eine Rachegöttin. Nicht wenige der Umstehenden fühlten einen Schauer über ihren Rücken ziehen.

„Fesselt ihre Hände an den Wagen und nehmt die Pferde in die Mitte. Wir fahren ins Dorf", befahl Cayden.

„Und dort werden wir über euch richten", ergänzte Gwydion.

Kaum waren die Anweisungen ausgeführt, als Pferdegetrampel zu hören war und vier bewaffnete Reiter auftauchten – die Verfolger aus dem Dorf. Erst zügelten diese erschrocken ihre Pferde, erkannten aber bald ihre Freunde. Mit einigem Hallo und freudigem Rufen wurden sie begrüßt und kurz die beiderseitigen Erkenntnisse ausgetauscht.

Im flotten Schritttempo ging es zurück. Voran die berittenen Dorfbewohner, dann die gestohlenen Pferde und der Wagen mit den daran angebundenen Fremden. Kendra, Lynn und Gwydion saßen jetzt auf dem Wagen, was für sie wegen dem holprigen Weg zwar unangenehm, aber für die Drei immer noch besser war als auf den Pferden zu sitzen – sie waren keine geübten Reiter. Den Abschluss bildeten Cayden und seine bewaffneten Begleiter, die auch die gesattelten Pferde der Diebe an den Zügeln führten.

Kendra war nicht ansprechbar und blickte nur stumm vor sich hin. Gwydion machte sich ernsthaft Sorgen um sie. Der Angriff und die Vergewaltigung durch diesen römischen Soldaten hatte sie schwer erschüttert und tief getroffen. Wie könnte er sie nur aus diesem seelischen Tief herausholen, würde sich ihr Leid von allein lösen oder sogar noch verschlimmern, wenn sie wieder zu Hause war?

In Kendras Kopf wirbelten die Gedanken. Diese rohe Vergewaltigung, der Verlust des neu entstandenen kleinen Lebens in ihrem Bauch, Glens Tod, dieser Dolch, die Auspeitschung, die Reaktion Arthurs ... Alles war so schrecklich! Und wieder kreisten ihre Gedanken um die ihr angetane Gewalt, die Vergewaltigung. Auch Torin hatte es versucht, war das der Beginn all dieses Leids? Vor ihren Augen erschien jedoch noch eine ungewollte intime Berührung, der ungeschickte Bursche von damals. Und da war noch etwas, das konnte sie jedoch nicht erkennen oder sich daran erinnern. Da war noch etwas - bloß was?

Die weitere Fahrt blieb ereignislos. Die Gefangenen wurden ins Dorf gebracht und bewacht.

Kaum war Kendra vom Wagen gestiegen und hatte Bryanna erblickt, lief sie mit einem Freudenschrei auf sie zu, umarmte, küsste, streichelte sie und wollte sie gar nicht mehr loslassen. Schließlich war es ihrer kleinen Tochter zu viel; Bryanna stellte sich vor ihrer Mutter breitbeinig hin, die Hände in die Hüften gestemmt und erzählte ihre Erlebnisse bei dem Pferderaub in allen Einzelheiten. Liam kam dazu und ergänzte das eine oder andere. Beide Kinder zeigten zum Glück keine traumatischen Nachwirkungen dieses Abenteuers. Im Gegenteil: Bryanna schwärmte von den Reitversuchen und dem waghalsigen Ritt und Liam zeigte sich unendlich stolz über das Lob Kendras, dass er ihre Tochter vor den bösen Männern gerettet hatte.

Auch Kendra musste vom Ritt, der Flussfahrt und dem Römerlager erzählen. Ein Erlebnis – nein, zwei schreckliche Erlebnisse verschwieg sie.

⊱⋅⊰

Die große Versammlung fand auf dem Dorfplatz statt. Nahezu alle Dorfbewohner waren anwesend, nur die zur Bewachung des Dorfes und der Pferde- und Viehherde eingeteilten Männer fehlten. Die Angeklagten standen an Händen gefesselt vor der Menschenmenge, die ihnen ziemlich feindselig entgegenblickte.

Cayden führte das Verhör, Gwydion stand dabei.

„Woher kommt ihr?"

„Aus einem Dorf weit nördlich der großen Biegung des Radas, nahe bei den großen Berghügeln", antwortete der Späher.

„Warum kommt ihr zu uns, um uns die Pferde zu stehen?"

„Erst habt IHR unsere Pferde zu stehlen versucht. Aber wir haben euren Diebstahl verhindert."

„Wann soll das gewesen sein? Und wer?", fragte Cayden erstaunt, dem jedoch jetzt ein Verdacht hochkam.

„Vier eurer Männer haben unseren Pferdetrieb nach Süden vor ein paar Wochen überfallen und wollten einige unserer Pferde stehlen. Dabei haben sie einen unserer Treiber getötet. Drei eurer Männer sind dabei gestorben und den vierten haben wir zurückgeschickt."

Torin, das musste Torin und seine Begleiter gewesen sein. Sloan, Phelan und Kilian. Die waren tot, das war jetzt sicher. Und Torin geschändet.

„Erzähle die Wahrheit – und alles. Was ist genau passiert?"

Der Späher berichtete jetzt, was er wusste. Auch das, dass der damalige Anführer des Pferdetriebs an Torins Verletzungen schuld war. Er verschwieg jedoch die Folter an Kilian und dass der damalige Anführer jetzt bei diesem Raubzug dabei war. Beides würde hier ihre Lage noch verschlimmern. Doch seine Unterstützung bei der Versorgung Glens und seinem Rücktransport ins Dorf schmückte er wortreich aus.

Gwydion blickte in die Runde. „Iven – kannst du das bestätigen?"

Der Druidenschüler stand etwas im Hintergrund und kam jetzt nach vorne. „Ja, es stimmt. Dieser Fremde half mir bei der ersten Pflege von Glen und war auch bei seinem Rücktransport dabei. Mehr weiß ich aber nicht."

„Warum wolltet ihr unsere Pferde stehlen? Ihr habt durch uns keine verloren", hakte Cayden nach.

Der Späher wandte sich etwas und überlegte fieberhaft. Vielleicht konnte er das Missgeschick auf die Römer schieben.

„Wir verkauften einige unserer Pferde an die Römer in Quintana. Die haben uns aber betrogen und uns einen Großteil unserer Münzen wieder abgenommen. Da bestanden unsere Weiber auf einen Ausgleich und haben uns zu diesem Ritt überredet."

„Was seid ihr für Schlaumeier! Lasst euch von Römern übertölpeln und dann auch noch von Weibern zu blödsinnigen Unternehmen verleiten. Allein das gehört schon bestraft!"

Cayden musste trotz dem Ernst der Lage innerlich fast schmunzeln.

Er drehte sich um und sah Gwydion an. Beide traten einige Schritte nach hinten und berieten flüsternd das mögliche Strafmaß. Bestraft werden mussten die Räuber auf jeden Fall.

Schließlich traten beide wieder vor die Menge und Gwydion verkündete das Urteil mit lauter Stimme:

„Sie haben unsere Pferde gestohlen! Der Anlass dazu ist zum einen eine Racheaktion für den versuchten Raub durch unseren damaligen Anführer und zum anderen vermutlich der Zwang durch ihre Dorfbewohner, sich von einem Verlust schadlos zu halten. Beides können wir keinesfalls als Gründe anerkennen! - Der damalige Raubversuch wurde durch den Tod der unserer Männer ausreichend bezahlt. Euer Raub hingegen war erfolgreich, auch wenn ihr die Pferde wieder an uns, die rechtmäßigen Eigentümer, verloren habt. Der Tod eurer drei Männer war von den Göttern gewollt: zwei hatten unsere Kinder bedroht, der andere ein Pferd angegriffen – alles sind äußerst schändliche Taten.

Aber einer dieser räuberischen Diebe hat unserem geschätzten Pferdewirt Glen geholfen – aus welchen Gründen auch immer. Es gebührt ihm trotzdem dafür Dank."

Er machte eine kurze Pause und wandte sich direkt an die Gefangenen:

„Hört unser Urteil: wir verzichten auf die übliche Strafe bei Pferdediebstahl. Stattdessen müsst ihr geloben, mit uns Frieden zu halten und euch in unserem Gebiet nicht mehr blicken zu lassen. Aber ihr werdet mit nur einem Pferd, einem Messer und sonst ohne Waffen zurückkehren – wie sie es auch mit unserem ehemaligen Anführer gemacht habt."

Ein erleichtertes Seufzen ging durch die Angeklagten.

„Aber eurer Anführer wird ebenso wie unserer damaliger Anführer – geschändet!"

Der Späher schrie auf. „Nein, ich war es nicht! Dieser da drüben hat ihn verstümmelt. Er hat die Strafe verdient, nicht ich!"

Dabei wies er mit seinen gefesselten Händen auf den Anführer des damaligen Pferdetriebs.

Cayden zog voller Verachtung seine Oberlippe hoch, konnte sich aber dann wieder beherrschen und wandte sich von dem Feigling ab.

„Nun gut, so sei es denn! Legt dann diesen Mann dort auf den Boden und haltet ihn fest!", befahl Cayden.

Der zu Bestrafende wehrte sich nicht, er aber bat: „Töte mich lieber, ich möchte nicht verstümmelt werden. Es war falsch von mir, was ich damals gemacht habe. Bitte, erweise mir die Ehre, für meine Taten zu sühnen."

Cayden zog unbeirrt sein Messer, der am Boden liegende schloss fest die Augen. Mit einer schnellen Bewegung strich Cayden über die Nasenspitze, ein Ohr und den rechten Zeigefinger – der Bestrafte blieb steif, aber ruhig und ohne Ton liegen. Er blutete nicht – Cayden hatte das Messer nur mit der stumpfen Seite geführt; der so Bestrafte war unverletzt!

Mit einem weiteren Schnitt durchtrennte Cayden die Fesseln des Mannes, der erst verwundert in das Gesicht seines Gegenübers blickte. Langsam stand er dann auf und trat zu Gwydion.

Mit einem schnellen Griff riss er den bronzenen Dolch aus Gwydions Gürtel, sprang zum Späher und rammte die Waffe in dessen Brust. Der Erstochene sackte mit ungläubigem Blick mit leichtem Stöhnen zu Boden. Der Mörder hielt den Dolch noch fest in der Faust und rief:

„Er war ein Lügner und Feigling! Ich aber bin der Mutigste hier unter euch!" Für alle anderen unerwartet stieß er sich selbst den Dolch in die Brust und sank mit einem erstickenden Schrei neben dem von ihm Ermordeten zusammen.

Es herrschte Stille, Entsetzen und ungläubige Verwunderung – alle, auch Cayden und Gwydion, standen unbeweglich und stumm, noch unfähig Worte zu finden angesichts dieses Dramas.

Endlich trat Gwydion zum Selbstmörder, zog den blutigen Dolch aus dessen Brust und rief:

„Die Götter haben gerichtet! Wir Menschen sind nur Spielzeug in ihren Händen. Lasst uns nach Hause gehen und für Frieden und Gerechtigkeit beten!"

Die folgenden Tage waren für alle ziemlich bedrückend. Die überlebenden Gefangenen wurden wie beschlossen freigelassen. Gwydion gab ihnen sogar alle ihre Pferde zurück, um die Toten in ihren Heimatort zu bringen und dort zu bestatten. Die Waffen blieben aber im Dorf und wurden unter denjenigen Bewohnern verteilt, die damit umgehen konnten. Auch Ulik erhielt ein Schwert.

Gwydion verschwand für einige Tage in seinem Ritushaus. Iven besuchte ihn anfangs einige Male und brachte ihm Wasser zum Trinken; Essen verweigerte er. Schließlich verbot Gwydion seinem Schüler ihn weiter zu stören. Iven rätselte noch eine Weile, was seinen Lehrer so tief bewegte, dass er sich von allen zurückzog, doch schließlich unterließ er weitere Gedanken darüber. Es war nicht das erste Mal, dass der Druide sich von der Welt verschloss.

Cayden widmete sich Lynn und seinen Kindern, es gab ja einiges über ihre gemeinsame Zukunft zu besprechen. Lynn war nach dem Schmuckverkauf eine wohlhabende Frau, und es war auch Lynn, die ihn eines Abends mit einem Vorschlag überraschte.

„Ulik hängt die ganze Zeit untätig bei Ceitidth rum. Er trauert anscheinend seinem Bruder nach. Ich denke, er braucht eine Aufgabe. Er könnte dich bei deinen Geschäften unterstützen – wir haben ja gesehen, dass Handelsreisen nicht ungefährlich sind. Und wir sollten unsere Verteidigung besser organisieren! Vielleicht hat er während seinen Tagen im Lager bei den Römern etwas abschauen können – beim Waffentraining oder beim Bau von Wällen und Gräben. Was meinst du?"

„Ja – du hast recht. Ich werde mit ihm sprechen. Und bei unserem nächsten Geschäftsbesuch im Römerlager werde ich den Tribun fragen, ob er einen Veteranen kennt, der uns helfen kann."

Dass dieser Gedanke wohl kaum erfolgreich sein würde, kam ihm gar nicht in den Sinn. Denn welcher Römer würde einen Barbaren, einen möglichen Feind, auch wenn er Geschäftspartner ist, schon seine Waffen- und Verteidigungsmöglichkeiten offenbaren!

Ulik war begeistert von den Vorschlägen und tatsächlich: er hatte Augen und Ohren offengehalten, als er bei den Römern seinen Dienst verrichtete. Die wenigen Tage dort hatten ihm durchaus einige Erkenntnisse gebracht. Mit Hilfe von Cayden und den anderen Waffenträgern im Dorf würden sicherlich einige Verbesserungen in der Verteidigung des Dorfes erzielt werden können.

Er war dabei!

... verschmäht und gedroht,
meinem Zwecke zu dienen verwehrt.
Gnade! Hass und Lüge verroht!

Beichte und Reue

Die nächsten Tage verbrachte Gwydion mit Iven in den Wäldern, bei langen Wanderungen entlang der Bergketten und der Bäche, die diese Gegend durchflossen. Sie lauschten, diskutierten, rezitierten und dachten nach … Es waren schöne, lehrreiche Tage – für beide! Iven bekräftigte sein Versprechen bei Gwydion seine druidische Ausbildung fortzuführen und zu erweitern. Er wäre bald bereit, einige der Riten selbständig auszuführen, die bisher nur Gwydion allein vollziehen musste. Die Mythen, die er von seinem Lehrmeister gelernt hatte, konnte er alle fehlerlos auswendig vortragen – nur bei seinen Gesängen haperte es noch – er traf selten den Ton. Es würde sicherlich kein Barde aus ihm werden!

Gwydion war erleichtert, dass Iven sich verpflichtet fühlte, seine langjährige Ausbildung zu vollenden. Über fünfzehn Jahre hatte er bereits mit ihm gelernt, geübt, gesprochen, gedacht, gebetet und sich um die Sorgen und Nöte der Dorfbewohner gekümmert. Nur noch weitere vier oder fünf Jahre und Iven wäre ein voll ausgebildeter Druide. Vielleicht war es auch an der Zeit für ihn, Gwydion, etwas kürzer zu treten. Ja, manchmal merkte er sein Alter schon deutlich. Fast sechzig Jahre sind eine lange Zeit, auch für einen Druiden!

Kendra konnte sich kaum von Bryanna trennen. Sie begleitete ihre Tochter so oft es ihr möglich war und wo auch immer diese hinging. Zu Liam, zu den Pferden, zu den Haselbüschen und zum Sonnenstein …

„Mama, du musst mich nicht dauern bemuttern. Ich bin schon ziemlich groß und außerdem habe ich einen Beschützer. Du musst wieder auf Kräutersuche gehen oder mit Gwydion Kranke heilen! Lass uns öfter unsere Sachen so wie früher machen!"

Bryanna liebte ihre Mama sehr, aber zu viel Fürsorge gefiel ihr nicht.

„Du hast ja recht meine Kleine, meine Große. Ich werde mit Mutter demnächst eine längere Runde am Waldrand gehen. Und vielleicht auch mit Gwydion etwas unternehmen und ihn um Rat fragen."

Kendra hatte schon selbst eingesehen, dass sie sich vor lauter Gram und Bedauern über ihr verlorenes Glück in letzter Zeit zu stark an ihre Tochter gebunden hatte. Aber sie war ihr einziger Lichtblick in diesem Dunkel. So einsam und verlassen, so traurig und leer wie in den letzten Tagen, hatte sie sich noch nie gefühlt – auch in den schlimmsten Zeiten ihrer Ehe mit Torin nicht.

Torin – warum hatte sie ihn überhaupt geheiratet, sie hat ihn doch nie geliebt – und er sie auch nicht. Es war eine Forderung von Gwydion gewesen, ein Geschäft, bezahlt mit Dolch und Goldstücken. Warum? Und warum so eilig, so kurz nach ihrer Krönung zur Maikönigin, so kurz nach der Mondfinsternis und den Riten im Ritushaus. Überhaupt, das Geschehen im Ritushaus hatte sie nur bruchstückhaft mitbekommen, betäubt war sie eingeschlafen – nicht aus Müdigkeit, der Wirkung der Getränke, Düfte und … wegen.

Sie musste mit Gwydion darüber sprechen! Aber vorher musste sie mit ihrer Mutter bei einem langen Kräuterspaziergang den Kopf frei bekommen. Und mit ihrer Großmutter sprechen, die hatte so viel Erfahrung in allen Frauenproblemen.

Entschlossen stand Kendra auf und zufrieden schritt sie von der Bank vor der Stallwand, wo sie mit Bryanna gesessen hatte, zurück ins Dorf. Seit langem richtete sie ihren Blick zum ersten Mal wieder nach vorne. Dankbar dachte sie: meine kluge Bryanna hat mir die Augen geöffnet; ich muss für mich Klarheit finden. Und mir dabei helfen lassen!

Fast fröhlich trat sie in ihr Elternhaus. Es war niemand da. Sie ging nach draußen und zum Garten hinter dem Haus. Mutter und Großmutter saßen dort auf einer der Hausbänke in der Sonne und unterhielten sich.

„Ich grüße euch liebe Mütter. Ich habe euch sehr vermisst, aber jetzt bin ich wieder da!" Kendra umarmte beide.

„Wir haben dich auch schmerzlich vermisst. Setz dich hier her zu uns. Willst du uns nicht sagen, was dich in letzter Zeit so bedrückt hat – außer Glens Tod?"

Kendra schluchzte auf und ließ sich zwischen den beiden Frauen auf der Sitzgelegenheit nieder. Da saßen sie, eng aneinander, Schulter an Schulter, Hand in Hand, auf der schmalen, kurzen Sitzbank.

Kendra räusperte sich und dann begann sie zu erzählen. Es war eine lange, traurige Geschichte mit wenigen schönen Lichtblicken. Sie sprach Gefühle und Gedanken an, die sie sich bisher selber nicht eingestanden hatte. Die beiden Zuhörer saßen schweigend neben ihr, fühlten und litten mit ihr. Schließlich kam sie zu der Nacht im Ritushaus und ihrer fehlenden Erinnerung.

Großmutter sah sie an und sagte: „Frage Gwydion. Er muss es dir sagen, was da geschehen ist! Egal, was – du hast ein Recht darauf. Ich weiß es auch nicht, aber es war etwas für dich sehr Wichtiges, das fühle ich."

„Du hast recht! Ich werde mit ihm sprechen. Aber vorher würde ich gerne noch mal mit dir, meine liebe Mutter, auf Kräutersuche gehen. Hättest du morgen Zeit?"

„Ja, sehr gerne. Und jetzt kochen wir uns etwas ganz Besonderes!"

Zufrieden über die Aussprache gingen alle drei Frauen ins Haus.

Den Kräutergang am nächsten Tag verbrachten Kendra und ihre Mutter weitgehend schweigend; anscheinend konnten sie ihre Gefühle und Gedanken auch ohne Worte austauschen. Dass beide dabei vergaßen, die gefunden Kräuter auch zu schneiden, pflücken und zu sammeln, bemerkten sie erst viel später und mussten darüber lachen. Kendra hatte selten ein so intensives Mutter-Tochter-Gefühl. Und ihrer Mutter ging es ähnlich.

Mit leerem Kräuterbeutel aber mit Herzen voller Liebe gingen sie nach Hause.

◈◈◈

Die Frage war heikel. Aber Gwydion wusste, dass er sich nicht vor der Antwort drücken konnte.

„Was ist damals mit mir in der Nacht bei der Mondfinsternis passiert?", hatte ihn Kendra direkt gefragt.

Beide gingen langsam am Ufer des kleinen Flusses entlang. Sie hatte ihn um ein Gespräch gebeten, eindringlich gebeten, und Gwydion hatte zugesagt. Er wusste sofort, dass er nicht ablehnen konnte und dass es um ein für ihn unangenehmes Thema gehen würde. Ein Thema, dass er seit Jahren verdrängt, es ganz nach hinten in sein Gedächtnis verbannt hatte.

„Es war mein Vorschlag zu Ehren Lithas einen uralten Ritus durchzuführen, der dich direkt betroffen hat. Der Ritus der Heiligen Hochzeit, eine symbolische Vereinigung von Königen oder Priestern mit einer Göttin – und du warst für mich wie eine Göttin, so schön, so jung, so bezaubernd. Ich habe diesen Ritus missbraucht – für meine Lust, für mein Verlangen, dich zu berühren. Ja, ich habe dich berührt, ich konnte mich nicht mehr beherrschen und habe dir meinen Samen gegeben. Damit fing wohl das Unheil an. Ich wollte die möglichen Folgen verheimlichen und habe dich gezwungen Torin zu heiraten. Heute verstehe ich meine Handlung nicht mehr. Es tut mir unsäglich leid. Verzeihe mir!"

Gwydion war mit hängenden Schultern stehen geblieben. Er fühlte sich plötzlich kraftlos und ziemlich alt.

Kendra war ebenfalls stehen geblieben und hatte seine Worte mit großen Augen und zunehmendem Ärger vernommen. Schon wollte sie voller Wut antworten, aber dann erkannte sie in Gwydions Gesicht sein Bedauern, seine Niedergeschlagenheit und eine ehrliche Reue. Außerdem: erst denken dann handeln! So hatte es Gwydion sie gelehrt.

Sie atmete tief ein und überlegte. Er hatte sie berührt, geschwängert, sie ihrer Ohnmacht geschwängert, unabsichtlich zwar, in der Meinung einen alten Ritus vollziehen zu müssen, um die Götter zu erfreuen. Erreicht hatte er das Gegenteil. Und er hatte den Vorfall verheimlicht, und nicht nur er, auch die anderen bei dem Ritus anwesenden! Nicht nur Gwydion, auch die anderen waren unehrlich zu ihr! - Aber, ja, so ganz ehrlich war sie damals gegenüber Gwydion jedoch auch nicht.

„Fast habe ich es geahnt, dass so etwas passiert ist. Ich hatte in der letzten Zeit seit meinem schlimmen Erlebnis in Boiodurum so eigenartige Träume und Erinnerungen … Naja, außerdem war ich gegenüber dir nicht ganz ehrlich: ich war streng genommen keine Jungfrau mehr und hätte dein Angebot Maikönigin zu sein vermutlich ablehnen müssen, aber dafür war ich wohl zu eitel. Dafür möchte ich dich hierfür um Verzeihung bitten.“

Beide blickten sich in die Augen – lange und tief. Die Blicke wurden sanfter und heller und die Herzen leichter, viel leichter. Schließlich umarmten sich in neuer Vertrautheit.

„Ich verzeihe dir gerne mein Ehrwürdiger, mein alter guter Freund!“

„Dein Vergehen ist nichts gegen meins, natürlich verzeihe ich dir diesen kleinen Schwindel!“

Nicht nur die Götter hörten die Erleichterung und sahen das Strahlen in den Herzen, auch die beiden Menschen fühlten ein seltenes Glück und Frieden.

Plötzlich fiel Kendra siedend heiß ein: „Dann könnte Bryanna auch deine Tochter sein! Jedoch – ich war mit Torin ja nicht nur in der Hochzeitsnacht intim – Bryanna könnte auch seine Tochter sein. Aber das wissen wohl nur die Götter ..."

Ein Keltendolch?

Gwydion trat aus dem Ritushaus und blinzelte in die aufgehende Sonne.

Die letzten Tage und Nächte hatte er erst sehr nachdenklich verbracht und tief in sich hineingehorcht. Die Ereignisse der letzten Wochen um ihn herum und die seiner Dorfbewohner waren ungewöhnlich. Ungewöhnlich, seltsam und widersprüchlich. Erst der als Mord vorgetäuschte Selbstmord Torins, der aus beleidigter Eitelkeit und unüberlegter Rachsucht entstanden war. Dann Glens unnötiger Angriff auf den Bären, der zur tödlichen Verletzung Glens führte. Hätte sich Glen nur zurückgezogen und das schwer verletzte Pferd dem Untier überlassen, würde er vermutlich noch leben. Des Weiteren war der hasserfüllte Racheakt Arthurs am toten Glen sinnlos und führte ihn nur in eine ungewisse Zukunft. Ulik war an einem Vergehen an unschuldigen Frauen beteiligt und hatte zu deren Rettung einen Mann getötet. Und Kendra wurde zu einem Stich mit dem Dolch gezwungen, den sie normalerweise so nie ausgeführt hätte. Schließlich noch ein echter Mord und ein weiterer Selbstmord. Was käme wohl noch …?

Auffallend war, dass bei all diesen Vorfällen der bronzene Dolch eine wesentliche Rolle spielte – der Dolch, den er vor einigen Jahren gefunden und dann Torin für Kendra übergeben hatte. Hatte dieser Dolch die ungewöhnlichen Ereignisse mit verursacht? War der Dolch schuld an dem vielen Leid?

Je länger Gwydion darüber nachdachte, desto überzeugter war er davon.

Welche Kraft steckte in diesem Dolch, warum brachte er so viel Unglück über den Besitzer?

Schließlich versetzte sich Gwydion in der Nacht wieder einmal in eine Trance. Ruhig setzte er sich im Ritenhaus vor die qualmenden Schalen, atmete tief durch, schloss die Augen und wartete ab.

Eine Vision könnte ihm vielleicht die Lösung zeigen.

In wilder Hast flogen Traumbilder vorbei – bekannte und erschreckend verworrene. Stimmen, erst flüsternd, dann lauter und lauter...

> *„... entehrt und missbraucht,*
> *meinem Zwecke zu dienen verwehrt.*
> *Rache, bis es lodert und faucht!"*

Der Dolch hatte gesprochen - und jetzt wusste Gwydion was zu tun war.

Er hatte einiges zu erledigen, aber erst verlangte es ihn nach den Fasttagen nach einem Frühstück. Mit zügigen Schritten ging er zum Dorf und dort zum Herrenhaus und bat Lynn um einen Topf mit Haferbrei, Fladenbrot und Speck sowie um einen großen Becher Met.

Cayden unterbreitete ihm währenddessen Lynns Vorschlag bezüglich Uliks Rolle im Dorf.

Gwydion stimmte sofort zu: „Ja, wir sollten unsere Verteidigungsfähigkeiten deutlich verstärken. Die kommenden Zeiten werden vielleicht herausfordernder als wir uns vorstellen können."

Betroffen blickten sich Cayden und Lynn an, vermieden jedoch von Gwydions düsteren Ahnungen mehr zu erfragen.

Nach einer Weile ergänzte der Druide:

"Außerdem soll der junge Liam eine vollwertige Pferdewirtausbildung erhalten. Und ich werde Bryanna in ihrer Ausbildung zur Kräuterkundigen und Heilerin begleiten."

Damit stand er auf, nickte dankend und ging zu Kendras Haus, um mit ihr über seine Rolle bei der Zukunft Bryannas zu sprechen. Das Mädchen saß vor ihrer Breischüssel, Kendra saß daneben und putzte Geschirr, die beiden anderen Frauen sprachen leise vor dem Webstuhl über ein neues Muster.

Gwydion trat ein und hob grüßend die Hand.

„Der Ratschluss der Götter ist unergründlich. Wir verstehen sie nicht immer. Und trotzdem sollten wir unser Bestes geben, ihnen zu gefallen und zu Diensten sein. Ich werde Bryanna bei ihrer weiteren Ausbildung zur Kräuterkundigen und Heilerin begleiten und bitte um eure Zustimmung."

Bryanna sprang sofort mit einem Jubelruf auf und wollte zu Gwydion laufen. Kendra hielt sie mit sanftem Griff zurück und antwortete:

„Den Göttern sei Dank für ihren Ratschluss und dir danken wir für dein großzügiges Angebot. Was können wir dir dafür geben?"

„Nun, eine Sache wäre für mich wichtig: ich hätte gern den Dolch, den du zur Hochzeit erhalten hast und der uns in der letzten Zeit viele Schmerzen gebracht hat."

„Sehr gern, ich habe dieses Teil nie wirklich gemocht – er erinnert mich jetzt immer an viel erfahrenes Leid!"

Damit war es abgemacht.

Der Dorfschmied staunte. Gwydion hatte ihm genau erklärt, was zu tun sei, als er ihm den bronzenen Dolch in die Hand drückte. Eine solche Arbeit hatte der Schmied schon lange nicht mehr gemacht. Nägel, Klampen, Messer zu schmieden war kein Problem für ihn. Auch ein Schwert oder eine Pflugschar konnte er aus einem Eisenblock herstellen, auch wenn er in dieser Tätigkeit nicht viel Übung und Erfahrung hatte, gelang sie doch so leidlich.

Die feineren Schmiedearbeiten, meist Auftragsarbeiten wie beispielsweise die Herstellung von Schmuck, kunstvoll geformten Fibeln oder Verzierungen der Schwert- und Messerscheiden überließ er den hin und wieder vorbeikommenden Wanderschmieden – da waren manchmal richtige Künstler dabei – auch wenn die dafür ein ordentliches Entgelt verlangten.

Mit seinem Einwand: „So etwas habe ich schon lange nicht mehr gemacht, dafür brauche ich einiges an Vorbereitung und vor allem eine ganze Menge Holzkohle", stieß er bei Gwydion auf kein Gehör.

„Ich bezahle dich dafür gut. Aber bis zum nächsten Mondwechsel, also in zwei Wochen, muss es fertig sein!"

Der Befehl des Druiden war unmissverständlich und der Schmied gab sich geschlagen. Er würde sein Bestes tun, auch wenn dann so mancher Bauer auf seine Schmiedeteile länger warten müsste.

Zufrieden verließ Gwydion die Schmiede und wendete sich dem nächsten Handwerkerhaus zu, einem Gerber, um einen weiteren Teil seines Vorhabens auszuführen.

„Bring mir dein schönstes Rehfell, weich gegerbt und ohne Makel, sowie ein Stück festes Schweinsleder, zwei Ellen lang und eine halbe Elle breit."

Der Gerber wunderte sich zwar etwas über diesen Wunsch des Druiden, vermied es aber nachzufragen, wozu es verwendet werden sollte. Ein Rehfell konnte in den Händen von Druiden und Priestern magische Kräfte entwickeln, so sagt man, und die normalen Menschen vermieden es, daraus Alltagsgegenstände herzustellen. Beim Schweinsleder war das anders, das würde auch in den Händen von Druiden wohl kaum geheimnisvolle Wirkungen hervorrufen. Aber Gwydion wusste sicherlich, wie und warum er beides miteinander verbinden würde – das Mystische und das Profane.

Der Gerber durchsuchte seine Fell- und Lederstapel, zog etliche seiner besten Stücke hervor und gab sie Gwydion zur Prüfung; der war ziemlich wählerisch. Endlich fand er das Gewünschte. Gwydion zahlte und ging mit den beiden Teilen zum nächsten

Handwerkshaus, zu einer Frau, die für ihre Schneider- und Nähkünste bekannt war.

„Ich brauche eine Umhängetasche, außen aus dem festen Schweinsleder. Ein Innenfach, ebenfalls mit Schweinsleder getrennt, und drei weitere Fächer mit dem Rehfell unterteilt. Oben eine Klappe zum Verschließen. Die ganze Tasche soll jeweils drei Handbreit hoch und breit, sowie drei Fingerbreit tief sein. Vernähe sie mit gewachstem Leinenzwirn. Der Gurt soll bis auf die halbe Länge verstellbar sein. Ich brauche sie bis zum nächsten Mondwechsel. Ich denke du kannst das sicherlich so machen – oder?"

„Ja, natürlich. Du wirst zufrieden sein." Die Schneiderin nickte, nahm die Fell- und Lederteile und vereinbarte mit Gwydion einen angemessenen Preis.

⊰⋞⋟⊱

Gwydion saß spät nachmittags auf dem Sonnenstein, dem abgespalteten Felsblock hinter den Haselnussbuschreihen oberhalb des Dorfes, und genoss die warmen Strahlen der Sonne.

Vor ihm lag eine fein gearbeitete Ledertasche mit einem verzierten Umhängegurt. Die Schneiderin hatte hervorragende Arbeit geleistet.

Der Schmied hatte sich selbst übertroffen – er war etliche Tage voll beschäftigt gewesen, kaum ansprechbar und anfangs ziemlich grantig. Das Schmelzfeuer loderte und fauchte und seine Arbeit misslang erst, dann nochmal und nochmal. Doch er probierte, dachte nach, probierte wieder und schließlich gelang es ihm. Er hielt das fertige Teil in den Händen, fast liebevoll und stolz auf seine neue Fertigkeit. Sorgsam feilte, hämmerte und schweißte er das ‚edle Kunstwerk', wie er es nannte. Die übriggebliebenen kleinen Reste der Bronzeschmelze, die Angüsse, packte er in ein kleines Ledersäckchen und legte sie in einer Kiste zu den anderen kleinen Metallteilen, die in einer Schmiede und Schmelze immer wieder mal anfallen, aber zu schade sind, um sie wegzuwerfen.

Gwydion war sichtlich zufrieden, als der Schmied ihm dieses ,edle Kunstwerk' übergab. Und der Schmied war überaus glücklich, als er die Bezahlung erhielt. Er drehte das Goldstück hin und her und war so in diese Betrachtung vertieft, dass er nicht mehr bemerkte, wie Gwydion das neue Teil in eine schöne Ledertasche steckte und sich entfernte.

Gwydion hielt die Augen geschlossen und wartete auf Bryanna. Er hatte schon vor einigen Stunden Kendra gebeten, ihre Tochter zu ihm zum Sonnenstein zu schicken, aber Bryanna war wieder einmal nicht aufzufinden gewesen. Wie gut, dass die Sonne ihm die Wartezeit verschönerte.

„Hier bin ich, Mama hat mir gesagt, du möchtest mich sprechen. Ich war nur kurz bei den Fohlen und dann hat eins der Pferde ein anderes gebissen und der Esel hat auch so laut geschrien, dass wir uns die Ohren zuhalten mussten, nicht mal der Pferdeknecht konnte da etwas tun und er hat dann einen Eimer kaltes Wasser auf das dumme Tier geschüttet, aber es ist nur schreiend davongelaufen. Und jetzt bin ich hier!"

Vermutlich ging Bryanna der Atem aus, sonst hätte sie wohl noch den Wortschwall verlängert.

„Es ist gut. Setze dich zu mir her, ich habe dir etwas zu sagen." Gwydion wies mit der Hand auf den flachen Tischstein vor ihm.

Bryanna setzte sich neben die Tasche. „Eine schöne Tasche! Gehört sie dir?"

„Höre! Ich habe dir versprochen, dass ich dir bei deiner Ausbildung zur Kräuter- und Heilkunde helfe. Dazu brauchst du auch eine richtige Tasche zum Sammeln der verschiedenen Kräuter, Pilze, Zweige und – das richtige Werkzeug dazu!"

Mit diesen Worten griff Gwydion in das äußere Fach der Tasche und zog eine bronzene Sichel hervor. Eine sorgfältig gearbeitete, halbkreisförmig gebogene Sichel, etwas kleiner als die gewöhnliche Größe für Erwachsene, der Griff war mehrfach gewendelt und mit einer Öse versehen. Und sie hatte eine vergoldete Schneide!

Bryanna starrte gebannt auf dieses glänzende Teil, das ihr Gwydion entgegenhielt. Vorsichtig griff sie zu, drehte es, nahm es von der einen Hand in die andere und wieder zurück.

„Das ist wunderschön! Gehört die jetzt mir?"

„Ja, und diese Tasche auch. Nimm beides."

Statt zuzugreifen, machte Bryanna einen schnellen Schritt auf den sitzenden Gwydion zu und gab ihm einen lauten Kuss auf die Wange und rief: „Danke, vielen Dank!"

Gwydion war ziemlich verblüfft über diese ‚Respektlosigkeit' und verkniff sich gerade noch eine Träne. So viel ehrliche Liebe und Begeisterung hatte er schon lange nicht mehr erlebt – und sein Leben währte schon eine geraume Zeit!

Ohne eine Erwiderung abzuwarten, hatte Bryanna kurzerhand die Tasche ergriffen und sprang fröhlich jubelnd bergab, dem Kräutergarten entgegen, in dem ihre Mutter mit dem Umgraben der Gartenerde beschäftigt war.

„Pass auf und schneide dich nicht!" rief ihr der Druide noch nach, aber Bryanna hörte ihn nicht mehr.

Glücklich schloss Gwydion die Augen. Was wohl aus ihr werden wird?

Er versuchte sich Bryannas Zukunft vorzustellen, aber auch mit großer Konzentration gelang es ihm nicht – genauso wie es ihm auch für sich selbst noch nie gelungen war, Zeichen seiner eigenen Zukunft zu sehen.

Da wurde ihm endgültig klar: „Bryanna ist meine Tochter!"

… geehrt und gebraucht,
meinem Zwecke zu dienen bedacht.
Für Liebe und Kraft bin ich gemacht!

Die Götter in Anwyn, der ‚Anderen Welt', waren zufrieden. Etwas Unheilvolles, Unglückbringendes war mit Zuneigung und Fürsorge in ein den Menschen dienendes Werkzeug gewandelt worden.

Die Götter lächelten. Und für einen kleinen, kurzen Augenblick füllten sich die Herzen der Menschen in ‚Dieser Welt' mit Liebe und Dankbarkeit.

Ach, könnte es das nur öfter geben!

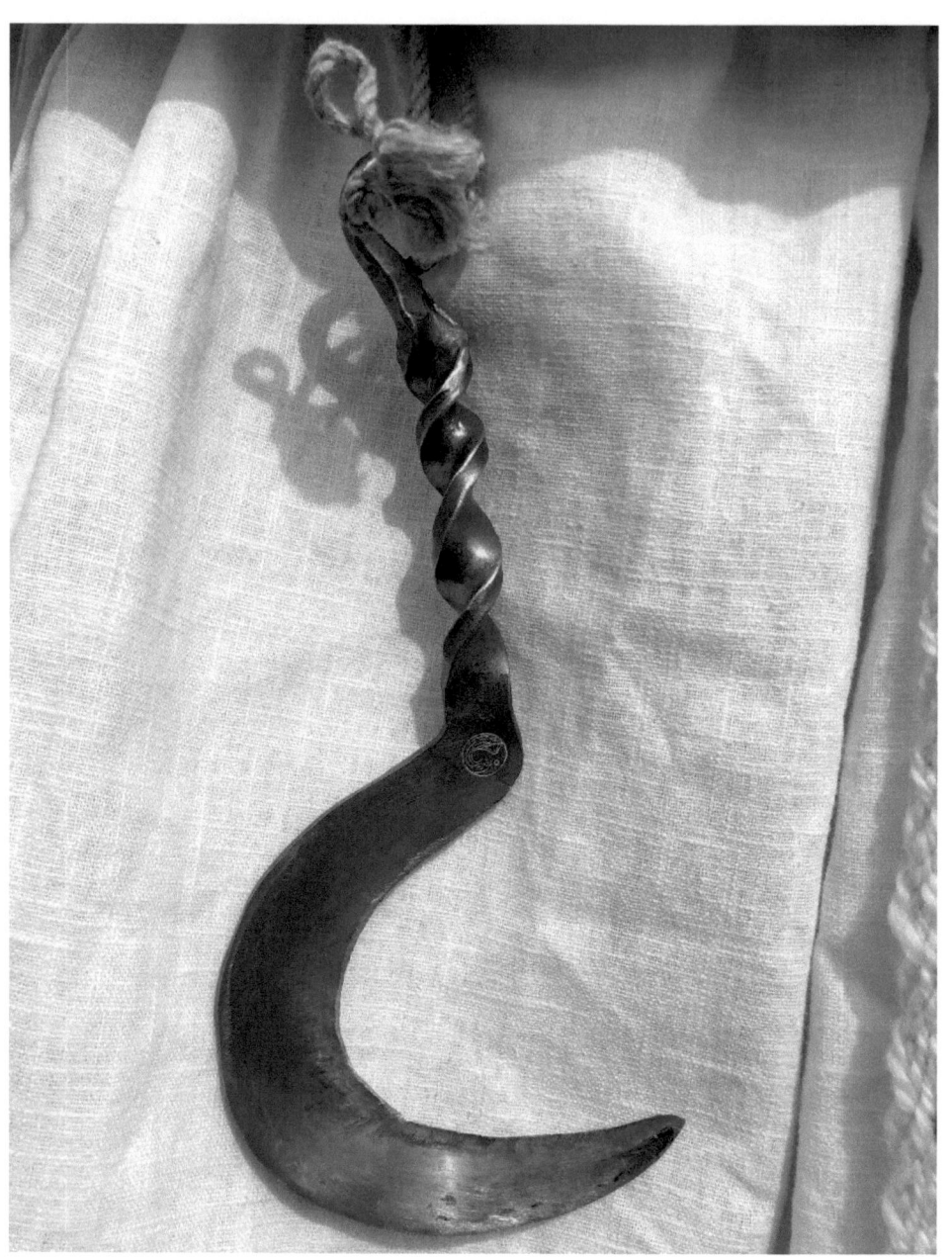

Nachwort

Eine historische Krimi-Fiktion – was ist das?

Ich habe versucht, den historischen Rahmen möglichst authentisch zu beschreiben. In einem ‚klassischen' Kriminalroman gibt es einen Toten, einen Mord und einen erst unbekannten Täter, der nach etlichen Wirrungen zur Rechenschaft gezogen wird. Das ist hier nicht der Fall. Mir hat es gefallen, die Opfer-Täter-Beziehungen zeitnah im Text aufzuzeigen und einem Bronzedolch eine indirekte Täterrolle zuzuordnen.

Der Bayerische/Böhmische Wald war nie von Römern besetzt, hier lebte noch verstreut in kleineren Siedlungen die ursprüngliche keltische Bevölkerung. Nicht nur keltische, sondern sogar steinzeitliche Funde, zeugen von einer langen Siedlungstätigkeit im Nordwald, den die Römer ‚Gabreta' nannten und der ein Bestandteil des von Caesars beschriebenen ‚Herkynischen Waldes' war. Im nachgebauten Keltendorf Gabreta bei Ringelai wird der interessierte Leser hierzu eine Fülle von Informationen finden.

Die beschriebenen Felsformationen der ‚Heiligen Drei Felstürme' stehen am Gipfel des Dreisessels, einem markanten Berggipfel im Dreiländereck Deutschland, Österreich und Tschechien, um den sich auch heute noch etliche Sagen ranken. Ob es dort einen Sakralplatz gegeben hat, ist nicht bekannt. Wer diese mystisch anmutende Umgebung jedoch mit eigenen Augen sieht, wird sich das sicherlich vorstellen können.

Die Dörfer von Gwydion, Kendra und ihrer Nachbarn habe ich bewusst namenlos belassen – diese hat es im direkten Umkreis des Dreisessels vermutlich so nicht gegeben, auch wenn die beschriebenen Örtlichkeiten dort durchaus zu finden sind.

Die im Text erwähnten Wege und Pfade lehnen sich teilweise an den Richtungen der uralten Salzhandelswege von Passau nach Böhmen oder den Handelswegen zum Graphitbergwerk in

Kropfmühl an. Außerdem gab es etliche alte Handels-verbindungen von der Ost- und Nordsee nach Italien, auf denen allerlei Waren transportiert wurden. Gesichert ist eine Verbindung von Böhmen über die ‚Further Senke' über Roding nach Straubing. Ob es einen Verlauf über die heutige Ortschaft Regen zur Donau gegeben hat, ist jedoch nicht bekannt.

In der Zeit ab fünfzig nach unserer Zeitrechnung unter Kaiser Claudius (Regierungszeit 41 - 54 n. Chr.) entstanden zur Grenz-sicherung nach Norden die ersten Römerlager, Kleinkastelle und Wachtürme an der Donau, die Anfänge des ‚Donaulimes'.

Im Museum Boiotro in der Innstadt von Passau sind unter anderem Beispiele verschiedener römischer Militärlager und Kastelle und nahegelegener Zivilsiedlungen zu sehen. Die alte, damals aber schon weitgehend verlassene Keltensiedlung Boiodurum lag im Bereich des heutigen Altstadtgebiets von Passau; diese Ortsbezeichnung wurde von den Römern für dieses Gebiet und anfangs auch für ihr erstes Lager übernommen. Der von mir beschriebene Zollturm am Ufer der Eltisia, der Ilz, stand zeitlich deutlich später weiter flussabwärts am rechten Ufer der Donau.

Das Kastell Quintana, ein römisches Militärlager mit berittenen Hilfstruppen bei Künzing, entstand erst Ende des ersten Jahrhunderts nach Christus. Ein etwa zehn Kilometer nord-westlich davon gelegenes Kleinkastell bei Osterhofen-Haardorf ist bereits unter Claudius, also in der Handlungszeit dieses Romans, entstanden. Der römische Name dafür ist uns nicht überliefert; ich habe den Namen Quintana verwendet.

Die beschriebenen Riten und Bräuche basieren teilweise auf keltischen und anderen historischen bzw. aktuellen Völkern; die Details dazu sind von mir aber frei erfunden – also Fiktion.

Danksagung

Vielen Dank gebührt den Angestellten der verschiedenen Museen, insbesondere vom Keltenmuseum Manching, Römermuseen Boiotro in Passau und Quintana in Künzing sowie der Keltengruppe Selgarios im Keltendorf Gabreta bei Ringelai, die alle gerne auf meine Fragen eingingen und mir wertvolle Hinweise gaben.

Herzlichen Dank auch an meine liebe Ehefrau Gerti, die mit viel Freude die Erstkorrektur übernahm und etliche Male, wohlwollend aber unerbittlich, notwendige Änderungen anregte.

Und vor allem danke ich Frau Heidi Haenisch, einer ehemaligen Schulrektorin, für die finale Durchsicht des Manuskripts. Sie hat mir mit ihrer hervorragenden Kenntnis der deutschen Grammatik sowie mit viel Sprachgefühl wertvolle Korrekturen und Verbesserungen gegeben.

Anhang

Glossar

Aenus	Inn
Aureus	höchste römische Goldmünze
Aveta	keltische Göttin der Gebärenden
Auxiliartruppe	Auxilia, Hilfstruppen der römischen Armee, aus verbündeten oder freien Bewohnern der Grenzprovinzen
Barde	keltischer Dichter, Sänger und Bewahrer der keltischen Legenden und Historien, im Druidenrang
Belenus	keltischer Sonnengott
Beltane	keltisches Frühlings-/Sommerfest in der Nacht zum 1. Mai
Bodhrán	keltische Handtrommel
Boier	keltischer Stamm in Böhmerwald und Donauraum
Brigid	die junge, weiße Erscheinungsform der Großen Göttin
Cairn	Pyramide aus losen Steinen als Grab- / Erinnerungsstätte
Carnyx, Carnyces	keltische Bronzetrompete(n) mit Tierkopf und aufgerissenem Rachen
Centurie	römische Militäreinheit (100 Mann), Anführer: Centurio
Centurio	Anführer einer Centurie

Cernunnos	keltischer Gott der Wälder und der Wildtiere
Danuvius	auch Danouios, Donau; römisch: Danubius
Decurie	römische Militäreinheit (10 Mann), Anführer: Decurio
Decurio	Anführer einer Decurie
Denar	höchste römische Silbermünze. 25 Denare sind ein Aureus
Dreifache Göttin	Hauptgöttin in Gestalt dreier Frauen (junge, weiß-gekleidet, mütterliche in roten Farben, schwarz als alte Frau)
Druide	Großer Weiser/Großer Wissender, geistiger und religiöser Führer, Richter; hochgeachtet und verehrt; nur den Göttern verantwortlich
Dun, Dunum	größerer befestigter keltischer Ort
Ehrwürdiger Weiser	andere Bezeichnung für Druide
Eltisia	Ilz, einer der drei Flüsse, die in Boiodurum münden
Elle	ca. 50 cm
Epona	keltische/römische Göttin der Pferde
Fuß	ca. 30 cm
Gabreta	keltische Bezeichnung für den Nordwald (Böhmerwald und Bayerischer Wald)
Gladius	römisches Kurzschwert einfacher Legionäre
Gleichgestellte	Dorfälteste, Helfer und Unterstützer des Druiden

Heilige Hochzeit	Ritual zu Ehren des Gottes Lugh und der Dreifachen Göttin. Vgl.: ‚Hierogamie': Hochzeit zweier Götter oder eines Gottes mit Sterblichen oder König mit Priesterin
Imbolic	keltisches Lichtfest zum Winterende (Nacht zum 1. Februar)
Imperium Romanum	Römisches Reich
Kohorte	römische Militäreinheit (400 Mann; später 600 Mann), Anführer: Tribun
Latifundium	römischer Großgrundbesitz im Privateigentum
Legatus	Anführer einer Legion
Legion	römische Militäreinheit (ca. 6.000 Mann), Anführer: Legatus
Litha	keltische Mondgöttin
Lugh	keltischer Sonnengott; sprich: Luu
Lughnasadh	sprich: Luu-na-saa; keltisches Sommer- und Erntefest am 1. August
Met	Metheglyn, Honigwein
Nekropole	größere baulich gestaltete antike Begräbnis- / Weihestätte
Ovate	sh. Vate
Pilum	römische Wurflanze mit vierkantiger Eisenspitze
Prahm	römischer Lastkahn mit geringem Tiefgang und Treidelmast

Procurator	Oberhaupt der Zivilverwaltung einer römischen Provinz
Radas	Fluss Regen
Samhain	keltisches Toten- und Herbstfest in der Nacht zum 1. November
Sesterz	höchste römische Messingmünze. 4 Sesterzen sind ein Denar
Semis	mittlere Kupfer-/Bronzemünze. 8 Semis sind ein Sesterz
Sistra, Sistren	keltisches Musikinstrument, Metallstab mit Glöckchen
Testudo	Schildkrötenformation
Toga	römischer Faltenumhang
Tribun	Anführer einer Kohorte
Trísov	keltische Befestigung in Südböhmen an der Moldau, Nähe Budweis
Tunika	römisches knielanges Untergewand unter der Toga
Valetudinarium	römisches Lazarett, Krankenbett bis Operationsbereich
Vate	Ovate, keltischer Wahrsager/Seher im Druidenrang
Veteran	römischer Legionär im Ruhestand, nach 20jähriger Dienstzeit
Vicus	Zivilsiedlung in der Nähe eines Lagers

Schauplätze

Boiodurum | römisches Militärlager auf Flächen der ehemals keltischen Siedlung Boiodunum auf der Halbinsel Donau/Inn (heute Altstadt Passau)

Das Dorf | von Gwydion, Kendra … mit unbekannten Namen am Fuße der ‚Heiligen Drei Felstürme'

Heilige Drei Felstürme | Felsformation am Dreisesselberg und Umgebung mit Hochstein

Quintana | römisches Militärlager bei Künzing/Donau

Literatur

Die Kelten in Bayern, Pustet Verlag, Markus Schußmann

Der Druidenstein, historischer Roman, Verlag Bayerland, Manfred Böckl

Im Bann des Keltenfürsten, ein Keltenkrimi von Ipf, Roland Hummel

Die Kelten, 300 v. Chr - 100 n.Chr., Stephen Allen, Brandenburger Verlagshaus 2011

Römische Armee, Michael Simkins, Roland Ebleton, Siegler Verlag 2005

Die Heilkunst der Kelten, Claus Krämer, Stb 2004

Zeitschrift ‚Bayerische archäologie', Geheimnisvoller Grenzwald, Heft 2, 2015

Museumsführer Römermuseum Kastell Boiotro Passau

Museumsführer Römermuseum Quintana, Künzing

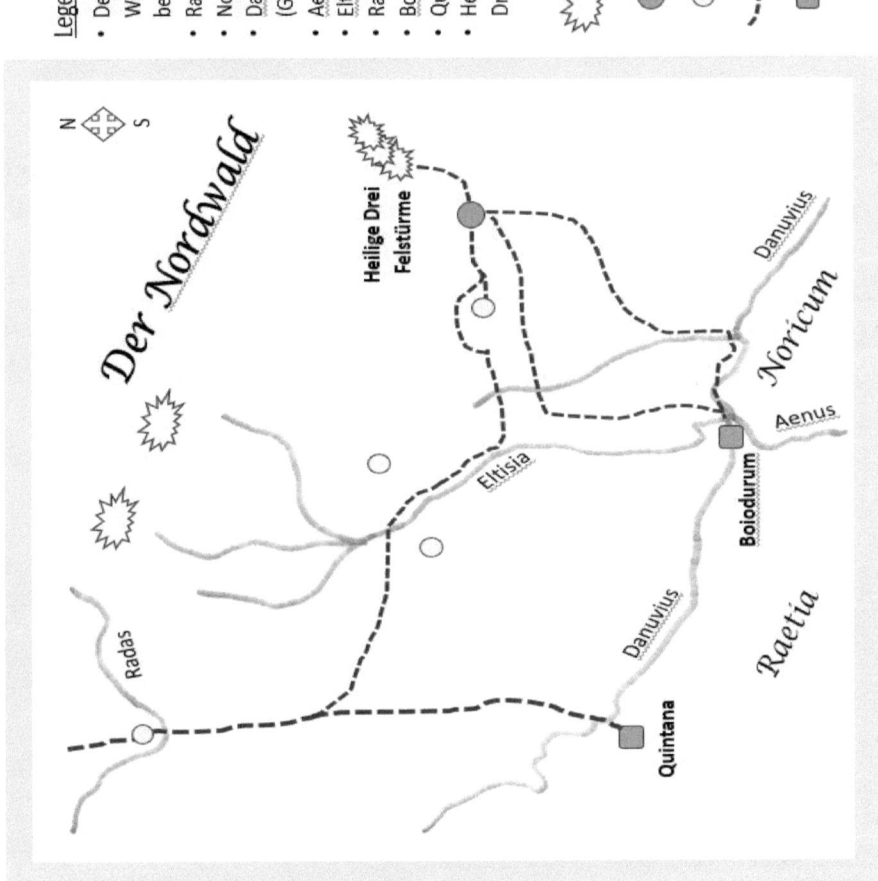

Alle Fotos zwischen den Kapiteln stammen vom Autor und zeigen die Schönheit der Wald- und Felsformationen um das Geotop Dreisessel – den „Heiligen Drei Felstürmen".
Die Bronzesichel, wurde mir vom ‚Druiden Ascan' der Keltengruppe ‚Riusiava' (www.keltengruppe-riusiava.de) für Fotozwecke freundlicherweise zur Verfügung gestellt.

Keltendorf Gabreta

Lichtenau 1a, 94160 Ringelai   www.gabreta.de

Öffnungszeiten: Mitte April – Ende Oktober, Mi–So, 10 –18 Uhr

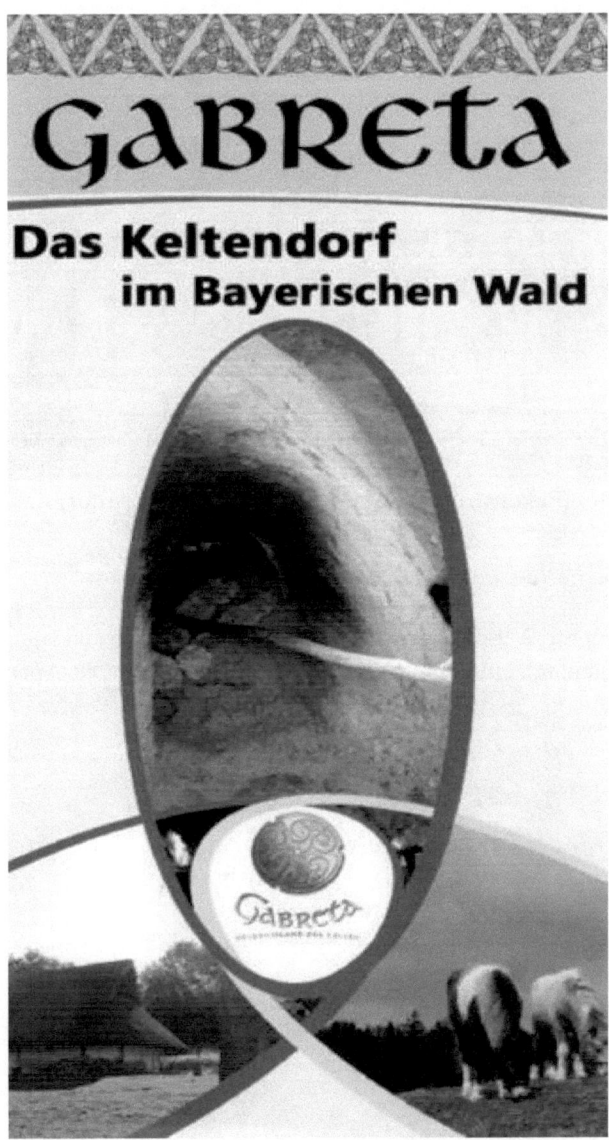

(mit freundlicher Genehmigung der Museumsleitung)

Keltenmuseum Manching

Im Erlet 2, 85077 Manching   www.museum-manching.de
Öffnungszeiten: Di–Fr, 19:30 – 16 Uhr, Sa, So, Feiertage 10 – 17 Uhr

(Rekonstruktion Osttor Manching; Foto: Autor)

Museum Quintana

Osterhofener Str. 2, 94550 Künzing   www.museum-quintana.de
Öffnungszeiten: tgl. außer montags, 10 – 17 Uhr (- 16 Uhr Okt-Apr)

(Centurio; Foto: Autor)

RömerMuseum Kastell Boiotro
Lederergasse 43-45, 94032 Passau
www.stadtarchaeologie.de
Öffnungszeiten: 1. März – 15.
November, Di–So, 10–16 Uhr

Archäologiepark Cambodunum
Cambodunumweg 3,
87437 Kempten
www.apc-kempten.de

(mit freundlicher Genehmigung der
Museumsleitung)

(Autor mit Römerhelm; Foto: Autor)

Autorin Gertraud Franziska Maier. *1950/+2022 Landkreis Freyung-Grafenau.

Trilogie „Frauenschicksale aus längst vergangenen Zeiten"

Im 19. Jahrhundert wurden jeden Herbst tausende Gänse von Böhmen nach Bayern getrieben. Erzählt wird die wahre Geschichte eines böhmischen Mädchens, das sich aus Sehnsucht nach einem besseren Leben einem der Händler anschloss und den Weg in eine ungewisse Zukunft wagte. Sie kam so mit einer Gänseschar nach Bayern auf einen Hof – und blieb. Kein leichtes Leben für ein Mädchen aus dem Böhmerwald.

Ohetaler-Verlag, Hardcover A5, 211 Seiten, 14,90 Euro.

ISBN 978-3-95511-099-4

Bayerischer Wald, Ende 19. Jahrhundert. Seit ihrer frühesten Kindheit verspürte Franziska den sehnlichsten Wunsch ins Kloster zu gehen, um Nonne zu werden. Am Totenbett der Mutter verspricht sie jedoch, stets für ihre jüngere Schwester zu sorgen. Innerlich zerrissen, verlässt sie Jahre später heimlich das Elternhaus, auf der Suche nach ihrer Berufung. Trotz vieler Widrigkeiten bleibt sie sich selbst treu, muss jedoch bitter erkennen, dass ihr Lebensweg ein ganz anderer ist …

Ohetaler-Verlag, Hardcover A5, 224 Seiten, 14,90 Euro.
ISBN -5978-3-95511-121-2

Hunderte von Fremdarbeitern aus Süditalien werden Anfang 1900 angeheuert, um den restlichen Abschnitt der Eisenbahnstrecke von Passau zur böhmischen Grenze fertig zu stellen. Louis ist einer von ihnen! Er begegnet der Bauerntochter Theresa und bleibt aus Liebe zu ihr im Bayerwald. Sie müssen jedoch erkennen, dass es für sie hier keine gemeinsame Zukunft gibt. Nach langem Zögern entschließt sich Theresa, Louis in seine Heimat Sizilien zu begleiten und muss schweren Herzens ihren Sohn zurücklassen. Doch nach einem schicksalsschweren Ereignis sehen sie sich erneut gezwungen, ihr Glück in der Ferne zu suchen.

Ohetaler-Verlag, Hardcover A5, 284 Seiten, 14,90 Euro.
ISBN 978-3-95511-175